Aus Freude am Lesen

btb

Buch

Die Einwohner von Västerås sind entsetzt: In einem nahe gelegenen Sumpfgebiet wurde ein junges Paar ermordet aufgefunden, erschlagen mit einer Axt. Dabei wollten Annika Lilja und ihr Freund, der Palästinenser Jamal Al-Sharif, nur in Ruhe Preiselbeeren pflücken. In einem Wasserloch findet die Polizei Annikas Videokamera: Die junge Frau war gerade dabei, einen Elch zu filmen, als der Mörder angriff – und auf dem Film sind die Beine des Täters zu sehen. Kommissarin Elina Wiik und ihre Kollegen kommen jedoch nicht weit mit ihren Ermittlungen: Der schwedische Geheimdienst schaltet sich in den Fall ein und gelangt schnell zu dem Schluss, dass Jamal einer Gruppe von Terrorsympathisanten angehörte. Doch Elina Wiik stößt auf Ungereimtheiten und ermittelt kurzerhand auf eigene Faust ...
»Der tote Winkel« beruht auf einem wahren Fall.

Autor

Thomas Kanger, geboren 1951, lebte lange Jahre in Västerås, Schweden, und später in Kalifornien, Neu-Delhi und Jerusalem. Er war als Journalist tätig und berichtete unter anderem viele Jahre aus Israel, bevor er zurück in die Nähe von Stockholm zog und sich dem Schreiben von Kriminalromanen widmete.
Besuchen Sie die Website des Autors:
www.thomaskanger.com

Thomas Kanger bei btb
Der Sonntagsmann. Roman (73574)

Thomas Kanger

Der tote Winkel

Roman

Aus dem Schwedischen von
Lotta Rüegger und Holger Wolandt

btb

Die schwedische Originalausgabe erschien 2003 unter dem Titel
»Den Döda Vinkeln« bei Nörstedts Förlag, Stockholm.

FSC
Mix
Produktgruppe aus vorbildlich
bewirtschafteten Wäldern und
anderen kontrollierten Herkünften
Zert.-Nr. GFA-COC-1223
www.fsc.org
© 1996 Forest Stewardship Council

Verlagsgruppe RANDOM House FSC-DEU-100
Das für dieses Buch verwendete FSC-zertifizierte Papier *Munken Print*
liefert Arctic Paper Munkedals AB, Schweden.

1. Auflage
Genehmigte Taschenbuchausgabe Dezember 2008,
btb Verlag in der Verlagsgruppe Random House GmbH, München
Copyright © Thomas Kanger 2003
Published in agreement with Salomonsson Agency
Umschlaggestaltung: semper smile, München
Umschlagmotiv: © mauritius images / Mikael Andersson / Nordic
Photos
Satz: IBV Satz- und Datentechnik, Berlin
Druck und Einband: CPI – Clausen & Bosse, Leck
NB · Herstellung: BB
Printed in Germany
ISBN 978-3-442-73754-3

www.btb-verlag.de

Die Windverhältnisse

Wie Schorf aus Asphalt lag die Stadt über dem Sand ausgebreitet, ohne wirkliche Verankerung. Nur das Gewicht
der Häuser und die Füße der Menschen schienen sie an ihrem Platz zu halten. Überall drohte die Natur sich den verlorenen Grund wieder zurückzuholen. Vom Stadtrand her, vom
Strand im Norden und durch unzählige Risse im Asphalt blies
Sand heran. Manchmal wehte er in rotgelben Stürmen von
Süden heran und drang überall ein, auch durch noch so kleine Häuserritzen. Selbst vor den Mündern der Kinder machte
er nicht halt.

Alles hier schien provisorisch zu sein. Die Häuser waren
in Windeseile errichtet worden. Die Straßen besaßen etwas
Vorläufiges. Die Menschen waren auf dem Sprung, obwohl es
kein Entkommen gab. Nichts ließ darauf schließen, dass die
Stadt bereits seit 3400 Jahren existierte und dass ihre heutige
Bevölkerung sie nur wenige hundert Jahre später eingenom-
men hatte und seither dort geblieben war.

Am provisorischsten wirkte *Mokha'am Al-Shatea*, das
Strandlager, obwohl dieser Platz seit über fünfzig Jahren Männer und Frauen mit ihren Kindern und Enkeln beherbergte.
Die meisten, die dort lebten, sahen ein, dass das Provisorische
in Wirklichkeit beständig war. Niemals würden Ahmed, Hussein, Samira, Fatima oder ihre Brüder und Schwestern, Stam-
mesverwandten und Nachbarn einschließlich Cousins, Neffen,

Nichten und andere Angehörige in unüberschaubaren verwandtschaftlichen Verzweigungen das Glück haben, auf den Hügeln von Haifa, in den Tälern Galiläas oder in den Gärten Askalons zu wandern. Die Schlüssel und die verblichenen Einträge im Grundbuch, die zu ihren Häusern gehörten, die sie übernommen hatten oder die heruntergekommen waren, würden mit ihnen in der sandigen Erde Gazas begraben werden.

Fariz erwachte früh. Er hatte seiner Mutter versprochen, heute zur Schule zu gehen. Vorher würde er noch seine kleine Schwester und seine beiden jüngeren Brüder zu ihrer Schule am Ende der Gasse begleiten. Er lag im Bett und starrte an die Decke. Neben ihm stöhnte sein älterer Bruder im Schlaf und wedelte mit der Hand unsichtbare Fliegen weg. Der Bruder, der weder sprechen noch verstehen konnte und der mit dem Löffel gefüttert werden musste. Wenn der Vater einmal alt und schwach war, dann würde Fariz das Familienoberhaupt sein.

Er hatte jeden Tag dasselbe versprochen. Jeden Tag hatte er das Versprechen gehalten und dann gebrochen. Er war dorthin gegangen, wo er hatte hingehen sollen, war aber dann, sobald sich die Gelegenheit ergeben hatte, wieder von dort weggeschlichen. Er hörte ihre Ermahnungen, beachtete sie aber nicht. Auch an diesem Tag würde es nicht anders sein.

Als er seinen Humus mit Brot aß und brackig schmeckenden Tee dazu trank, ermahnte und beschimpfte ihn seine Mutter erneut. Er saß schweigend da, bis sie ihm ein neues Versprechen abverlangte. »Aiwa«, antwortete er, da das das Einzige war, womit sie sich zufrieden gab.

An der Mauer, die seine Schule umgab, hingen bereits drei Plakate mit Gesichtern. Am meisten bewunderte er den ältesten Jungen, Hamed, der siebzehn Jahre alt wurde und einen solchen Mut bewiesen hatte. Hamed hatte Fariz und drei weiteren Klassenkameraden erzählt, dass sein ältester Bruder beim letzten Mal getötet worden war. Er sei damals erst acht gewesen, könne sich aber noch gut an den blutigen Pullover seines Bruders erinnern. Er erzählte von den Versammlungen, denen er als Zuhörer hatte beiwohnen dürfen. Jetzt sei endlich er an der Reihe.

Ehe er die Schule betrat, blieb Fariz an der Mauer stehen und sah Hamed an. Sein Gesicht war auf einem grünen Plakat mit der Al-Aksa-Moschee im Hintergrund verewigt.

Die Unterrichtsstunden schlichen dahin, und Fariz hatte Mühe zuzuhören. Erst als der Lehrer die Schüler bat aufzupassen, weil der Präsident einen Beschluss gefasst habe, der insbesondere sie betreffe, wachte er auf. »Niemand unter fünfzehn Jahren darf an den Streitigkeiten teilnehmen«, sagte der Lehrer. »Die Komitees werden aufgefordert, alle Kinder abzuweisen.«

»Abweisen? Wie denn?«, fragte Fariz, noch bevor er es sich recht überlegt hatte.

»Dieser Beschluss gilt auch für dich, Fariz«, antwortete der Lehrer. »Deine Mutter hat mit mir gesprochen. Du weißt, dass du ihr gehorchen musst. Nach dem Unterricht müsst ihr alle nach Hause gehen.«

»Ich bin kein Kind, ich bin vierzehn«, protestierte Fariz.

»Du hast den Beschluss des Präsidenten vernommen«, sagte der Lehrer. »Du musst warten, deine Zeit kommt früh genug.«

In der Pause beschloss Fariz, sich davonzuschleichen. Bassam wollte ihn begleiten. Zusammen kletterten sie über die Mauer auf der Rückseite der Schule und rannten los. Als sie außer Sichtweite waren, wurden sie langsamer und gingen dann in normalem Tempo weiter. Bis zur Kreuzung war es ein ziemliches Stück. Sie versuchten zu trampen, aber kein Auto hielt an. Je näher sie kamen, desto mehr Jungen sahen sie auf der Straße. Die Schulen, die näher am Wachposten der jüdischen Siedlung lagen, hatten den Unterricht für diesen Tag beendet, und die älteren Jungen versammelten sich. Einige unterhielten sich, aber die meisten von ihnen schwiegen. Es war so weit.

Noch ehe Fariz und Bassam eintrafen, hörten sie die ersten Detonationen. Fariz konnte die verschiedenen Geräusche mühelos unterscheiden. Das Paffen der Tränengasgranaten, das dumpfe Knallen der gummiummantelten Stahlkugeln, das Pfeifen der Plastikgeschosse und das scharfe Knattern der Maschinenpistolen. Fariz zog die Schultern ein und sammelte, während sie weitergingen, Steine von der Straße auf.

Vor dem Zaun der Siedlung und dem Wachturm mit der weißblauen Flagge standen ein Panzer, zwei gepanzerte Fahrzeuge und mehrere Jeeps mit Soldaten. Fünfzig Meter weiter stieg schwarzer Rauch von brennenden Reifen auf. Jungen mit Schleudern rannten hinter dünnen Blechbarrikaden hervor und feuerten in raschen Angriffen ihre Steine ab. Fariz' Herz raste, aber Angst hatte er keine. Als er an einer Reihe wartender Krankenwagen des Roten Halbmonds vorbeikam, fuhren gerade zwei mit quietschenden Reifen und heulenden Sirenen los, um weitere Verletzte abzuholen.

»Ich habe keine Zwiebel«, sagte Fariz an Bassam gewandt. »Hast du eine?« »*Na'am*«, antwortete Bassam und zog zwei Zwiebelhälften aus der Hosentasche. Die eine reichte er Fariz, und sie rieben sich ihre Gesichter mit der Zwiebel ein, um das Tränengas besser ertragen zu können.

Sie rannten auf ein aufrecht stehendes Betonrohr zu und gingen mit zwei älteren Jungen dahinter in die Hocke. Fariz steckte die Hand in seine Tasche und zog drei Steine aus ihr hervor. Dann lief er so weit vor, wie er nur wagte, und warf einen Stein nach dem anderen, näher und näher. Er sah, dass er mit einem die Kühlerhaube eines Jeeps getroffen hatte. Ein Junge hinter ihm warf einen Molotowcocktail, der auf dem Hang vor den Soldaten aufflammte. Ehe der Junge wieder das

Betonrohr erreicht hatte, ertönte der dumpfe Knall eines Gewehrs, und er stürzte.

Ein Panzer rollte heran, weitere Tränengasgranaten wurden abgefeuert, und die Brigade der Steinewerfer zog sich vorübergehend zurück. Aber Fariz blieb stehen. Der Panzermotor dröhnte, und die Raupenketten fraßen sich im Lehm vorwärts. Fariz sah auf den Jungen, der immer noch bäuchlings auf der Erde lag, und anschließend auf den Panzer, der sich ihm näherte. Er bückte sich und hob ein paar Steine vom Boden auf, die schon zuvor als Waffen gedient hatten. Dann rannte er auf den Panzer zu und warf einen Stein nach dem anderen auf ihn. Der Panzerfahrer setzte etwas zurück, und Fariz verfolgte ihn. Jubelnd streckte er seine Arme in die Luft.

Ein Knall durchschnitt die Luft. Fariz fasste sich an den Hals. Blendendes Licht, das immer greller zu werden schien, als würde er in die Sonne starren. War es so?

Ihre schweren Glieder wollten sich nicht schnell genug bewegen. Wenn sie zu laufen versuchte, verfing sie sich in ihren Röcken. Als sie schließlich dort war, fehlten ihr die Worte, aber Worte wären sowieso überflüssig gewesen. Der Arzt bat sie, Platz zu nehmen.

»*Umm Fariz*, Ihr Sohn ist nun ein Märtyrer.« In diesem Augenblick blieb die Zeit für sie stehen. Der Arzt beschrieb, was vorgefallen war. Die Kugel hatte den Hals seitlich gestreift, unter normalen Umständen hätte er wahrscheinlich überlebt. Aber da es sich um ein Projektil gehandelt hatte, das zersplitterte, wenn es auf menschliches Gewebe traf, war ein Splitter ins Gehirn gedrungen. Er war an Ort und Stelle gestorben. *Umm Fariz* hörte zu, ohne zu verstehen. Von Fariz würden ihr nur die Erinnerung in ihrem Herzen und ein weiteres Plakat an der Schulmauer bleiben.

Am Tag darauf wurde der kleine Leichnam in die rot-grün-schwarz-weiße Flagge gehüllt und auf den Schultern von zehn Männern auf einer Bahre durch die Straßen getragen. Aus dem Strandlager waren Tausende gekommen, um Fariz die letzte Ehre zu erweisen. Ganz hinten im Leichenzug fuhr *Umm Fariz* in tiefster Trauer in einem Auto mit.

Am Steuer des Wagens saß Sayed, der jüngste Onkel von Fariz, der nur acht Jahre älter war. In der Tasche trug er ein Stück Papier mit sich:

Eine Blume,
von Gott gepflückt,
ehe sie noch geblüht hat.

Sayed spielte gern Fußball. Bevor die Intifada in diesem Herbst ausgebrochen war, hatte er oft mit Fariz gespielt. Er hatte versucht, ihm das Dribbeln beizubringen. Doch durch die Absperrungen, die im Zuge der Intifada durchgeführt worden waren, hatte er seine Arbeit als Tagelöhner auf der anderen Seite verloren. Und eine Ausbildung konnten sich Sayed und seine Familie nicht leisten.

Sayed wollte kein Märtyrer werden. Er wollte Fußballspieler werden. Als Fariz in der Grube verschwand, fasste er einen Entschluss. Er würde fliehen. Er wusste nicht, wie er es bewerkstelligen sollte oder was es kosten würde. Aus Gaza zu flüchten, das ein Gefängnis war, schien schier unmöglich. Aber er wusste, dass es Menschen gab, die Schlupflöcher kannten. Vielleicht wussten die auch, wie man weiterkam, wenn es einem geglückt war, die Grenze zu überwinden? Weiter nach Europa und in den hohen Norden.

2. KAPITEL

S veiks, Janis!«

Janis drehte sich um und rief in die Wohnung zurück: »Mama, da ist Peteris! Wir gehen raus, spielen!« Zu Peteris sagte er: »Was sollen wir machen? Fußball spielen?«

»Nein«, antwortete Peteris, »lass uns unten im Hafen auf Schatzsuche gehen.« Das brauchte er Janis nicht zweimal zu sagen.

Da Ventspils über einen der größten Häfen Lettlands verfügte, gab es dort noch viele unerforschte Winkel, sogar für zwei neugierige, zehnjährige Jungen, die in dieser Stadt aufgewachsen waren. Von seinem Fenster aus hatte Peteris gesehen, dass mehrere Boote im Hafen verlassen wirkten. Sie lagen am Kai, ohne dass sich jemand um sie zu kümmern schien. Er hoffte, dass Janis es wagen würde, sich mit ihm zusammen an Bord zu schleichen. Wer konnte schon wissen, was man fand, wenn man erst einmal an Bord war? An Bord von Schiffen, die auf den *sieben Meeren* gefahren waren, von denen der Lehrer im Erdkundeunterricht erzählt hatte.

Am südlichen Kai lagen die Boote in mehreren Reihen nebeneinander. Kähne, Fischerboote, kleinere Frachtschiffe mit Autoreifen längsseits, die gegeneinander rieben. Einige Schiffe waren weiß und frisch gestrichen, an anderen war die Farbe längst abgeblättert. Janis und Peteris hofften, dass niemand sie wegjagen würde. Peteris machte den ersten Fund, eine rostige Laterne, die auf der Erde lag. Sie wagten sich an Bord eines Kahns, aber alle Türen waren abgeschlossen. Ein größerer, rostiger Frachter wirkte vielversprechend. Doch an Deck kamen sie nicht, weil es keine Gangway gab.

Etwas weiter, am Ende des Kais, entdeckte Janis ein Fischerboot, das im Trockendock stand. Als sie näher kamen, entdeckten sie, dass jemand eine Leiter an die Bordwand gelehnt hatte. Die Farbe war fast vollständig abgeblättert, nur eine Rostschicht kleidete das Boot.

»Wir klettern hoch«, sagte Peteris. Janis folgte ihm zögernd auf die Leiter. An Bord häufte sich der Müll: Plastikflaschen, alte Schuhe, Reste von Stahlseilen, Kartons, Tauenden, leere Dosen. Die Türen standen weit offen. Peteris trat in die Steuerkabine. Alle Instrumente fehlten dort, und ein Steuerrad gab es auch nicht mehr. Als er wieder an Deck trat, durchwühlte er zusammen mit Janis die Müllberge. »Was hältst du davon?«, meinte Janis und hielt eine Zigarettenschachtel aus Blech in die Luft. »Ach was!«, erwiderte Peteris, und Janis warf die Schachtel beiseite.

Janis ging vor zu einer großen Luke, die sich mitten auf dem Deck befand. »Hier wurde bestimmt der Fang verstaut«, sagte er. Er rüttelte an der Luke, die schwer, aber nicht abgeschlossen war. Gemeinsam öffneten sie sie. Im Inneren des Bootes gab es eine festgeschweißte Eisenleiter. »Komm«, sagte Peteris. »Es stinkt«, meinte Janis, kletterte aber doch hinterher. Unten lag noch mehr Abfall, und vieles war zerstört worden. Offenbar waren sie nicht die Ersten, die das Boot durchsuchten. Janis kroch durch ein Loch in den vorderen Laderaum.

»Schau mal, was ich gefunden habe«, rief er. »Was?«, fragte Peteris. Janis kroch wieder nach draußen. In der Hand hielt er ein Buch. Sie kletterten wieder an Deck und betrachteten es bei Tageslicht. Das Buch hatte einen goldgrün geprägten Deckel und sehr dünnes Papier. Die eine Ecke war feucht geworden und daher etwas dunkler und nicht mehr so schön, aber ansonsten war das Buch unbeschädigt. Merkwürdig waren jedoch die geschwungenen Zeichen auf der Rückseite. Janis und Peteris hatten so etwas noch nie gesehen und wussten nicht, was das für ein Buch war. Als sie es aufschlugen, sahen sie, dass alle Seiten mit ähnlichen Zeichen bedruckt waren.

»Das sind bestimmt magische Zeichen«, sagte Janis. »Glaubst du nicht auch?«

Ein Zettel fiel aus dem Buch. Janis bückte sich und hob ihn auf. Vier Zeilen, die ebenfalls aus diesen seltsamen Zeichen bestanden. Er legte den Zettel in das Buch zurück.

Als er wieder zu Hause war, zeigte Janis seiner Mutter ihren Fund. Sie fragte ihn sofort, wo er so ein schönes Buch entdeckt habe. Janis und Peteris erzählten, während sie sich gegenseitig ins Wort fielen, wie sie in das Fischerboot geklettert waren. Die Mutter schimpfte sie ein wenig, aber das Buch interessierte sie. Auch sie wusste nicht, um welche Schriftzeichen es sich handelte. »Ich frage Valdis«, sagte sie. »Der ist Kommissar und hat schon viel gesehen. Vielleicht kennt er sich damit aus.«

Da Valdis ihr Nachbar war, ging sie sofort ins Treppenhaus. Janis und Peteris wussten nicht, wie sie erklären sollten, dass sie das Buch einfach aus einem der Boote im Hafen mitgenommen hatten, und getrauten sich deswegen nicht mitzugehen. Aber Valdis schien nicht böse zu sein, jedenfalls sagte Janis' Mutter nichts dergleichen, als sie ein paar Minuten später zurückkam.

»Valdis sagt, dass sei Arabisch«, sagte sie. »Die Araber schreiben so. Und sie schreiben rückwärts. Die letzte Seite eines Buches ist bei ihnen die Titelseite.«

Janis nahm das Buch in die Hand und bestaunte es. Er hatte wirklich einen Schatz gefunden.

ERSTER TEIL

Das Auge des Waldes

3. KAPITEL

Vor ihr saß ein Mann. Er weinte.

Elina Wiik wusste nicht, was sie sagen sollte. Die Sache war eine menschliche Tragödie, nicht mehr und nicht weniger. Nachdem alle Details geklärt waren, gab es nichts mehr hinzuzufügen. Sie sammelte ihre Papiere zusammen und erhob sich.

»Ich werde dafür sorgen, dass man sie abholt.«

Der Mann hob schluchzend den Kopf.

»Werde ich dafür lange sitzen?«

»Ja. Das werden Sie.«

Sie trat auf den Korridor hinaus. Dort saß ein Mann an einem Schreibtisch und las die Lokalzeitung.

»Wir sind jetzt fertig.«

Mein Gott, wie unnötig!, dachte sie, als sie das Untersuchungsgefängnis verließ. Hätte er die Sache nicht einfach auf sich beruhen lassen können? Was kostet eine halbe Flasche? Hundert Kronen?

Genauso war es: Der Wert einer halben Flasche Schnaps war der Tageskurs für das Leben eines Menschen, der sich um seinen Sinn und Verstand gesoffen hatte. Elina hatte einen weiteren Mord gelöst, ihren dritten Fall. Die Ermittlungen waren in weniger als einer Woche abgeschlossen gewesen. Der Mann war sofort gefasst worden, nachdem der Nachbar die Polizei gerufen hatte. Er hatte seine Lebensgefährtin mit einer gusseisernen Bratpfanne erschlagen. Sie hatten darüber gestritten, wer wie viel von einer Flasche Explorer-Wodka mit 0,7 l Inhalt bezahlt habe. Sobald der Mann wieder einigermaßen nüchtern gewesen war, hatte er die Tat gestanden, obwohl ihn sein Gedächtnis an mehreren entscheidenden Punkten im Stich gelassen hatte. Die Spuren des Mordes, genaugenommen handelte es sich um Totschlag, hatte der Kriminaltechniker der Polizei von Västerås, Erkki Määttä, ohne größere Mühe sichern können. Ein weiteres Verhör mit dem reumütigen und allmählich nüchtern werdenden Täter war durchgeführt worden, dann hatte Elina Wiik sämtliche Dokumente ausgedruckt und zusammengestellt, und damit war der Fall erledigt gewesen. Elina hatte nicht einmal die Hilfe eines anderen Mitglieds der vier Mann starken Mordgruppe des Dezernats in Anspruch nehmen müssen.

Man konnte kaum von einer Mordermittlung sprechen, jedenfalls nicht im Vergleich zu jenen, die Elina in den letzten zwei Jahren durchgeführt hatte. Ermittlungstechnisch unterschied sich der Fall nicht sonderlich von den anderen, mit denen sie sich den größten Teil ihrer Arbeitszeit befasste, während sie auf *die großen Fälle* wartete: Betrug, Körperverletzung, Einbruch und anderes kamen in Västerås nicht selten vor, dann, wenn niemand hinsah. Irgendwelche unaufgeklärten Morde gab es jedoch nicht, jedenfalls keine, die nicht schon vor Jahren ad acta gelegt worden wären und bald verjähren würden. Jetzt war ein ganzes Jahr vergangen, seit sie ihren letzten Mordfall gelöst hatte. Damals war Olavi Andersson zwei Tage vor der Reichstagswahl im September 2002 festgenommen worden und hatte ohne Umschweife einen dreifachen Mord gestanden. Aber es war gerade nicht der Zeitpunkt, über die Vergehen anderer nachzudenken. Gerade interessierte sie sich vielmehr für ihre eigenen.

In ihrem Büro griff sie zum Telefon. »Ich bin's.« Dann

blieb sie lange stehen und schwieg. »Danke, Susanne. Wirklich.«

Das Oberlandesgericht hatte sie freigesprochen. Dass sie vergangenen Herbst Kurt Jörgen Hansson den rechten Mittelfinger in einem Restaurant auf der Insel Djurgården in Stockholm gebrochen hatte, den er ihr als Stinkefinger nur wenige Zentimeter vors Gesicht gehalten hatte, war nicht als Körperverletzung gewertet worden. Zu diesem Urteil war das Amtsgericht Västerås in einer früheren Instanz gekommen. Ihre Anwältin und beste Freundin Susanne Norman hatte das Oberlandesgericht davon überzeugt, dass die Handlung von Kurt Jörgen Hansson als Gewaltandrohung zu verstehen gewesen sei. Elina Wiiks Reaktion, den Finger zu packen und resolut zur Seite zu drücken, sei deshalb bloße Selbstverteidigung gewesen. Sie habe nicht die Absicht gehabt, Kurt Jörgen Hansson zu verletzen, seine Verletzung sei nur eine unglückliche Folge ihrer Notwehr gewesen.

Im Prozess vor dem Oberlandesgericht hatte Elina ausweichend auf die Fragen des Staatsanwaltes geantwortet, für wie ernst sie die Bedrohung gehalten habe. Dass ihr Motiv Wut und nicht Angst gewesen war, hatte sie mit keinem Wort erwähnt. Auch nicht, dass sie lange hochzufrieden darüber gewesen war, dass sie dem Mann den Finger gebrochen hatte. Sie hatte vor dem Oberlandesgericht zwar nicht gelogen, aber auch nicht die Wahrheit gesagt.

Als Susanne vorgeschlagen hatte, auszugehen und den Freispruch zu feiern, hatte Elina dankend abgelehnt. Der Sieges-Champagner hätte bitter geschmeckt.

Sie warf einen raschen Blick auf den Korb mit den Ermittlungsakten, die auf sie warteten, und ging dann auf den Flur hinaus. Auf der anderen Seite, ein paar Türen weiter, lag das Büro von Oskar Kärnlund. Sie klopfte und wartete auf sein »Herein«.

»Wiik«, sagte er. »Nimm Platz. Ich muss nur rasch was fertig machen.« Sie wartete schweigend, während er etwas auf Papier notierte. Dann sah er hoch. »Ja?«

»Das Oberlandesgericht hat mich freigesprochen«, sagte sie mit neutraler Stimme. »Sie haben das mit der Notwehr akzeptiert.«

Kärnlund klatschte in die Hände. »Ausgezeichnet. Ich wusste doch, dass meine Beamten keine Leute misshandeln.«

Elina starrte auf die Tischplatte. »Ich hatte eine gute Anwältin.«

»Hauptsache, du hast jetzt wieder eine weiße Weste.«

Sie wurde zwar freigesprochen, aber über die Verurteilung im Amtsgerichtsprozess hatten die lokalen Medien dennoch berichtet. Ganz sauber war ihre Weste also nicht, was Elinas schlechtes Gewissen etwas erleichterte.

»Ich habe auch etwas zu erzählen«, sagte er und runzelte die Stirn. »Eine Sache, über die du dich nicht sonderlich freuen wirst, glaube ich. Wie du weißt, gehe ich zum Jahreswechsel in Rente, ich höre noch vor Weihnachten auf.«

»Ich weiß«, erwiderte sie. »Bedauerlich, finde ich. Für mich, meine ich. Aber sicher schön für dich.«

»Was ich sagen wollte, ist Folgendes: Wahrscheinlich werde ich einen Nachfolger bekommen, der nicht unbedingt zu deinen Favoriten gehört.«

Elina war klar, wen er meinte. Egon Jönsson würde der neue Chef des Kriminaldezernates in Västerås werden. Jönsson wusste Polizistinnen ungefähr genauso zu schätzen wie eine Sommergrippe. Jönsson hielt sie vermutlich für eine besonders schlimme Infektion, seit sie ihm einmal vor zwei Jahren bei einem Brandstiftungsfall in Surahammar auf die Finger gehauen hatte. Jönsson hatte nicht den Schneid, für seine Fehler einzustehen. Er besaß auch nicht die Fähigkeit, mutmaßliche Kränkungen zu verzeihen.

»Jönsson!«, sagte sie und machte eine Miene, als hätte sie

in eine Zitrone gebissen. »Was für eine ausgezeichnete Wahl eines Chefs. Damit steht meiner eigenen Karriere ja nichts mehr im Wege. Als Nächstes werde ich wahrscheinlich in den Fahrradkeller abkommandiert.«

»Er hat auch gute Seiten«, meinte Kärnlund. »Deswegen hat er den Job bekommen. Er arbeitet ungewöhnlich strukturiert, und ein Chef muss sich schließlich auch um die ganze Verwaltung kümmern. Außerdem hat er zwanzig Jahre lang Erfahrungen hier am Dezernat gesammelt. Da kommt sonst keiner dran.«

Elina seufzte. »Und was passiert jetzt?«

»Formell ist der Beschluss noch nicht gefasst, aber in der Praxis steht er fest. Wir werden uns den Rest meiner Zeit die Verantwortung teilen. Ab morgen.«

»Er ist also ab morgen mein Chef?«

»Ja, allerdings bis auf Weiteres unter meiner Leitung, versteht sich.«

»Glaubst du, dass er an der Mordgruppe festhalten wird? Und an mir in der Gruppe?«

»Ich hoffe. Bislang hat es sich ja als richtige Initiative erwiesen, dass sich einige von uns auf Mordermittlungen spezialisiert haben. Außerdem war das eine Entscheidung, die an oberster Stelle gefällt worden ist. Du wirst vermutlich weitermachen dürfen.«

»Mal seh'n«, murmelte Elina und erhob sich. In der Tür drehte sie sich noch einmal um. »Ich habe den Fall an die Staatsanwaltschaft weitergeleitet. Du weißt schon, die Gusseisenpfanne. Morgen wende ich mich den Stapeln auf meinem Schreibtisch zu. Falls Jönsson nicht etwas anderes für mich geplant hat, versteht sich. Tschüs!«

Es regnete, als sie das Präsidium verließ. Sie hatte keinen Regenschirm dabei. Ein Auto besaß sie auch nicht mehr. Nach fünf Anzeigen war es ihr gelungen, den Micra zu verkaufen. Sie hatte das Gefühl, mit dem Erlös für die fünf Jahre alte

Klapperkiste gerade mal die Kosten der Anzeigen gedeckt zu haben. Der Gewinn, der ihr schließlich übriggeblieben war, würde höchstens für ein Moped reichen. Demnächst musste eigentlich von der Bank die Antwort auf ihre Nachfrage wegen eines Kredits kommen. Dann würde sie sich ein größeres und neueres Auto zulegen. Sie hoffte, dass sie mit einem neuen Auto auch wieder bessere Laune bekommen würde. Im Augenblick bemitleidete sie sich nur selbst, und das verabscheute sie.

Auf dem Nachhauseweg durch den Nieselregen dachte sie darüber nach, wem sie eine E-Mail schicken und wen sie anrufen sollte. Immerhin gab es doch einige Leute, die sich über ihren Freispruch freuen würden. Sie wollte als Erstes ihren Vater anrufen, vielleicht kam ja auch ihre Mutter an den Apparat. Sie hatten sich Sorgen gemacht. Mit Nadia wollte sie erst später sprechen, wenn sie sich das nächste Mal verabredeten. Nadia würde jubeln und finden, dass diesem Schwein im Anzug nur recht geschehen sei, dass sie ihm erst den Finger gebrochen hatte und dass er jetzt auch noch Elinas Freispruch erleben musste.

Elina lächelte, als sie an Nadia dachte. Und an Anton … ja, mit ihm sollte sie wohl ebenfalls sprechen.

Sie hatte Anton letzten Herbst kennengelernt, er war ein Bekannter eines Exfreunds. Sie waren rasch ein Paar geworden, ein erster Händedruck hatte genügt. Er war genauso alt wie sie, wohnte in einer Zweizimmerwohnung im Stockholmer Stadtteil Kungsholmen und schlug sich mit Dokumentarfilmen und als Fotograf durch. Im Winter und Frühjahr hatte sie noch an diese Beziehung geglaubt, aber dann hatten sie seine Marotten immer mehr gestört. Nach dem Urlaub vor zwei Monaten war sie zu dem Ergebnis gekommen, dass er nur ein Ersatz für Martin gewesen war. Mit Martin hatte sie Schluss gemacht, als er seine Frau nicht hatte verlassen wollen. Sie hätte jetzt am liebsten Martin angerufen.

Sie hatte Anton immer noch keinen reinen Wein einge-
schenkt. Und morgen würde Jönsson als ihr neuer Chef an der
Acht-Uhr-Besprechung teilnehmen. Sie tat sich wirklich leid.

4. KAPITEL

Sie hoffte, dass er Spaß daran haben würde. Vermutlich hatte er noch nie Preiselbeeren in einem schwedischen Wald gepflückt. Mit ihrem rostigen VW fuhr sie zu dem Haus in der Stigbergsgatan und parkte an der Bordsteinkante.

»Hallo, ich bin's«, rief sie in die Gegensprechanlage. »Ich komme runter«, antwortete eine Stimme in gebrochenem Schwedisch.

Er küsste sie auf die Wangen, bevor sie sich ins Auto setzten. Sie übernahm das Steuer.

»Wir fahren in einen Wald, der Lillhäradsskogen heißt«, sagte sie. »Ich glaube zumindest, dass er so heißt, denn er liegt in der Nähe von Lillhärad.«

»Ist das weit?«

»Zwanzig Kilometer vielleicht.«

Hinter dem Verkehrsknotenpunkt Skiljebo fuhr sie auf dem Österleden Richtung Norden. Keiner von beiden merkte, dass ihnen ein Auto folgte.

»Schau mal ins Handschuhfach«, sagte sie.

Er öffnete die Klappe und nahm eine kleine viereckige Kamera heraus.

»Das ist eine DV-Kamera.«

»DV?«

»Eine digitale Videokamera. Ich habe sie von meinem Papa geliehen. Ich dachte, wir könnten im Wald filmen.«

»Sozusagen als Andenken?«

»Ja«, erwiderte sie und lachte. »Als Andenken.«

Sie bog auf den Skultunavägen ein und dann direkt hinter der Kirche auf einen schmalen, kurvigen, aber immerhin geteerten Weg. Es ging über den träge dahinfließenden Svartån, und bald umgab sie dichter Wald.

»Lass uns hier in den Wald gehen«, sagte sie und hielt am Wegesrand an. Er stieg aus, öffnete den Kofferraum und nahm zwei Paar Gummistiefel und zwei Plastikeimer heraus.

»Brauchen wir die auch?«, fragte er und hob zwei rote Metallkästen mit Metallstangen auf einer Seite in die Höhe.

»Das sind Raffeln, sogenannte Beerenpflücker«, erwiderte sie.

In Stiefeln stapften sie in den Wald. Sie versuchten, einen Pfad zu finden, sahen sich aber gezwungen, über umgestürzte Bäume zu klettern und unter den Zweigen dichtgewachsener Tannen hindurchzukriechen. Erst nachdem sie lange spazieren gegangen waren, lichtete sich der Wald zu einem Hang hin, an dem Preiselbeeren wuchsen. Die Stille und der Geruch von feuchtem Laub umgaben sie.

Sie wusste, wie man die Raffeln benutzte. Er lachte über seine eigene Ungeschicklichkeit. Als es ihm schließlich gelang, zumindest ein paar Beeren von den Pflanzen zu streifen, holte sie ihre DV-Kamera hervor.

»Das will sich deine Familie bestimmt gerne ansehen«, sagte sie und beugte sich vor, um Nahaufnahmen seiner pflückenden Hände und seines Gesichts zu machen. Er warf den Kopf zurück und lachte in die Kamera.

»Jetzt zeige ich dir, wie es richtig geht«, sagte sie und steckte die Kamera in die Jackentasche. Sie machte sich systematisch an die Arbeit und hatte bereits ein Viertel des Eimers gefüllt, als sie zur Kuppe des Hangs gelangte. Er befand sich noch unten in der Senke und hatte eine wesentlich bescheidenere Ernte vorzuweisen. Als sie sich nach ihm umdrehte, sah sie, dass er auf einem Stein saß und rauchte. Sie wendete ihren Blick von ihm ab und schaute in die andere Richtung, über eine sandige Ebene. Wie eine Statue stand er da, der Elch. Gebannt starrte sie ihn an und zog langsam, ohne etwas anderes als den Arm zu bewegen, ihre DV-Kamera aus der Tasche und schaltete sie ein. Ihre Hände zitterten etwas, als sie den Zoom-Knopf suchte.

Nachdem sie den Elch im Kasten hatte, rief sie nach ihm.

»Jamal!«

Sie drehte sich um.

»Jamal?«

5. KAPITEL

Der Wald hatte Augen. Bereits am Tag danach verständigte ein Waldarbeiter wegen des alten VWs die Polizei. »Der Wagen steht schon seit gestern dort. Vielleicht hat sich ja irgendjemand beim Pilzepflücken verirrt?«, hatte er dem Diensthabenden auf der Wache von Västerås erklärt. Dieser hatte die Kriminalpolizei verständigt, und Oskar Kärnlund hatte Henrik Svalberg gebeten, der Sache nachzugehen. Svalberg war eines von vier Mitgliedern der Mordgruppe, musste sich aber genau wie Elina um Routinefälle kümmern, wenn keine Morde vorlagen.

Eine rasche Nachfrage bei der Zulassungsstelle ergab, dass der Volkswagen, ein blauer Passat, Baujahr 1985, Annika Lilja, Jahrgang 1979, gehörte, die in der Stenåldersgatan 31 in Västerås wohnte. *Eine Vierundzwanzigjährige aus Bjurhovda.* Svalberg schlug »Lilja« im Telefonbuch auf, aber bei Annika ging niemand an den Apparat. Dann setzte er seine Nachforschungen telefonisch fort. Die Eltern hießen Lennart und Disa und wohnten in der Fornminnesgatan. *Beide Anfang fünfzig, Branthovda.* Svalberg stellte fest, dass sowohl der Straßenname der Eltern als auch der der Tochter mit Geschichte zu tun hatte, ohne jedoch daraus irgendeinen besonderen Schluss ziehen zu können.

»Lennart Lilja«, sagte eine Stimme am anderen Ende der Leitung.

»Hier ist Henrik Svalberg von der Polizei Västerås. Entschuldigen Sie bitte die Störung. Ich hätte gerne mit Ihrer Tochter Annika gesprochen, falls diese bei Ihnen ist.«

»Annika wohnt schon seit einigen Jahren nicht mehr bei uns. Worum geht es denn?«

Svalberg erzählte, dass ihr Auto gefunden worden war und dass bei Annika zu Hause niemand ans Telefon ging. Er merkte, dass der Vater sofort hellhörig wurde.

»Vielleicht ist der Wagen ja gestohlen worden«, meinte Lennart Lilja, merkte aber dann sofort selbst an: »Obwohl, das hätte Annika bemerken müssen. Sie fährt meistens mit dem Auto zur Arbeit.«

Die Unruhe des Vaters drang durch den Telefonhörer zu Svalberg durch. Dieser stellte die logische Folgefrage: »Wo arbeitet sie denn?«

»In einer Werbeagentur.«

Er gab Svalberg die Telefonnummer.

»Hat sie einen Freund? Vielleicht hat sie ja bei ihrem Freund übernachtet und nicht bemerkt, dass ihr Wagen gestohlen worden ist?«

»Wenn sie ihn besucht, fährt sie immer mit ihrem Wagen dorthin.«

»Wer ist ihr Freund?«

»Er wohnt in Skiljebo. Sie sind jetzt seit ungefähr einem halben Jahr zusammen. Er heißt Jamal Al-Sharif. Ich habe keine Telefonnummer von ihm.«

Svalberg versprach, sich wieder zu melden, und legte auf. Er schaute auf die Uhr und wartete genau eine Minute lang. Dann rief er bei der Werbeagentur an.

»Sie ist nicht hier«, sagte jemand namens Niklas. »Sie ist heute nicht in die Agentur gekommen, hat sich aber auch nicht entschuldigt. Ihr Vater hat vor einigen Sekunden angerufen und genau dasselbe gefragt.«

Vater wusste nichts, schrieb Svalberg auf seinen Block.

Dann suchte er im Telefonbuch nach dem Nachnamen Al-Sharif. Fehlanzeige. Er gab die Daten in seinen Computer ein. Jamal Al-Sharif, 770101-9030. Svalberg suchte weiter: Geburtsort Gaza, Israel. Palästinenser. Aufenthaltsgenehmigung seit dem 15. Oktober 2000. Keine Vorstrafen. Auf der Fahndungsliste tauchte er ebenfalls nicht auf.

Mit dem Auto fuhr er zur Stigbergsgatan. Niemand öffnete, als er klingelte. Er läutete an der Nachbartür, ein Nachbar mit einem ausländischen Nachnamen. Der Nachbar hatte Jamal seit vergangenem Samstag nicht mehr gesehen, also vor zwei Tagen zum letzten Mal.

Zurück im Präsidium betrat Svalberg das Büro von Elina Wiik.

»Beschäftigt?«

»Setz dich.«

»Das hier ist vielleicht unerheblich, aber ich muss jetzt einen Entscheidung treffen. Seit gestern steht auf dem Weg, der zwischen Skultuna und Lillhärad durch den Wald führt, ein Auto. Es gehört einer Vierundzwanzigjährigen. Sie hat heute unentschuldigt bei der Arbeit gefehlt. Ihr Freund ist möglicherweise ebenfalls verschwunden. Der Vater macht sich Sorgen, sagt, das sei nicht ihre Art. Sie heißt Annika Lilja.«

»Wir müssen nach ihr suchen.«

»Das ist auch mein Gedanke. Und da dachte ich an dich. Du hast doch vor zwei Jahren Bertil Adolfsson im Grünen gefunden. Wie macht man so was?«

»Man fängt damit an, dass man das Herrchen von Boss anruft. Den Schäferhund Boss mit dem guten Geruchssinn und sein Herrchen, Hundeführer Magnus Carlén. Wenn es uns heute nicht gelingt, die Frau mit ihrer Hilfe zu finden, verständigen wir einen Suchtrupp.«

Boss schlug an. Es waren zwei Stunden und fünfundfünfzig Minuten vergangen, seit Elina Wiik mit Polizeiassistent Magnus Carlén gesprochen hatte. »Boss ist Leichenspezialist«, hatte Carlén gesagt. »Handelt es sich um Tote oder einfach um Leute, die sich verlaufen haben?«

»Leute, die sich verlaufen haben«, hatte Elina geantwortet. »Hoffe ich zumindest.«

Sie hatten sich bei dem VW verabredet. Carlén und Boss kamen aus der einen Richtung, Elina und Svalberg aus der anderen. Boss wedelte mit dem Schwanz. Mit einem einzigen Handgriff öffnete Carlén die verschlossene Autotür und ließ Boss die Witterung aufnehmen.

»Such!«

Der Hund zog an der Leine, und es ging in den Wald. Es duftete nach feuchtem Farn, und für Ende September war es recht warm. Carlén trug kräftige Gummistiefel. Elina fragte sich, warum sie immer vergaß, gescheite Schuhe anzuziehen.

Magnus Carlén gab dem eifrigen Hund mehr Leine. »Boss hat eine Fährte aufgenommen, bald finden wir etwas«, sagte er.

Der Trupp eilte über Stock und Stein, Elina und Svalberg hatten Mühe, bei dem Tempo mitzuhalten. Tannenzweige zerschrammten Elina das Gesicht. Plötzlich öffnete sich der dichte Wald zu einem Abhang. Der Hund bellte und zog noch heftiger an der Leine.

Svalberg und Elina erblickten ihn gleichzeitig. Einen schmächtigen Körper in Jeans und Jeansjacke mit dem Gesicht zur Erde. Sein Haar war schwarz und am Hinterkopf verfilzt und verklebt. Carlén hielt Boss zurück. Elina trat vor und tastete nach dem Puls des am Boden Liegenden. Am Hals spürte sie nichts. Sie tastete nach der Gesäßtasche. Ihre Hand zitterte etwas. Keine Brieftasche. Dann erhob sie sich und sah sich um. Einige Sekunden lang waren nur das schwache Rauschen der Baumwipfel und das Surren eines Insekts zu hören.

»Such, Boss, such!«, sagte Magnus Carlén und schluckte.

Eifrig setzte sich Boss wieder in Bewegung, den Hang hinauf und auf der anderen Seite wieder hinunter. Dort lag sie, ebenfalls mit dem Gesicht nach unten. Die Arme in dem grünen Regenmantel parallel zum Körper. Ein Stiefel ragte wie ein hohler Baumstumpf aus dem Sumpf. Den anderen trug sie noch am Fuß.

Elina atmete schwer, nicht nur, weil sie sich körperlich angestrengt hatte. Tote sollten nicht einfach so im Wald verstreut liegen, dachte sie und sträubte sich innerlich gegen das Bild, das sich ihr bot.

Henrik Svalberg und Elina zogen Schuhe und Strümpfe aus, krempelten die Hosenbeine hoch, untersuchten die Position der beiden Leichen zueinander und gingen dann, jeder für sich, in einem großen Bogen auf die tote junge Frau zu, um sich ihr aus zwei Richtungen zu nähern. Neben ihrem blonden, blutigen Kopf trafen sie sich wieder. Svalberg tastete nach ihrer Halsschlagader. *Tot.* Elina durchsuchte vorsichtig ihre Taschen. Sie fand eine Krankenversicherungskarte der Provinz Västmanland. Sie war auf Annika Lilja ausgestellt.

Erkki Määttä und Per Eriksson von der Spurensicherung trafen gefolgt von zwei Streifenwagen in weniger als einer halben Stunde am Waldrand ein. Sie warfen einen raschen Blick auf den VW, dann begleitete Svalberg die Kriminaltechniker und eine der Streifenwagenbesatzungen zu den Leichen. Määttä widmete sich der Frau, Eriksson dem Mann, dessen Identität noch unklar war, obwohl das Aussehen des Opfers durchaus dafür sprach, dass es sich dabei um Jamal Al-Sharif handelte. Die beiden Polizisten in Uniform begannen damit, den Tatort abzusperren.

»Habt ihr etwas gefunden, was als Mordwaffe hätte dienen können?«, fragte Määttä.

»Um was könnte es sich deiner Meinung nach handeln?«, fragte Elina zurück.

»Einen stumpfen Gegenstand. Vielleicht einen Stein oder irgendein Werkzeug. Aber such nicht jetzt danach. Wir müssen erst die Fußabdrücke sichern. Wer das getan hat, muss ihnen auf den Fersen gewesen sein.«

Elina sah sich um, ohne sich von der Stelle zu bewegen. Sie konnte in der dichten Vegetation nichts Bedrohliches entdecken.

»Ich lasse dann den Leichenwagen kommen, wenn ich mit den Opfern fertig bin«, sagte Määttä, während er weiter seine Arbeit verrichtete. »Vermutlich in einer Stunde. In anderthalb Stunden könnt ihr die Toten dann identifizieren lassen.«

»Und alles andere?«

»Das wird noch Tage dauern. Vielleicht auch Wochen. Wie lange habt ihr gebraucht, um hierher zu gelangen? Zwanzig Minuten? Wir müssen den ganzen Weg vom Auto bis hierher absuchen.«

Elina und Svalberg klingelten bei den Liljas in der Fornminnesgatan. Sie hatten entschieden, dass Elina das Wort übernehmen sollte, obwohl Svalberg als Erster Kontakt mit Lennart Lilja aufgenommen hatte. Sie hatten beide den Eindruck, dass eine Frau geeigneter war, eine Trauerbotschaft zu überbringen. Außerdem bekleidete Elina einen höheren Rang als Svalberg, sie war Kriminalinspektorin und er nur Kriminalassistent. Das war eine Art Respektsbezeugung den Hinterbliebenen gegenüber.

Elina bat darum, eintreten zu dürfen, und beantwortete Lennart Liljas Frage nicht, die dieser bereits in der Tür stellte. Mit einer zitternden Handbewegung führte er sie ins Wohnzimmer, in dem eine beigefarbene, geblümte Couchgarnitur stand. Ein dicker Teppich bedeckte das Parkett und auf dem Bücherregal waren Fotos zu sehen. Die Fensterbank zur Terrasse schmückten große Topfpflanzen. Die Gartenmöbel waren noch nicht weggeräumt worden. Ein gemütliches Zuhause, Sekunden bevor sich alles verändern würde.

Eine Frau saß auf der Kante eines Sessels. Sie schwieg und schien fürchterlich angespannt zu sein.

»Wir haben uns beide freigenommen«, sagte Lennart Lilja. »Wir hatten nicht die Kraft, zur Arbeit zu gehen, solange wir nicht wissen, wo Annika ist. Haben Sie etwas in Erfahrung gebracht?«

Er sah Elina an, und sein Blick flehte um Gnade. *Sagen Sie, dass sie in Sicherheit ist, bitte, bitte, sagen Sie nichts anderes!*

»Ich muss Sie auf das Schlimmste vorbereiten«, sagte Elina. Die Frau auf der Sesselkante hielt den Atem an. »Ich muss Sie bitten, uns zu begleiten. Es geht darum, eine Person zu identifizieren. Wir haben eine Frau gefunden … eine Tote, die Ihre Tochter sein könnte.«

Der Mann kniete sich vor seiner Frau hin, umarmte sie und begann zu weinen. Die Miene der Frau war wie erstarrt. Elina zog sich mit Henrik Svalberg in den hinteren Teil des Raumes zurück.

»Ruf einen Krankenwagen«, sagte sie leise. »Sag ihnen, wir haben eine Patientin im akuten Schockzustand.«

Lennart Lilja stand reglos vor der Bahre mit der Leiche seiner Tochter. Elina berührte ihn von hinten an beiden Armen, verweilte einen Augenblick und führte ihn dann behutsam weiter. Als er den Mann auf der Bahre erblickte, sprach er mit fast unhörbarer Stimme den Namen »Jamal« aus. »Jamal Al-Sharif?«, fragte Elina. Lennart Lilja nickte.

Elina hielt ihre Hände immer noch an seinen Armen, jetzt aber nicht mehr so fest. Sie wollte etwas sagen, ihn trösten, aber ihr fehlten die Worte.

Annikas Vater ließ den Kopf hängen. Die Vernehmung wird nicht einfach, dachte Elina. Aber wir können nicht warten.

»Herr Lilja«, sagte sie. »Ich werde dafür sorgen, dass Ihnen ein Arzt sofort etwas verschreibt.«

»Ich brauche nichts«, antwortete er. »Ich muss Disa helfen.«

Er schwankte. Elina stützte ihn. Sie nickte Svalberg zu, der hinter ihr stand. Gemeinsam fuhren sie ins Zentralkrankenhaus. Sie ließen Lennart Lilja mit seiner Frau, die einen Schwächeanfall erlitten hatte, allein. Nach zehn Minuten klopfte Elina vorsichtig an die Tür. Lennart Lilja lag auf dem Fußboden. Svalberg rannte los, um Hilfe zu holen.

Er bekam das Bett neben seiner Frau. Beide waren nicht ansprechbar.

»Wir müssen den Täter finden«, meinte Elina, als sie wieder bei ihrem Wagen waren. »Und zwar schnell. Der Vorsprung darf nicht zu groß werden.« Sie schaute auf die Uhr. »Schon halb vier. Wenn der Typ, der wegen des Volkswagens anrief, Recht hat, dann müssten die Morde gestern irgendwann um die Mittagszeit verübt worden sein. Dann hat er, entschuldige, es kann sich natürlich auch eine um eine *Sie* handeln, oder es können mehrere gewesen sein, also der oder die Täter hätten somit über vierundzwanzig Stunden Vorsprung.«

»Fürchterlich, findest du nicht auch?«, meinte Svalberg, aber mehr zu sich. »Eine so junge Frau, und der Mann natürlich auch. Aber irgendwie fand ich es schlimmer, das Mädchen dort liegen zu sehen.«

»Ich weiß nicht, was schrecklicher ist. Aber es war das Fürchterlichste, was ich bislang gesehen habe. In meinem ganzen Leben. Geschlachtet wie Opferlämmer.«

»Vielleicht hatte sie ja Geschwister? Und er könnte hier eventuell Verwandte haben. Wir müssen damit anfangen, ihre Angehörigen ausfindig zu machen. Wo Annika Lilja gearbeitet hat, weiß ich, aber seinen Arbeitsplatz kenne ich nicht, falls er überhaupt einen Job hatte.«

»Rosén und Enquist warten auf der Wache auf uns. Kärnlund hat versucht, so viele Leute wie möglich vom Dezernat zusammenzutrommeln.«

Neun Männer und eine Frau versammelten sich im Besprechungszimmer im zweiten Stock. Oskar Kärnlund saß an der Schmalseite des ovalen Tisches. Er war noch übergewichtiger geworden. Zu seiner Linken hatte Egon Jönsson Platz genommen, der sein absolutes Gegenteil war. Er hätte hinter Kärnlund ohne weiteres verschwinden können. Erik Enquist war von der Kripo Hallstahammar an die Mordgruppe delegiert worden. Er schien die Gegend, in der er lebte, besser zu kennen als sich selbst. John Rosén war Chef der Mordgruppe. Er war noch keine fünfzig, aber schon vollkommen grau. Sein Blick besaß allerdings immer noch eine jugendliche Schärfe, Frauen behandelte er altmodisch höflich, und seinem Beruf und seinen Kollegen gegenüber wahrte er stets eine gewisse Distanz. Trotzdem wurde er wie selbstverständlich als »Kapitän« der Mordgruppe wahrgenommen. Jan Niklasson erfüllte immer seine Aufgaben, nicht weniger, aber auch nicht mehr. Erkki Määttä, dem Kriminaltechniker aus dem Tornedalen, entging nur selten etwas. Sein Kollege Per Eriksson war aus demselben Holz geschnitzt wie er, nur etwas reservierter. Dann kamen Henrik Svalberg und Elina. Neben Elina saß ein großer Mann um die fünfundvierzig, der sein Bein auf den Stuhl ausgestreckt hatte. Der andere Fuß ruhte auf dem Boden. Er hatte die Arme hinter dem Kopf verschränkt. Elina konnte sich erinnern, ihn schon gelegentlich im Präsidium gesehen zu haben, wusste aber nicht, wie er hieß.

»Das hier ist Axel Bäckman«, sagte Kärnlund und machte eine rasche Handbewegung in Richtung des Neuankömmlings. »Er arbeitet bei der Ermittlungsbereitschaft und war die letzten Jahre bei der Sicherheitspolizei tätig. Davor gehörte er einer Abteilung an, die man vielleicht als die Ausländerpolizei hier in der Provinz bezeichnen könnte. Er hatte mit einem der Opfer zu tun ...«

Kärnlund beugte sich vor und setzte seine Lesebrille auf.

»Al-Sharif. Als Bäckman erfuhr, was geschehen war, bot er uns seine Hilfe an, und ich glaube, dass uns seine Kenntnisse bei der Ermittlung durchaus nützen können. Wir müssen das nur noch von oberster Stelle genehmigen lassen. Wenn wir schon dabei sind, kannst du auch gleich erzählen, was du weißt, Bäckman.«

»Jamal Al-Sharif kam 1998 aus Gaza hierher«, begann Axel Bäckman. »Ich führte die erste Vernehmung durch, nachdem er seinen Asylantrag gestellt hatte. Damals behauptete er, er hätte einer Menschenrechtsorganisation angehört, und sowohl die palästinensischen Behörden in Gaza als auch die israelische Polizei würden wegen seiner politischen Aktivitäten nach ihm fahnden. In den darauffolgenden Verhören kam es zu Widersprüchen, und da er seine Verfolgung nicht belegen konnte, wurde seine Ausweisung beschlossen. Ehe es jedoch dazu kam, tauchte er unter. Er wurde von einer Flüchtlingsorganisation versteckt. Das alte Lied also.«

Er nahm sein Bein vom Stuhl und fuhr fort:

»Aber vor drei Jahren tauchte ein Dokument auf, das bestätigte, dass sich die Israelis wirklich für ihn interessierten. Ob dieses Dokument echt war oder nicht, sei dahingestellt. Egal, jedenfalls war das im Herbst 2000. Die Existenz dieses Dokuments sprach sich, wie auch immer das passieren konnte, zur Zeitung Länstidningen rum, die mächtig auf die Tränendrüse drückte. Da damals die Kämpfe im Nahen Osten gerade wieder aufflammten und man Al-Sharif nur über Israel wieder nach Gaza hätte zurückschicken können, durfte er bleiben. Er erhielt im Oktober 2000 eine Aufenthaltsgenehmigung.«

»Also ein politischer Flüchtling aus einem Krisengebiet«, sagte Kärnlund. »Wissen wir, welcher Art seine Beziehung zu dem Mädchen war?«

»Er war ihr Verlobter«, antwortete Svalberg. »Viel mehr haben wir bislang nicht in Erfahrung bringen können. Ihre

Eltern liegen mit Schock im Krankenhaus. Wir haben sonst noch niemanden ausfindig gemacht, der die beiden kannte.«

»Okay«, sagte Kärnlund. »Määttä?«

»Beiden wurde der Schädel eingeschlagen. Offenbar mit der Rückseite einer Axt. Wir suchen noch. An den Kleidern war nichts Auffälliges festzustellen. In dem sumpfigen Boden, dort, wo die Frau lag, fanden sich recht deutliche Spuren, Abdrücke von relativ großen Schuhen, Schuhgröße 45 oder so. Also vermutlich ein Mann. Wir suchen, so gut es geht, in dem Waldstück, wo der Wagen stand, und an dem Fundort der Leichen weiter. Leider handelt es sich um ein großes Areal, und wir wissen nicht genau, wo die Opfer entlanggegangen sind. Der einzige Anhaltspunkt ist die Spur, der Boss durch den Wald gefolgt ist. Carlén war klug genug oder besaß genügend Erfahrung, um sich genau an die Wegwahl seines Hundes zu erinnern. Das Auto haben wir abschleppen lassen. Morgen sehen wir es uns genauer an. Da es bald zu dunkel ist, um im Freien weiterzusuchen, beabsichtigen wir, heute Abend schon mit ihren Wohnungen anzufangen.«

»Also nichts«, stellte Kärnlund fest, »abgesehen von den Schuhen Größe 45.«

»Um genau zu sein: 45-46«, korrigierte sich Määttä.

Jönsson hatte bislang geschwiegen.

»Ich habe vor, persönlich an dieser Ermittlung teilzunehmen«, sagte er.

Der Frischbeförderte hatte gesprochen. Elina sah John Rosén an. Jetzt würde es sich entscheiden.

»Wenn du Zeit hast, ausgezeichnet«, sagte Rosén. »Als Leiter der Mordgruppe begrüße ich jegliche Unterstützung.«

Jönsson antwortete nicht. Der Konflikt wurde durch Kärnlund entschärft.

»John! Die Planung!«

»Niklasson und Jönsson fahren mit Per Eriksson in die Wohnung des Mädchens. Wiik und Svalberg nehmen sich mit

Määttä Jamals Wohnung vor. Enquist, Bäckman und ich ermitteln von hier aus. Wie versuchen, so viele Leute wie möglich ausfindig zu machen, die das Paar kannten, um sie zu befragen. Sobald die Wohnungen durchsucht sind, treffen wir uns wieder hier.«

»Versteckt«, meinte Elina und wandte sich an Axel Bäckman. »Weißt du von wem?«

»Nein, leider nicht.«

»Das müssen Leute sein, die Jamal recht gut gekannt haben, wenn er zwei Jahre lang bei ihnen gewohnt hat.«

»Wenn es die ganze Zeit dieselben Leute waren, dann schon. Aber selbst das weiß ich nicht.«

»Vielleicht wissen diese Leute ja, ob Jamal bedroht wurde.«

»Die Polizei ist nicht gerade gut Freund mit Leuten, die Flüchtlinge verstecken. Wenn die wissen, dass wir über sie Bescheid wissen, dann können sie ihre Sommerhäuser und Wohnungen nicht mehr so gut als Versteckplätze nutzen. Aber es gibt eine Organisation, deren Vertreter namentlich bekannt sind. Wir müssen ihnen halt erklären, wie die Sachlage ist, und können dann hoffen, dass sie mit uns zusammenarbeiten.«

»Welche Leute beschäftigen sich mit so etwas?«, fragte Enquist. »Ich meine, Flüchtlinge verstecken?«

»Ganz normale Schweden. Idealisten. Oft Leute, die in der Kirche aktiv sind.«

»Wir müssen alle Quellen anzapfen«, meinte Kärnlund. »Wir wissen nicht, ob er oder sie oder vielleicht alle beide die eigentlichen Opfer waren. Wer weiß, worum es hier in Wirklichkeit geht. Ein Eifersuchtsdrama. Eine rassistisch motivierte Tat. Vielleicht etwas Politisches, wenn man an den Hintergrund denkt. Vielleicht auch nur eine Abrechnung unter Kriminellen. Jamal war vielleicht nicht ganz unbescholten und ist nur durch Zufall bislang nicht in unseren Fahndungslisten aufgetaucht. Wir wissen überhaupt nichts. So, und jetzt fangen wir an.«

Määttä öffnete mühelos mit einem Dietrich die Wohnungstür in der Stigbergsgatan. Die Zweizimmerwohnung war so gut wie unmöbliert. Kahle Wände. Keine Teppiche. Keine Gardinen. In der Diele hing eine Jacke an der Garderobe. Auf dem Boden standen ein Paar Schuhe. Im Schlafzimmer ein Bett und ein Kleiderschrank. Die Einrichtung des Wohnzimmers bestand aus einer Couch, einem Fernseher und einem Ikea-Regal. Im obersten Regalfach fanden sich ein paar gerahmte Fotografien. Weiter unten lag ein Stapel Zeitungen. In der Küche stand ein Tisch mit zwei Stühlen, und im Badezimmer gab es Körperpflegeprodukte, einen Eimer, einen Schrubber und Putzmittel in Plastikflaschen. In der Wohnung hatte ein Mensch mit bescheidenen Bedürfnissen gelebt.

»Spartanisch«, sagte Määttä. »Das Sichern der Fingerabdrücke wird etwas dauern. Aber das hat Zeit bis später.«

»Ja«, erwiderte Elina. »Fingerabdrücke sind erst dann von Interesse, wenn wir einen Verdächtigen haben. Aber lass uns erst mal schauen, was es sonst so alles gibt.«

Sie zog ein paar dünne Plastikhandschuhe über und öffnete den Kleiderschrank im Schlafzimmer. Unterwäsche, ein paar Hemden, Hosen. Ganz unten stand ein Staubsauger. Sie ging ins Wohnzimmer und betrachtete die Fotos. Ein ernster Mann mit Schnurrbart und Palästinensertuch um den Kopf. Eine lächelnde Frau mit Kopftuch. Zwei junge Männer in Hemd und Hose. Eine junge, stark geschminkte Frau vor einem Haus aus grauem Beton. Alle posierten vor der Kamera, stumme Zeugen der Sehnsucht und des Verlusts.

Die Familie, dachte Elina. Wo erreichen wir sie? Annikas Eltern wissen das vielleicht. Wenn sie wieder ansprechbar sind.

Svalberg kam aus der Küche.

»Nur Küchenkram«, sagte er. »Habt ihr was gefunden?«

»Nichts«, sagte Määttä. »Nichts, was sich lohnt, es für weitere Untersuchungen mitzunehmen.«

Die drei standen in dem kahlen Wohnzimmer. Die Luft schien sich zu verdichten. Eine unheimliche Atmosphäre umgab sie, das spürten alle.

»Da stimmt was nicht«, brach Elina das Schweigen. »Irgendwas an dieser Wohnung stimmt nicht.«

»Ja.« Määttä nickte. »So etwas ist mir noch nie untergekommen.«

»Jamal hatte keine Brieftasche bei sich, als wir ihn fanden. Auch kein Handy. Das ließe sich dadurch erklären, dass der Mörder seine Opfer beraubt hat. Aber hier gibt es keine Papiere, kein Geld, keine Kontoauszüge, kein Telefon, keine Rechnungen, es gibt überhaupt keine Spuren von Leben. Nichts.«

»Entweder lebte er von Luft oder jemand hat die Wohnung ausgeräumt«, meinte Määttä. »Mir ist, wie gesagt, so eine leere Wohnung nicht mehr untergekommen, seit ich aus meiner letzten Wohnung ausgezogen bin.«

»Lasst uns mit den Fingerabdrücken anfangen«, meinte Elina und griff zu ihrem Mobiltelefon. Sie wählte eine Nummer und machte sich einige Notizen. Dann wählte sie eine weitere Nummer und wechselte ein paar Sätze mit der Person am anderen Ende der Leitung.

»Er hatte ein Vodafone-Handy. In einer Stunde faxen sie uns die Liste der Nummern, die er angerufen hat.«

»Jetzt hast du vermutlich die Arbeit von Enquist und ... wie heißt er noch mal ... erledigt.«

»Axel Bäckman. Dann bekommen wir die Liste eben zweimal. *So what?*«

Annika Liljas Wohnung war gemütlich eingerichtet gewesen, wie Elina Roséns Beschreibung entnahm, als sich die Gruppe wieder im Präsidium versammelte. Dort hatten sich auch ein Pass, persönliche Unterlagen und Rechnungen gefunden, eben alles, was in einer normalen Wohnung herumlag. Aber Spuren, die auf das Wer und Warum hingewiesen hätten, hatten sie nicht entdeckt.

Enquist und Bäckman, die versucht hatten, anhand von Computern und Telefonaten Informationen über die Opfer zu sammeln, hatten rasch in Erfahrung gebracht, dass Annika Lilja einen zwei Jahre jüngeren Bruder namens Gustav hatte. Enquist war sofort zu ihm nach Hause gefahren.

»Das Ganze ist ihm unbegreiflich«, erzählte Enquist, als er sich zu den anderen gesellte. Er blätterte in einem Notizblock. »Ich habe nicht sehr viel aus ihm herausbekommen. Er war vollkommen mit den Nerven fertig. Annika und Jamal haben sich in einem Restaurant kennengelernt und sind vor etwa einem halben Jahr ein Paar geworden. Jamal hat Schwedisch-kurse für Einwanderer an der Volkshochschule besucht und Teilzeit in diesem Einwandererladen am Kopparbergsvägen gearbeitet. Er sei nett und sympathisch gewesen, sagt der Bruder. Er konnte sich nicht vorstellen, dass Jamal kriminell oder an irgendwelchen zwielichtigen Geschäften beteiligt gewesen sein könnte. Seine Schwester arbeitete seit einem Jahr bei einer Werbeagentur. Ich habe den Namen ihres Chefs notiert. Von irgendeinem Ärger mit irgendwelchen Exfreunden war Gustav Lilja nichts bekannt. Er hat mir die Namen der beiden Freunde vor Jamal genannt. Weder Annika noch Jamal waren Mitglieder irgendwelcher politischer Vereinigungen, zumindest wusste er nichts davon. Aber er sagte auch, dass er sie nicht sonderlich oft getroffen hat.«

»Jamal besitzt, soweit bekannt, keinerlei Verwandtschaft in Schweden«, sagte Axel Bäckman. »Die Migrationsbehörde will uns seine Akte faxen.«

Elina sah Bäckman an.

»Du sagst, seine Akte. Du hast doch vorhin erzählt, es hätte eine Pressekampagne gegeben, damit er in Schweden bleiben dürfe. Das muss doch passiert sein, während er sich noch versteckt hielt?«

»Natürlich, das versteht sich.«

»Ist Jamal von der Länstidningen interviewt worden?«

»Ja, … soweit ich mich erinnern kann, schon. Es gab da Fotos von ihm.«

»Der Reporter muss wissen, wer ihn versteckt hat. Sollten wir uns nicht mit ihm oder ihr unterhalten?«

»Ruf bei der Länstidningen an und bitte um die Artikel«, meinte Rosén. »Kannst du das gleich machen, Elina?«

Kärnlund seufzte.

»Das erinnert mich daran, dass wir eine Mitteilung an die Presse machen müssen. Ein Doppelmord lässt sich nicht unbedingt geheim halten. Sollen wir Jamals Angehörige in Gaza in Kenntnis setzen? Oder was sollen wir da unternehmen?«

»In der Akte stehen die Namen und die Adresse der Eltern«, meinte Bäckman. »Wir verständigen das schwedische Konsulat in Jerusalem.«

»Sobald ich mir die Zeitungsausschnitte über Jamal von der Länstidningen zukommen lasse, haben sie dort auch seinen Namen«, sagte Elina.

»Das ist ohnehin nur eine Frage der Zeit«, erwiderte Kärnlund. »Kümmer dich gleich drum, Wiik.«

6. KAPITEL

Es dauerte nur wenige Minuten, da hatte Elina die Artikel aus dem digitalen Archiv der Länstidningen erhalten. Elina saß in ihrem Büro und las sie am Bildschirm. Es waren insgesamt sechs Artikel. Die Fotos fehlten, nur die Bildunterschriften waren vorhanden. Jamal Al-Sharifs Konterfei würde ungesehen in den gebundenen Bänden der Zeitung langsam verblassen.

Dann griff Elina zum Telefon. Eine Frau meldete sich.

»Agnes Khaled.«

»Hier ist Elina Wiik von der Polizei Västerås. Erinnern Sie sich an mich? Der Fall Åkesson.«

»Natürlich. Rufen Sie deswegen an?«

»Nein, ich würde mit Ihnen gerne über eine andere Angelegenheit sprechen. Am liebsten sofort.«

»Das klingt ernst. Ist es das?«

»Ja. Aber nichts, worüber Sie sich Sorgen machen müssten, nichts, was Sie persönlich betrifft.«

»Ich habe gerade Zimtschnecken im Ofen. Wenn es eilig ist, müssen Sie herkommen.«

»Ich bin schon unterwegs.«

Elina parkte vor Agnes Khaleds gelbem Haus in Blåsbo. Vor dem Haus gegenüber stand ein Dreirad. Eine Familie mit Kindern war in das Haus von Wiljam Åkesson eingezogen. Der Oberstadtdirektor hatte vor etwa einem Jahr am Tag seiner Pensionierung den Löffel abgegeben.

Agnes Khaled trocknete sich die Hände an ihrer Schürze ab und gab Elina dann die Hand. Der Duft von frischgebackenen Zimtschnecken stieg Elina in die Nase und weckte angenehme Erinnerungen.

»Ich bereite meinen Fünfzigsten vor«, sagte Agnes Khaled. »Sie ahnen gar nicht, wie viele Zimtschnecken ich für das Fest backen muss.«

Elina schüttelte den Kopf. Nicht, weil sie nicht wusste, wie viele Zimtschnecken noch gebacken werden mussten, sondern weil sie nicht glauben konnte, dass die Frau mit dem wuscheligen blonden Haar und den neugierigen blauen Augen auf die fünfzig zuging.

»Es kommen also viele Gäste?«

»Fürchterlich viele.«

Elina zog die Schuhe aus.

»Sagen Sie jetzt bloß nicht, dass schon wieder einer meiner Nachbarn ermordet worden ist«, sagte Agnes Khaled und verschwand in der Küche.

»Nein«, antwortete Elina, »aber die Sache ist genauso schlimm.«

Agnes Khaled sah Elina ernst an. Ohne weitere Worte goss sie zwei Tassen Kaffee ein und stellte einen Korb mit dampfenden Zimtschnecken auf den Tisch. Sie setzten sich einander gegenüber an den Küchentisch.

»Lassen Sie mich hören.«

»Vor etwa drei Jahren haben Sie mehrere Artikel über einen Flüchtling namens Jamal Al-Sharif geschrieben. Daran erinnern Sie sich sicher.«

»Als ob es gestern gewesen wäre. Er ist doch nicht etwa tot?«

»Weshalb glauben Sie das?«

»Weil Sie gesagt haben, es sei genauso schlimm, also wie damals bei Åkesson.«

»Ja, er ist tot. Er ist gestern ermordet worden.«

»Nein! Jamal, der Ärmste!«

»Ich kann Ihnen aus ermittlungstechnischen Gründen noch keine Einzelheiten nennen«, sagte Elina rasch. »Mein Chef muss noch entscheiden, was an die Öffentlichkeit darf. Aber ich habe eben Ihre Artikel gelesen und muss dazu ein paar Fragen stellen.«

Agnes Khaled erhob sich und ging in der Küche hin und her.

»Er hat mich im Frühjahr wieder angerufen, und zwar hier zu Hause. Er sagte, er brauche Hilfe. Aber ausgerechnet zu diesem Zeitpunkt musste ich ins Ausland verreisen. Übrigens am selben Tag, am 23. April. Nach Palästina. Mein Mann Mohammad kommt von dort. Daran erinnern Sie sich vielleicht noch? Wir waren den ganzen Sommer dort und sind erst vor zwei Wochen zurückgekommen.«

»In Gaza?«

»Nein, in den besetzten Gebieten im Westjordanland, und zwar in Ramallah bei seiner Familie. Mohammads Vater war krank, und wir sind dort geblieben, bis er gestorben ist.«

»Mein Beileid.«

»Für Mohammad ist es hart, aber ich habe es recht gut verkraftet.«

»In welcher Hinsicht benötigte er denn Ihre Hilfe? Ich meine, Jamal?«

»Weiß nicht. Ich habe nicht gefragt, ich hatte so viel anderes im Kopf. Er erwähnte aber, dass es um einen Verwandten gehe.«

»Einen Verwandten? Hier oder in Palästina?«

»Keine Ahnung. Ich habe ihn an jemand anderen verwiesen, von dem ich glaubte, dass er ihm helfen könne.«

»An wen?«

»Ich kann mich ehrlich gesagt nicht mehr daran erinnern.«

»Warum hat er sich denn an Sie gewandt?«

»Weil ich diese Artikel geschrieben hatte, die dazu geführt

haben, dass er die Aufenthaltsgenehmigung erhalten hat. Ich vermute, dass er mir vertraute. Außerdem wusste er von meiner Verbindung zu seinem Heimatland.«

»Glauben Sie, er hoffte, Sie würden über diesen Verwandten schreiben? Damit auch diese Person in Schweden bleiben könnte?«

»Das weiß ich leider nicht.«

»Wie klang er? Besorgt?«

»Nein, das fand ich nicht. Besorgt klang er nicht. Aber sein Schwedisch war nicht sonderlich gut, und irgendetwas muss ihm schließlich Sorgen gemacht haben. Sonst hätte er doch vermutlich nicht um Hilfe gebeten?«

»Diese Artikel über Jamal«, meinte Elina. »Haben Sie die geschrieben, um ihm zu helfen?«

»Ja und nein. Ja, weil es nicht schwer war, ihn als Menschen sympathisch zu finden. Ich mochte ihn. Nein, weil ich die Story nach meiner journalistischen Beurteilung, auch ungeachtet dessen, was ich von ihm hielt, geschrieben hätte. Meiner Meinung nach hatte die Migrationsbehörde einen Fehler gemacht, der fast schon an Rechtsbeugung grenzte, als sie seinen Antrag ablehnte und ihn dadurch zwang, zwei Jahre lang unterzutauchen. Ich habe über mehrere solcher Fälle geschrieben. Darüber, dass die Migrationsbehörde bei Asylanträgen geschlampt hat und Leute fälschlicherweise abschieben wollte.«

»Und wie ist es in den anderen Fällen gelaufen? Durften die anderen bleiben?«

»Vier durften bleiben, zwei habe ich verloren. Trotzdem ein ganz hübsches Ergebnis, und zwar für mich und für die Rechtssicherheit.«

»Ich habe Ihre Artikel gelesen. Aber ich würde mir gerne noch einmal von Ihnen erzählen lassen, was damals passiert ist.«

»Jamal kam 1998 hierher. Bereits in einer der ersten Vernehmungen des Asylverfahrens sagte er aus, dass er von den Israelis steckbrieflich gesucht werde. Die Migrationsbehörde tat das aber als unglaubwürdig ab. Zwei Jahre später tauchte ein Dokument auf, ein israelischer Haftbefehl, der bewies, dass er die Wahrheit gesagt hatte. Dieses Dokument hatte der Behörde vorgelegen.«

»Und zwar wie lange?«, unterbrach sie Elina.

»Das weiß ich nicht. Das Papier hatte keinen Eingangsstempel und war auch nicht bei der Poststelle der Behörde als »Eingegangen« eingetragen. Niemand konnte sich die Sache so recht erklären.«

»Und wo hatten Sie das Papier her?«

Agnes Khaled sah Elina forschend an.

»Es ist Ihnen doch bewusst, dass Sie sich eines Vergehens schuldig machen, wenn Sie versuchen, meine Informanten ausfindig zu machen?«

»Sie haben mich missverstanden. Sie geben, soweit möglich, immer die Quelle einer Information an. Um die Glaubwürdigkeit zu stärken, nicht wahr? Ich dachte, dass es sich vielleicht um einen Informanten handelt, der nicht anonym bleiben muss. Beispielsweise um Jamals Anwalt.«

»Nun ja. Aber diesen Informanten kann ich nicht nennen.«

»Woher wussten Sie, dass das Dokument der Migrationsbehörde vorlag, obwohl es dort nicht in den Unterlagen auftaucht?«

»Weil einer der Abteilungsleiter diese Information bestätigte.«

»Das hat er aber erst einen Tag, nachdem Sie das Dokument veröffentlicht hatten, getan. Das geht aus Ihren Artikeln hervor. Sie wussten aber bereits vorher, dass die Behörde das Dokument in ihrem Besitz gehabt hatte.«

»Warum ist das so wichtig?«

»Ich weiß nicht. Leute haben in Jamals Leben eingegriffen.

Jetzt ist er ermordet worden. Seine Freunde wissen vielleicht auch, wer ihm an den Kragen wollte.«

»Ich möchte es einmal so ausdrücken«, sagte Agnes Khaled. »In der Migrationsbehörde gibt es Leute, denen es nicht gefällt, wie die Abläufe an ihrem Arbeitsplatz aussehen. Ich bitte Sie, keine weiteren Fragen darüber zu stellen.«

»Falls Sie einen Informanten in der Migrationsbehörde besitzen, könnten Sie ihn dann nicht bitten, mich anzurufen?«

»Nein. Für den Fall, dass ich wirklich einen Informanten in dieser Behörde hätte, würde ich ihn nicht preisgeben.«

»Dann frage ich anders. Jamal ist zwei Jahre lang versteckt worden, und zwar von jemandem in Västmanland, wenn man Ihren Artikeln glauben kann.«

»Das kann man.«

»Entschuldigen Sie, ich meinte nicht, dass Sie vielleicht etwas Unwahres geschrieben haben könnten, sondern, dass Sie betonen, dass er in Västmanland untertauchte. Wir wollen natürlich mit der Person oder den Personen, die ihn versteckt haben, sprechen.«

»Das würde es ihnen aber anschließend erschweren, weiterhin Flüchtlinge zu verstecken. Und diese Tatsache gefällt mir nicht, offen gestanden.«

»Vielleicht könnte uns das aber auch zu Jamals Mörder führen. Was ist wichtiger?«

»Ich werde mit ihnen sprechen. Sie sollen selbst entscheiden.«

»Wie war er denn als Mensch?«

»Jamal? Ein sensibler, netter Bursche. Eher weich. Aber intelligent. Aufgeweckt.«

»War er in irgendwelche strafbare Aktivitäten verwickelt?«

»Soweit ich weiß, nicht.«

»Können Sie mir sonst noch etwas über ihn erzählen? Irgendetwas, was ich wissen sollte?«

»Nein …, mir fällt nichts ein.«

Agnes Khaled begleitete Elina zur Tür.

»Was ist Ihrer Meinung nach geschehen?«, fragte Agnes Khaled.

»Diese Frage kann ich nicht beantworten.«

»Ihnen ist doch klar, dass ich wegen des Mordes jetzt sofort die Zeitung anrufe?«

»Wegen der Morde.«

»Wie bitte?«

»Jamals Verlobte wurde ebenfalls ermordet. Sprechen Sie mit meinem Chef darüber, mit Oskar Kärnlund. Und rufen Sie die Leute an, die Jamal versteckt haben. Am besten noch bevor Sie die Zeitung verständigen.«

7. KAPITEL

Der Morgen begann falsch. Anton war am Telefon. Er wollte kommen. Elina wich aus. Schob es auf die Ermittlungen. Die Länstidningen hatte den Doppelmord auf der ersten Seite über fünf Spalten ausgebreitet: Absperrbänder der Polizei im Wald. Agnes Khaled hatte einen Text geschrieben, der weiter hinten in der Zeitung platziert worden war. Korrekt, aber dürftig, was die Fakten anging. Name und Foto von Jamal, aber nicht von Annika. Von ihr war nur als Vierundzwanzigjährige aus Västerås die Rede. Mordwaffe und Vorgehensweise des Mörders wurden nicht erwähnt.

Die Ermittler versammelten sich um neun Uhr. Die Obduktion hatte ergeben, dass Annika Lilja und Jamal Al-Sharif mit einer Axt erschlagen worden waren, und zwar mit der stumpfen Seite. Jamal zuerst, sie danach. In ihrer Wunde fanden sich Spuren seines Blutes.

»Eine Axt«, sagte Kärnlund. »Verwenden Holzfäller eigentlich immer noch Äxte?«

Diese Frage konnte niemand beantworten.

Elina und Svalberg erhielten den Auftrag zu analysieren, welche Nummern von Jamals und Annikas Handy aus angerufen worden waren. Enquist sollte herausfinden, ob Jamal ein Bankkonto besessen hatte. Rosén, Bäckman und Niklasson sollten ermitteln, in welchen Kreisen sich die Mordopfer bewegt hatten. Dann würden sie alle verhören, die mit den beiden in letzter Zeit Kontakt gehabt hatten. Per Eriksson fiel die Aufgabe zu, den VW zu durchsuchen. Määttä wollte den Mordplatz samt Umgebung ein weiteres Mal absuchen.

Im Wald fühlte sich Erkki Määttä wohl. Die Geräusche und der Duft vertrieben die Unruhe der Stadt aus seinem Kopf. Jeden Sommer hackte er für seine betagten Eltern in ihrem Haus am Fluss so viel Holz, dass es den Winter über reichte, und mit knapp vierzig erinnerte sein sehniger Körper immer mehr an einen Baumstamm.

Systematisch durchsuchte er das Terrain innerhalb der Absperrung. Im Abstand von jeweils einem Meter spannte er Leinen in Längsrichtung auf und folgte ihnen dann wie ein Läufer auf einer Laufbahn, den Kopf aufmerksam auf den Boden gerichtet. Falls es hier etwas gab, würde er es finden.

Nach eindreiviertel Stunden fand Määttä sie. Sie lag wie ein silberner Fisch im sumpfigen Wasser und erinnerte an eine reglose Bachforelle. Er zog einen Plastikhandschuh über und hob sie hoch.

»Jetzt können wir nur hoffen«, sagte er zu der tropfenden DV-Kamera.

Es dauerte über zwei Stunden, bis die DV-Kassette trocken war. Eine weitere Stunde war nötig, die erforderliche Ausrüstung zu beschaffen, um sie abzuspielen.

Alle neun Mitglieder der Fahndungsgruppe versammelten sich im Besprechungsraum. Määttä hatte, als er sie um ihr Erscheinen gebeten hatte, nicht erläutert, worum es genau ging, sondern nur angedeutet, dass er möglicherweise etwas Interessantes gefunden habe. Er selbst hatte sich die Filmkassette bereits angesehen. Jetzt wollte er sie den anderen vorführen. Svalberg zog die Gardinen vor. *Ruhe. Film ab.*

00.00.03. Jamal auf den Knien mit einer Raffel in der Hand. Er lacht in die Kamera und zu Annika. Die Kamera kommt näher, im Spaß beugt er sich vor, und sein Auge füllt den Bildschirm. Dann richtet Annika die Linse auf sich. Lacht. Ein Schwenk auf die Landschaft. Tannen, ein paar Kiefern, eine Birke, der Hang. Preiselbeeren. Das Bild wackelt, als die Kamera abgestellt wird.

00.03.42. Ein Elch. Wird mit Zoom herangeholt. Ein leises Geräusch. Eine Stimme? Annikas Stimme: »Jamal!« Ein rascher Schwenk um 180 Grad. Ihre Stimme etwas leiser, fragend. »Jamal?« Ein deutliches Einatmen. Füße nähern sich im Laufschritt. Feste Schuhe, dunkle Hosen. Die Kamera ist auf den Boden gerichtet. Preiselbeerpflanzen und Kiefernzapfen auf dem Hang. Neuer Schwenk. Annikas Beine, bewegen sich hastig in den Sumpf hinein. Sie keucht, platschende Schritte. Das Bild wackelt fürchterlich. Sumpfiges Wasser und Grasbüschel kommen rasend schnell näher. Dann dreht sich der Bildausschnitt um sich selbst. Himmel und Baumwipfel. Für einen Bruchteil von Sekunden taucht ein kleiner schwarzer Gegenstand in der linken unteren Bildecke auf. Ein Knirschen, ein kurzes Stöhnen, als würde Luft entweichen. Das Aufschlagen eines Körpers. Ein Zittern, die Wasseroberfläche wird durchstoßen. Grashalme unter Wasser. Dunkelheit.

Ende. Stille.

Määttä beugte sich vor und stellte das Gerät ab. Svalberg öffnete die Vorhänge. Elina war übel geworden. Sie zwang sich dazu, die anderen anzuschauen, um die Bilder zu verdrängen. Rosén hatte die Augen geschlossen. Kärnlund fuhr sich über die Glatze. Bäckman war erblasst. Enquist erhob sich und begann auf und ab zu gehen.

Jan Niklasson brach das Schweigen. »Wenn sie nur nicht

in dem Moment, in dem sie sich umgedreht hat, die Kamera gesenkt hätte. Dann hätten wir *ihn* und nicht nur seine Füße auf dem Bild.«

»Wir müssen uns das hier noch einmal zumuten«, meinte Rosén. »Wir müssen uns ihretwegen zusammennehmen. Määttä, kannst du die Kassette noch einmal abspielen?«

Rosén ging auf den Fernseher zu und deutete auf den Monitor. »Was passiert eigentlich in dieser Sequenz?«

Elina fasste den Inhalt zusammen.

»Sie filmt den Elch, ruft Jamal, vielleicht will sie, dass er kommt und sich den Elch ebenfalls ansieht. Sie dreht sich um, sieht Jamal auf der Erde liegen und einen Mann mit einer Axt auf sich zukommen. Sie erfasst die Situation sehr schnell. Sie versucht, vor ihrem Verfolger wegzulaufen, verliert die Kamera. Den Rest wissen wir.«

Rosén drückte erst auf die Rückspultaste, dann auf Play.

»Was lässt sich zu den Füßen sagen?«

»Ein Mann«, meinte Enquist. »Mit Sicherheit ein Mann.«

Die anderen nickten. »Vielleicht können wir die Schuhmarke herausfinden, wenn wir die Bilder digital bearbeiten. Das gilt auch für die Hose. Jedenfalls handelt es sich nicht um eine Jeans.«

»Und was passiert hier am Schluss?«, fragte Rosén.

»Wie Elina sagt«, meinte Svalberg. »Sie verliert die Kamera, die dann vermutlich auf einem Grasbüschel landet und schließlich ins Wasser gleitet.«

»Sie lag recht tief«, sagte Määttä.

»Das, was man ganz am Schluss sieht, ganz unten im Bild … das, was da kurz aufblitzt.« Rosén ließ das Video in Zeitlupe weiterlaufen und drückte dann auf Pause.

»Glaubt ihr, das könnte …?«

Alle schwiegen. Kärnlund holte tief Luft.

»Das ist die Axt.«

Määttä beugte sich rasch vor und spulte zurück. Er stellte lauter. »Hört genau hin! Direkt nach dem Zoom.«

Der Elch. Jetzt wird er größer. Alle schauten genauer hin, obwohl sie ja nur genauer hinhören sollten. *Jemand sprach in einiger Entfernung.*

»Nochmal«, sagte Svalberg.

Sie lauschten.

»Kann das Jamals Stimme unten vom Felsen sein? Spricht er mit dem Mörder oder mit Annika?«

»Hört noch einmal hin«, sagte Määttä und ließ das Band ein weiteres Mal zurücklaufen. »Das klingt wie ein *ks*.«

»Oder ein *x*«, meinte Elina. »Vielleicht sagt er ja *Axt*. Er sieht, dass die Person eine Axt trägt, und kommentiert es.«

»Vielleicht glaubt er, dass es sich um einen Holzfäller handelt«, meinte Kärnlund.

Määttä spulte noch einmal zurück und drückte wieder auf Play. »Es wird noch etwas gesagt. Nach einer kurzen Pause und nicht mit denselben Worten. Klingt das nicht wie *is*? Meist hört man den S-Laut am besten.«

»*Ks, is*«, sagte Rosén. »Vielleicht ergibt eine akustische Analyse ja noch mehr.«

»Falls das Jamals Stimme sein sollte, dann glaube ich, dass er mit dem Mörder spricht«, meinte Elina. »Annika stand ein ziemliches Stück entfernt. Wenn er mit ihr gesprochen hätte, dann hätte er gerufen.«

»Und wenn er sich bedroht gefühlt hätte, dann hätte er geschrien«, sagte Rosén. »Er erkundigt sich vielleicht ganz ruhig nach der Axt.«

»Vielleicht spricht der Mörder auch mit Jamal«, meinte Enquist.

Määttä hielt die DV-Kassette in die Luft. »Das geht jetzt ans Staatliche Kriminaltechnische Labor. Wir haben hier nicht die Ausrüstung, um die Geräusche zu analysieren.«

Einer nach dem anderen verließ das Besprechungszimmer.

Elina war die Letzte. Sie rief Määttä hinterher: »Erkki! Kannst du noch mal zurückkommen?«

Er drehte sich um, und Elina streckte die Hand nach der DV-Kassette aus.

»Ich würde sie gerne noch einmal anschauen.«

Und dann noch einmal. Nach dem dritten Mal starrte sie ins Leere.

»Willst du dich in Hass-Stimmung bringen?«, fragte Määttä, nachdem er vergeblich auf ihren Kommentar gewartet hatte.

»Nein. Das ist es nicht. Da ist etwas. Etwas, was ...«

Erkki Määttä wartete.

» ... was wir sehen, aber doch nicht sehen.«

»Du meinst, dass wir die Sequenz der Ereignisse falsch deuten? Dass da eigentlich etwas anderes passiert?«

»Nein, das vielleicht nicht. Wir übersehen etwas.«

»Woher willst du das wissen?«

»Weil ich einen Flashback habe. In der Szene ist etwas, was ich schon einmal gesehen oder erlebt habe. Aber irgendwie anders oder irgendwo anders.«

»Vielleicht in einem Traum? Und ich mache mich jetzt nicht über dich lustig.«

»Das ist mir klar, Erkki. Aber das glaube ich nicht. Es ist zu wirklich.«

Elina betätigte die Eject-Taste und drückte Määttä die Kassette in die Hand.

»Zum SKL«, sagte sie. »Vielleicht hilft das ja.«

Elina und Svalberg teilten die Telefonnummern untereinander auf. Sie saßen sich in ihrem Büro am Schreibtisch gegenüber. Annika Lilja hatte mehrere Jahre lang ein Handy besessen, und die Liste der Teilnehmer, die sie angerufen hatte, war lang. Der Ausdruck der Nummern, die Jamal Al-Sharif angerufen hatte, war bedeutend kürzer. Er hatte sich sein Handy erst am 21. Mai 2003 zugelegt und es somit nur vier Monate lang verwendet.

Auf den ersten Blick war ersichtlich, dass sie vorwiegend miteinander telefoniert hatten. Auf beiden Listen strichen sie diese Nummern durch. Dann machten sie sich an Annikas Liste. Diese hatte recht oft ihre Eltern angerufen. *Ebenfalls gestrichen.* Der Arbeitsplatz, die Zentrale. *Weiteres Durchstreichen.* Dort immer wieder dieselbe Durchwahl. Elina griff zum Hörer und rief die Nummer der Zentrale an.

»Wer hat bei Ihnen die Durchwahl vier?« Sie wartete. »Danke.«

Elina legte auf.

»Der Projektleiter der Werbeagentur. Vermutlich war er Elinas direkter Vorgesetzter. Wir müssen das überprüfen.« Diese Nummer unterstrich Elina rot und schrieb den Namen daneben.

Der Bruder. Die staatliche Versicherung. Ein Fernsehgeschäft. *Ebenfalls durchstreichen.*

Privatanschlüsse. Svalberg forschte nach, erst bei der Auskunft, dann im Melderegister. »Junge Frauen, vermutlich Freundinnen. *Rote Striche.*

Die Mütterklinik. »War sie schwanger?«, fragte Elina. *Roter Strich.*

Als sie die Liste der Nummern, die Annika angerufen hatte, durchgegangen waren, zählte Svalberg die roten Striche zusammen. »Sieben müssen wir überprüfen. Diese Leute müssten einiges über Annika und vielleicht auch über Jamal wissen, vermutlich aber nichts, was mit den Morden zu tun hat.«

Elina nickte.

Jamals Liste. Nachdem sie Annikas Nummer durchgestrichen hatten, waren noch zweiundvierzig Gespräche übrig. Sieben davon hatte er mit Annikas Eltern geführt. Vierzehn Mal hatte er an seinem Arbeitsplatz angerufen, einmal bei Annikas Bruder Gustav. Viermal hatte er die Auskunft befragt.

Einmal hatte er sich mit der Staatlichen Versicherung in Verbindung gesetzt. *Alles durchgestrichen.* Blieben siebzehn Gespräche übrig.

Acht davon waren Anrufe ins Ausland. »Welches Land hat die Vorwahl 00972?«, fragte Elina. Svalberg blätterte im Telefonbuch.

»Israel.«

»Die Nummer fängt mit einer Sieben an. Das müsste die Ortsvorwahl sein.«

»Das ist Gaza.«

»Dann ist das sicher die Nummer der Eltern.«

Die Gespräche waren nicht lang gewesen. Sie hatten zwischen zwei und elf Minuten lang gedauert.

»Teuer«, meinte Elina. »Über zweiundzwanzig Kronen pro Minute. Aber es gibt noch eine Nummer ins Ausland, aber nicht nach Israel. Die Vorwahl lautet 007.«

»Russland.«

Svalberg beugte sich über die Liste. »Ortsvorwahl 95.«

Er fuhr mit dem Zeigefinger die Nummern im Telefonbuch entlang.

»Moskau.«

»Seltsam. Findest du nicht auch?« Elina schüttelte den Kopf. »Warum hat er in Moskau angerufen? Und noch dazu nur ein einziges Mal.«

Svalberg wählte die Nummer der Auslandsauskunft und erkundigte sich, ob irgendwie in Erfahrung zu bringen sei, wer sich in Moskau hinter dieser Nummer verberge. Vier Minuten später legte er auf.

»Die Dame von der Auskunft hat bei ihren Kolleginnen in Moskau gefragt. Es ging nicht. Zumindest gelang es ihnen nicht.«

»Wir müssen direkt dort anrufen. Später. Vielleicht hebt ja jemand ab und ist so nett, uns zu sagen, wer er ist und warum Jamal angerufen hat.«

Jetzt waren noch neun Telefonnummern von der Liste übrig. Zwei gehörten einer Pizzeria in Skiljebo. *Schwarzer Strich.* Eine weitere Nummer war ein Anschluss in Stockholm. Svalberg wählte.

»Amnesty«, sagte er dann. »Wieso?« *Roter Strich.*

Eine weitere Nummer plus dieselbe Nummer mit Durchwahl führten ebenfalls nach Stockholm. Elina rief als Erstes die Zentrale an.

»Rotes Kreuz«, sagte sie dann zu Svalberg, den Hörer noch in der Hand. Dann fragte sie den Telefonisten: »Wer hat die Durchwahl 36?«

Elina schrieb den Namen auf ein Papier, bedankte sich und legte auf. »Karl-Erik Ehn.« *Roter Strich.*

Auch die vier letzten Nummern gehörten zu Anschlüssen in Stockholm. Drei waren identisch. Svalberg rief die Auskunft an.

»Dieser Anschluss gehört einem Ahmed Qourir in der Tensta Allee in Stockholm«, sagte er. »Die anderen drei sind Telefonnummern bei der Migrationsbehörde, Region Stockholm.«

Elina zögerte. Dann griff sie zum Hörer und wählte. *»Sie haben die Durchwahlnummer 84 gewählt. Yngve Carlström ist heute dienstlich unterwegs.«*

»War Yngve Carlström der Sachbearbeiter Jamals, als er seinen Asylantrag stellte?«, fragte sie Svalberg.

»Weiß nicht. Ich habe seine Akte nur überflogen. Aber ich meine mich zu erinnern, dass die Papiere von einer Frau unterschrieben waren. Vielleicht war Carlström ja ihr Chef.«

»Hier gibt es viele offene Fragen«, meinte Elina und klopfte auf die Liste mit den rot unterstrichenen Telefonnummern. »Er hat vor drei Jahren die Aufenthaltsgenehmigung erhalten. Warum hat er dann jetzt bei der Migrationsbehörde angerufen? Und beim Roten Kreuz, bei Amnesty und in Moskau? Irgendetwas war los. In seinem Umfeld tat sich etwas. Als ich mich gestern mit Agnes Khaled unterhielt, sagte sie, Jamal hätte sie im Frühjahr angerufen. Er brauchte Hilfe. Es ging um einen Verwandten. Vielleicht hängen diese Anrufe ja damit zusammen?«

»Was sollen wir tun? Sollen wir diese Leute anrufen? Oder sollen wir sie aufsuchen?«

»Wir …«

Es klopfte. John Rosén wartete, bis Elina »Herein« sagte.

»Enquist ist gerade zurückgekommen«, sagte Rosén. »Jamal hatte seit Oktober 2000 ein Konto bei der Föreningssparbanken. Das Konto war immer ausgeglichen, nie überzogen, wies allerdings auch keinen sonderlichen Umsatz auf. Lohn oder Ausbildungsbeihilfe sind regelmäßig jeden Monat eingegangen. Er hat immer nur ein paar Hundert auf einmal abgehoben, außer zum Monatsende hin. Vermutlich musste er dann seine Rechnungen zahlen. Eine Sache ist jedoch rätselhaft. Im Dezember 2000 hat Jamal einen Kredit von 70 000 Kronen beantragt. Er erhielt einen abschlägigen Bescheid, da er kein festes Einkommen hatte.«

»Wusste die Bank, wofür er das Geld verwenden wollte?«, fragte Elina.

»Nein.«

»Vielleicht wollte er Möbel kaufen. Im Oktober hatte er die Aufenthaltsgenehmigung erhalten. Er hatte sein Versteck verlassen und wollte ein neues Leben beginnen.«

»Der Mann von der Sparkasse hatte Jamal damals gefragt, vermutlich aus reiner Neugierde, weil Jamal ohnehin keinen Kredit bekommen hätte. Aber Jamal hatte ihm geantwortet, er könne nicht sagen, wofür er das Geld benötige. So hatte er das ausgedrückt. Dass er es nicht sagen könne. Diese Antwort war so ungewöhnlich, dass sich der Typ von der Bank noch daran erinnern konnte.«

»Wie soll man das deuten?«, fragte Svalberg.

»Vielleicht, dass Jamal ein Geschäft plante, von dem er nichts erzählen wollte, aber zu ungeschickt war oder vielleicht auch nur zu schlecht Schwedisch sprach, um sich eine glaubwürdige Geschichte einfallen zu lassen.«

Elina zeigte Rosén die Listen mit den Telefonnummern.

»Das ist die Nummer seiner Eltern in Gaza«, sagte sie und deutete auf eine Nummer. »Ich habe sie gerade an das schwedische Konsulat in Jerusalem weitergegeben.«

»Man kann nur hoffen, dass die Eltern keine schwedischen Zeitungen lesen«, murmelte Svalberg.

»Was sollen wir mit den anderen Nummern machen?«, wollte Elina wissen.

»Durchtelefonieren und fragen, warum Jamal angerufen hat.«

Elina nickte.

»Gibt es jemanden bei uns, der Russisch kann?«, fragte Svalberg.

»Brauchen wir nicht«, meinte Elina. »Ich weiß, wen ich fragen kann.«

John Rosén blieb einen Augenblick in der Tür stehen. Elina sah, dass er über etwas nachdachte. Sein Blick war konzentriert, aber auf nichts Bestimmtes gerichtet.

»Ja?«, sagte sie. »Ist noch was?«

»Ich weiß nicht«, sagte er. »Aber ich habe das Gefühl, dass es um ihn geht und nicht um sie.«

»Warum?«

»Der Mörder hat ihn zuerst erschlagen. Sein Tod war wichtiger.«

»Er war der Mann«, wandte Elina ein, »und stärker als sie. Vielleicht lässt sich die Reihenfolge ja auch so erklären.«

»Wer kann sich schon gegen eine Axt verteidigen? Und denk an die DV-Kassette. Sie sprachen miteinander. Jamal hat ihn vielleicht erkannt?«

»Das ist ja der Normalfall. Dass sich Mörder und Opfer

kennen. Du könntest also Recht haben. Falls sich die beiden kannten, dann spricht sehr viel dafür, dass es sich um eine Abrechnung gehandelt haben könnte. Sie wurde getötet, damit es keine Zeugen gibt. Wenn es sich nicht um einen Eifersuchtsmord gehandelt hat!«

»Vielleicht hat es ja etwas mit diesem Geschäft zu tun, von dem du gesprochen hast?«, meinte Svalberg. »Diesem Kredit über 70 000 Kronen. Da die Bank ablehnte, lieh er sich das Geld vielleicht von einem Wucherer. Und dann konnte er es nicht mehr zurückzahlen.«

»Vielleicht weiß Agnes Khaled ja etwas darüber. Soll ich sie nach diesem Kreditantrag fragen?«

»Schreibt sie darüber dann in der Zeitung?«, fragte Rosén.

»Die Gefahr besteht.«

»Frag sie trotzdem. Wir müssen schon ein paar Risiken eingehen, wenn wir weiterkommen wollen. Sag, dass diese Information Bestandteil des Ermittlungsverfahrens ist, vielleicht ist sie dann ja so nett, die Einzelheiten nicht auszubreiten.«

Sie verabredeten sich im Brogården, sozusagen auf neutralem Territorium. Elina holte zwei Tassen Kaffee. Agnes Khaled begann. »Ich habe mich mit den Leuten unterhalten, die Jamal versteckt haben. Eine Frau aus der Familie wird Sie anrufen. Anonym. Sie wissen, warum.«

»Gut«, erwiderte Elina. »Mich interessiert die Information, nicht die Person. Jetzt wollte ich Sie allerdings etwas anderes fragen. Als Erstes muss ich jedoch wissen, ob alles, was ich sage, gedruckt wird?«

»Das kommt ganz darauf an. Ich kann nichts versprechen. Worum geht es denn?«

»Um eine Einzelheit, für die ich nach einer Erklärung suche.«

»Genau wie Sie muss ich Einzelheiten in einen größeren

Zusammenhang einordnen. Die Möglichkeit oder das Risiko, dass mir ein einziges Detail etwas nützt, ist also nicht sonderlich groß. Aber ich verspreche Ihnen nichts. Wenn Sie mit mir sprechen, dann sprechen Sie auch immer mit einer Journalistin, die ihre Arbeit macht.«

»*Fair enough*. Einige Monate nachdem Jamal die Aufenthaltsgenehmigung erhalten hat, stellte er bei der Bank einen Kreditantrag über 70 000 Kronen. Wissen Sie vielleicht, warum?«

»Nein. Keine Ahnung. Vielleicht wollte er zu Ikea?«

»Diesen Gedanken hatten wir auch. Aber wir sind uns nicht sicher. Als er Sie anrief, um Sie um Hilfe zu bitten, glauben Sie, dass es da um Geld gegangen sein könnte?«

»Das kann ich mir nicht vorstellen. Ich habe über ihn geschrieben, aber anschließend hatten wir keinen Kontakt mehr. Erst im Frühjahr wieder. Ich glaube, dass er mich anrief, weil ich Journalistin bin. Weil er wollte, dass ich über etwas schreibe, womit er selbst nicht fertig wurde. Mich rufen oft Leute an, weil sie sich der Willkür der Behörden ausgesetzt sehen. Wenn es eine Story hergibt, dann schreibe ich darüber. Sonst rate ich ihnen, sich einen Anwalt zu nehmen oder sich an die Gewerkschaft zu wenden oder was sich sonst noch anbietet.«

Elina trank ihren Kaffee. Sie schwiegen.

»Können Sie mir etwas über die Ermittlung erzählen?«, fragte Agnes Khaled.

»Nein. Leider nicht. Ich kann nur sagen, dass sie sich dahinschleppt. Sie verpassen also nichts. Die Konkurrenz erfährt auch nicht mehr.«

»Schade.«

»Ich habe allerdings noch eine Frage«, meinte Elina. »Wenn ein Flüchtling einmal eine Aufenthaltsgenehmigung erhalten hat, besteht für ihn dann noch Veranlassung, den Kontakt zur Migrationsbehörde aufrechtzuerhalten?«

»Nein, ganz und gar nicht. Ich wüsste nicht, weshalb. Warum fragen Sie?«

»Jamal hat in den letzten Monaten mehrmals bei der Migrationsbehörde angerufen, bei einem gewissen Yngve Carlström, der in Stockholm tätig ist.«

Die Hand, mit der Agnes Khaled ihre Tasse hielt, verkrampfte sich. Sie sagte nichts. Ihre Haltung sprach jedoch Bände.

»Kennen Sie ihn?«, fragte sie.

»Ich habe den Namen schon mal gehört.«

»Wenn ich weiterfrage, dann ist der Informantenschutz nicht mehr gewährleistet, nicht wahr?«

»Ich habe nicht vor, mich darüber zu äußern, wer meine Informanten sind. Ich schlage Ihnen also noch einmal vor, dieses Thema auf sich beruhen zu lassen.«

Elina sah Agnes Khaled hinterher, nachdem sie sich voneinander verabschiedet hatten. Sie ertappte sich dabei, dass sie sie bewunderte. Elina fühlte sich immer Frauen unterlegen, die auf dem Weg durchs Leben einem inneren Kompass zu folgen schienen. Sie selbst wusste nicht, was von ihrem eigenen Verhalten angelernt und was wirklich sie selbst war.

Wieder im Präsidium nahm Elina auf ihrem Schreibtischstuhl Platz, rollte näher an den Tisch heran und schaltete den Computer ein. Sie musste nachdenken. Mit den Fingern auf den Tasten versuchte sie, ihre Gedanken zu ordnen und in Worte zu kleiden.

Jamal versucht, Geld zu leihen. Hilfesuchend wendet er sich mehrere Jahre später wegen eines Verwandten in Schwierigkeiten an Agnes Khaled. Diese verweist ihn an einen Sachbearbeiter (Yngve Carlström?) bei der Migrationsbehörde. Carlström (?) ist die Person, die der Länstidningen ein internes Dokument zugespielt hat. Dieses Dokument be-

wirkt, dass sich Agnes K. für den Fall interessiert. Die Auf-
merksamkeit der Medien führt dazu, dass Jamal bleiben
darf.

Elina lehnte sich zurück. Ihre Gedanken schweiften ab:
Agnes Khaled hatte die Interessen von sechs Flüchtlingen ver-
treten, vier davon erfolgreich. In allen Fällen waren der Migrationsbehörde Fehler unterlaufen. War Yngve Carlström ein
Informant, auf den sie immer noch zurückgriff? Ein Mann mit
einem Ordnungsfimmel, der gewissenhaft die kleinliche und
oft stümperhafte Bearbeitung von Asylanträgen seines Arbeit-
gebers korrigierte?

Elina erwog, alle Artikel zu bestellen, die Agnes Khaled
über die sechs Fälle in der Länstidningen geschrieben hatte.
Sie wollte herausfinden, ob ein Zusammenhang bestand. Von
einer solchen Anfrage würde Agnes Khaled jedoch zweifellos
erfahren, und Elina hatte ihren Informationsquellen für die
nächste Zeit genug hinterhergeschnüffelt.

Wie die ganze Sache auch nur theoretisch in Verbindung
mit den Morden an Annika Lilja und Jamal Al-Sharif gebracht
werden könnte, wusste sie nicht. Sie wusste nur, dass es einen Zusammenhang geben *könnte.* Jamal war aktiv gewesen.
Er hatte sich genötigt gesehen, etwas zu unternehmen. Vielleicht hatte sich irgendjemand durch seine Umtriebigkeit bedroht gefühlt.

Sie schaute auf die Liste der Nummern, die Jamal angerufen hatte, und griff zum Hörer. Sie wählte die Nummer von
Karl-Erik Ehn beim Roten Kreuz. Ehn hob ab.

Elina nannte ihren Namen und kam sofort zur Sache.

»Am 6. August hat ein Jamal Al-Sharif aus Västerås bei Ihnen angerufen. Sie haben sich laut mir vorliegender Liste 8
Minuten und 42 Sekunden miteinander unterhalten. Worüber
haben Sie gesprochen?«

»Wir haben zweimal miteinander gesprochen. Ich erinnere
mich noch sehr gut. Er wollte, dass ich ihm dabei helfe, sei-

nen verschwundenen Cousin zu finden – oder genauer gesagt: das Rote Kreuz.«

Elina drückte den Hörer fester ans Ohr. Sie war jetzt ganz aufmerksam.

»Ich erklärte ihm, dass wir eine Anfrage an das Rote Kreuz in jenem Land schicken könnten, in dem sein Cousin verschwand, jedoch nicht viel mehr.«

»Was hat er noch zu Ihnen gesagt? Wie hieß dieser Cousin? Wann … Aber lassen Sie mich eine Frage nach der anderen stellen: Wann soll dieser Cousin denn verschwunden sein?«

»Ich erinnere mich nicht mehr genau. Ich glaube, er sagte Winter 2001.«

»Wie hieß der Cousin?«

»Das weiß ich nicht, aber ich kann nachschauen. Wir haben diese Anfrage nämlich weitergeleitet. Warten Sie bitte einen Augenblick.«

»Danke.«

Elina hörte, wie geblättert wurde.

»Er hieß Sayed Al-Sharif.«

»Was sagte Jamal über die Umstände? Weshalb war dieser Cousin verschwunden?«

»Tja … mal sehen, was ich hier geschrieben habe. Da steht Folgendes: Er ist mit Hilfe von Menschenschmugglern aus Palästina geflohen. Sein Ziel war Schweden, da er dort Verwandte besaß. Er verschwand jedoch auf dem Weg hierher. Das letzte Mal ließ er aus Moskau von sich hören. Wir wandten uns also an das Rote Kreuz in Russland und baten darum, dort Nachforschungen anzustellen.«

»Und?«

»Wir haben bislang keine Antwort erhalten. Die wird auch noch eine Weile auf sich warten lassen. Es dauert nämlich immer ein Jahr, bis uns die Russen Bescheid geben.«

8. KAPITEL

Elina öffnete die Tür und trat auf den Gang. John Roséns Büro lag ein Stück weiter den Korridor entlang. Vier Männer kamen ihr entgegen. Axel Bäckman grüßte. Egon Jönsson verzog keine Miene. Die anderen beiden nickten. Sie gingen an ihr vorbei. Elina drehte sich um und sah, wie sich die Tür von Bäckmans provisorischem Büro bei der Kriminalpolizei hinter ihnen schloss. Sie drehte sich erneut um und erblickte Rosén auf der Schwelle seines Zimmers.

»Was ist los?«, fragte sie.

»Komm mal kurz zu mir.«

Rosén schloss die Tür, nachdem sie bei ihm eingetreten war.

»Es kommt Bewegung in die Sache. Die Ermittlung wird aufgeteilt.«

»Wieso das?«

»Die beiden Herren, die du gerade gesehen hast, sind von der Sicherheitspolizei in Stockholm. Sie sollen *die Kompetenz in genau umrissenen Ermittlungsabschnitten erhöhen.*«

John lächelte gequält.

»Es verhält sich folgendermaßen«, sagte Rosén, als er wieder den Mund öffnete und sein strahlend weißes Gebiss zeigte. »Bäckman ist auf Informationen gestoßen, die nahelegen, dass der Mord an Jamal mit der Situation im Nahen Osten zu tun haben könnte. Wie er an diese Informationen gelangt ist, weiß ich nicht, aber schließlich gehörte er früher selbst einmal zu den Spähern. Das Motiv könnte sein, dass Jamal in Palästina in extremere Aktivitäten als die Verteidigung von Menschenrechten verwickelt gewesen ist. Diese Aktivitäten soll er dann von Schweden aus fortgesetzt haben.«

»Und jetzt haben ihn die Israelis also ins Jenseits befördert?«

»Ja, oder politische Gegner auf der palästinensischen Seite. Eine Art interne Abrechnung. Die Details kenne ich nicht. Ich werde sie wohl auch nicht erfahren. Betrifft dich nicht mehr, wie sich der neue Dezernatschef Jönsson ausgedrückt hat.«

»Sag bloß! Hat er dich als Chef der Mordgruppe gefeuert?«

Was wird jetzt aus mir?, dachte Elina, noch bevor Rosén antwortete.

»Nein. Ich bin nach wie vor der Chef. Und ich leite auch weiterhin die Ermittlung. Außer wenn es um die erwähnten *sicherheitspolitischen Aspekte* geht. Kurz gesagt, alles, was diese Aspekte betrifft, liegt bei Jönsson. Bäckman wird mit ihm zusammenarbeiten. Die beiden aus Stockholm angereisten Kriminalinspektoren werden sich ebenfalls beteiligen, aber vermutlich mehr als Aufpasser.«

»Und wir?«

»Du, Enquist, Svalberg und ich machen mit allem anderen weiter, also mit allem, was auf einen normalen Doppelmord schließen lässt, insofern man überhaupt von ›normal‹ sprechen kann, wenn es um den Mord an zwei jungen Menschen geht.«

»Also zwei unabhängige Ermittlungen? Das ist doch schwachsinnig! Wie soll das denn gehen?«

John Rosén lächelte und schüttelte den Kopf.

»Was glaubst du?«, meinte er.

»Sie bekommen von uns alle Informationen, und wir bekommen keine von ihnen.«

Roséns Kopfschütteln ging in ein Nicken über.

»Verdammt!«, rief Elina. »Von mir bekommen die keine Informationen.«

»Leider lässt sich das nicht ändern. Wir müssen. Im Prinzip ist Jönsson bereits unser Chef. Legen wir uns quer, dann können wir uns aus der Mordgruppe verabschieden.«

»Findest du dich damit ab?«

»Ja. Schließlich geht es nur um diese eine Ermittlung. Nächstes Mal ist alles wie gehabt. Davon gehe ich aus.«

Elina knirschte mit den Zähnen. Sie hätte gerne jemandem vors Schienbein getreten. Am liebsten Jönsson.

»Wolltest du eigentlich vorhin zu mir?«, fragte Rosén.

»Bitte?«

»Vorhin auf dem Gang. Du bist auf meine Tür zugegangen.«

»Ach ja, richtig, das stimmt. Ich glaube, ich bin ein Stück weitergekommen.«

»Gut. Dann wollen wir uns auf die Arbeit konzentrieren. Lass hören.«

»Ein Verwandter Jamals ist verschwunden. Ein Cousin namens Sayed Al-Sharif. Offenbar war das bereits im Winter 2001. Sayed wollte mit Hilfe von Menschenschmugglern nach Schweden kommen. Zeitlich fällt das auch mit Jamals Versuch zusammen, einen Kredit von 70 000 Kronen aufzunehmen.«

»Du glaubst, dass er mit diesem Kredit die Schmuggelkosten begleichen wollte?«

»Ja, aber das ist nur eine Vermutung. Jamal hat wegen dieses Verwandten diverse Telefongespräche geführt, erst mit Agnes Khaled und dann mit dem Roten Kreuz. Vermutlich hat er sich auch deswegen bei dieser Person von der Migrationsbehörde gemeldet, aber das habe ich noch nicht überprüft. Außerdem könnte der Anruf in Moskau damit zusammenhängen, weil Jamal das letzte Lebenszeichen von Sayed aus Moskau erhalten hatte.«

»Was ist mit dieser Person auf der Liste, die einen ausländischen Namen trägt?«

»Er heißt Ahmed Qourir. Könnte ebenfalls damit zu tun haben, aber das habe ich noch nicht überprüft.«

»Weißt du, warum er erst jetzt Nachforschungen angestellt hat? Dieser Cousin Sayed verschwand schließlich bereits vor zweieinhalb Jahren.«

»Nein. Aber wir haben schließlich nur eine Liste seiner Anrufe der letzten vier Monate. Er könnte auch schon vorher Nachforschungen angestellt haben.«

»Und warum soll das etwas mit den Morden zu tun haben?«

»Keine Ahnung. Aber irgendetwas scheint doch in Jamals Leben in Bewegung geraten zu sein. Und etwas anderes haben Svalberg und ich nicht entdecken können. Und es geht um Menschenschmuggel, Geld, einen Verschwundenen, da liegt der Gedanke an Gewalt doch recht nahe.«

»Ich glaube mehr an einen Eifersuchtsmord oder an einen fanatischen Rassisten, ohne das allerdings beweisen zu können, das muss ich zugeben. Ich glaube, wir vier … oder fünf, wenn wir Niklasson behalten dürfen, müssen jetzt in der Anfangsphase unterschiedliche Richtungen einschlagen. Verfolge du mal deine Spur. Da ist schließlich noch einiges zu tun, nicht wahr?«

»Ja. Als Erstes möchte ich die übrigen Personen auf der Liste erreichen.«

Nadia hatte den Abend frei. Sie liebte Dienstage. Sie hatte abends frei, und ihre Tochter hatte Ballettstunde. Nadia würde zuschauen, und vor Glück und Stolz würde ihr das Herz aufgehen.

Es war Viertel vor fünf, als Elina anrief. Das Telefon klingelte. Nadia war gerade dabei, die frisch gewaschenen Kleider herauszusuchen, und Nina machte sich fertig.

»*Poka,* Elina! Meine liebe Freundin, wie geht es dir? Ich will gerade Nina zur Ballettstunde bringen. Kannst du nicht mitkommen und zuschauen? Das ist so wunderbar!«

Elina ging zu Fuß nach Herrgärdet. Die Bäume begannen ihr Laub zu verlieren, und der Geruch von Herbst lag in der warmen Luft. Klaviermusik klang aus den Räumen der Ballettschule nach draußen. Sie folgte der Musik eine Treppe hinauf. An einer Stange standen acht Mädchen und ein Junge auf Zehenspitzen, und in der Ecke spielte eine Frau mit langen grauen Haaren auf einem Flügel. Die Kinder sahen aus wie Engel. Die Lehrerin zählte den Takt, während sie den Winkel korrigierte, in dem die Schüler ihre Arme und Hände hielten. Elina blieb eine Weile fasziniert in der Tür stehen. Sie hatte in ihrem ganzen Leben keinen einzigen Ballettschritt gelernt und sah daher auch nicht, dass Nadias neunjährige Nina überdurchschnittlich begabt war.

Nadia stand weiter hinten und nickte im Takt der Schritte ihrer Tochter. Elina wollte nicht stören. Sie wartete, bis Nadia ihr den Blick zuwandte. Nadia winkte sie mit einem strahlenden Lächeln zu sich, legte ihr den Arm um die Schultern und flüsterte ihr ins Ohr: »Ist das nicht fantastisch? Die Lehrerin sagt, dass aus ihr etwas werden kann, wenn sie nur viel und ausdauernd trainiert.«

Als die Übung beendet war, lief Nina auf Elina zu und umarmte sie. »Wirklich schön, dass ich dich endlich einmal tanzen sehe«, meinte Elina. »Das kannst du wirklich gut!«

»*Spasiba,* Elina«, sagte Nina und lächelte verlegen. Sie sagte einige Worte auf Russisch zu ihrer Mutter, und diese antwortete in derselben Sprache. Dann unterhielten sie sich auf Schwedisch, da Elina dabei war.

Anschließend fuhren sie mit dem Bus zu Nadias und Ninas Haus in der Gunilbogatan, in dem sie eine Dreizimmerwohnung im obersten Stockwerk bewohnten. In der Einzimmerwohnung daneben wohnte Nadias Mutter, die nach Schweden gezogen war, um sich um Nina zu kümmern, wenn Nadia abends im Restaurant arbeitete. Der schwedische Vater der Tochter wohnte ebenfalls in Västerås, und Nina verbrachte jedes zweite Wochenende bei ihm, war aber sonst bei der Mutter. Elina war ihm in den Jahren, seit sie Nadia kannte, noch nie begegnet.

Elina hatte sich Nadia gegenüber in einer Weise geöffnet, die sie selbst erstaunte. Sie waren sich in dem Restaurant begegnet, in dem Nadia arbeitete. Nadia hatte Elina bedient. Dass sie dann abends ausgegangen waren, war Nadias Initiative zu verdanken. Elina meinte sich zu erinnern, dass sie sofort Freundinnen geworden waren, und zwar genauso, wie man sich auf den ersten Blick in einen Mann verlieben konnte. Elina wusste, dass das möglich war. *Martin.* Nach ihm war sie ihren eigenen Reaktionen gegenüber misstrauisch und vorsichtig geworden. Aber Nadia hatte ihr keinen Platz für Unentschlossenheit gelassen.

Nadia setzte Teewasser auf, während sie erzählte. Ein Mann hatte ihr Avancen gemacht, aber sie hatte ihn sofort abserviert. »Er glaubte, ich sei leicht zu haben, bloß weil ich keine Schwedin bin! Schon wieder! Wo gibt es in diesem Land bloß erwachsene Männer?« Sie erzählte von den Fortschritten, die Nina in der Schule machte, und davon, dass ihre scharfe Zunge ihr ständig Probleme mit dem Restaurantchef einbrachte. Elina berichtete von ihren Qualen wegen Anton. Nadia gab ihr den Rat, kurzen Prozess zu machen. Elina hatte auch nichts anderes erwartet.

Zum Schluss kam sie zur Sache.

»Diese Telefonnummer«, sagte Elina und legte Nadia einen Zettel hin. »Das ist eine Nummer in Moskau, aber ich weiß nicht, wem sie gehört.«

Nadia sprang vom Sofa auf.

»Das haben wir gleich.«

Sie blätterte in einem schwarzen Adressbuch und wählte

eine Nummer. Von der Unterhaltung verstand Elina nichts, sie hörte jedoch ganz am Anfang den Namen Sergej.

»Ich soll in einer Viertelstunde zurückrufen«, meinte Nadia, nachdem sie wieder aufgelegt hatte. »Bis dahin hat Sergej es rausgekriegt. Er schlägt mir nie etwas ab.«

»Natürlich nicht. Die Person möchte ich auch erst einmal sehen, die dir etwas abschlagen könnte. Wer ist denn Sergej? Ein Exfreund?«

»Natürlich. Noch dazu einer mit nützlichen Kontakten.«

Nadia zwinkerte ihr zu.

»Er hat früher beim KGB gearbeitet. Vielleicht tut er das auch immer noch, obwohl er behauptet, dass er dort aufgehört hat. Für mich spielt das keine Rolle. Er muss nur etwas herumtelefonieren, dann ist die Frage geklärt.«

»Ich kann deine Telefonate bezahlen, Nadia. Das hier kostet ein Vermögen.«

Nadia wehrt ab. »Auf gar keinen Fall.«

Zwanzig Minuten später. Das Telefon. Stift, Papier, Notizen. *Do Zavtra.*

»Unglaublich! Sergej sagt, dass die Nummer zur Wohnung 17 in der Profzojusnaja 368 gehört. In dieser Straße habe ich früher gewohnt, kannst du dir das vorstellen? Dort wohnen Tausende von Menschen, die Häuser sind riesig, alles sieht gleich aus. Ich würde dir wirklich gerne einmal Moskau zeigen! Sergej sagt, dass die Person, der diese Wohnung gehört, sie an Flüchtlinge untervermietet, die in Moskau hängengeblieben sind, weil sie überall abgewiesen werden. Selbst in ihren eigenen Ländern. Der Vermieter nimmt diesen Leuten wahnsinnig viel Geld ab. Er heißt Wladimir Petrow.«

»Wie hat dein Freund all das herausfinden können?«

Nadia zuckte mit den Achseln. »Melderegister, Kontakte, was weiß ich? Er hat vermutlich jemanden angerufen, der Zugriff auf die richtigen Informationen hat. In Moskau ist alles möglich.«

Elina dachte einen Augenblick nach. Vielleicht sollten sie ja einen Versuch unternehmen? Das verstieß zwar gegen die Regeln, aber die Ermittlung drohte schließlich ihr und der Mordgruppe aus den Händen zu gleiten.

»Nadia, ruf bitte die Nummer in Moskau an. Frage nach einem Sayed Al-Sharif. Falls er nicht dort sein sollte, dann frage, wo du ihn erreichen kannst und was aus ihm geworden ist.«

»Diesen Namen musst du mir aufschreiben.«

Elina schrieb. Nadia wählte. Dann legte sie wieder auf.

»Es geht keiner dran.«

»Wir versuchen es später noch einmal. Das kann warten.«

Es war bereits nach zehn, als sie wieder zu Hause war. Sie checkte ihre E-Mails. Ihr Vater wie immer. Er berichtete von der Herbsternte in seinem Gemüsegarten. Fragte, was sie gerade zu tun habe. Ob sie mit dem neuen Mordfall befasst sei, über den im Aftonbladet berichtet worden war. Elina schrieb eine kurze Antwort. Auch Anton hatte ihr geschrieben. Sie streckte die Hand nach dem Telefonhörer aus. Er hob ab, seine Stimme klang gequält. Sie wollte am nächsten Tag nach Stockholm und ihn anschließend treffen.

Auch gut, dann kann ich endlich einen Schlussstrich ziehen, dachte Elina.

9. KAPITEL

Verängstigt oder voller Hoffnung, vom Krieg vertrieben oder auf der Jagd nach materiellem Glück, auf der verzweifelten Suche nach einer Zukunft. Sie wurden in Scharen an unseren Küsten angeschwemmt, an ein Land, das zu wenige eigene Kinder hatte, aber die Kinder anderer abwies. An die Küste eines reichen Landes, das bald die menschliche Verarmung des kinderlosen Alterns erleben würde.

Als Elina die Nebenstelle der Migrationsbehörde betrat, meinte sie in eine andere Welt geraten zu sein. Auf der anderen Seite der Straße lag das Råsunda-Fußballstadion, ein Denkmal für alles Schwedische, in dem bei jedem Länderspiel dem Nationalismus leidenschaftlich freier Lauf gelassen werden konnte. In der Nebenstelle saßen Menschen, die eine Fahrkarte nach Schweden gelöst und jetzt eine Nummer gezogen hatten, um nach stunden- und tagelangem Warten mit einem Sachbearbeiter über ihr Bleiberecht verhandeln zu dürfen.

Elina wurde in ein Büro geführt. Hinter einem Schreibtisch saß Yngve Carlström. Um die fünfzig, verlebt, Stupsnase, schmaler Mund. Er schob seine Brille zurecht und reichte ihr dann die Hand. Ein weicher Händedruck.

Bloß kein vorschnelles Urteil fällen, dachte Elina.

Sie nahmen einander gegenüber am Schreibtisch Platz. Ihr Stuhl war etwas niedriger als seiner.

»Womit kann ich Ihnen dienen?«

»Es geht um drei Anrufe, die Sie im September erhalten haben. Von einem Mann aus Västerås, sein Name ist Jamal Al-Sharif.«

»Und?«

Er beugte sich vor und rückte seine Brille nochmals zurecht. Dann nahm er einen Stift und begann Männchen auf ein Papier zu kritzeln.

»Sie müssen doch gelesen haben, was ihm zugestoßen ist?«, meinte Elina. »Die Zeitungen waren in den letzten Tagen voll davon.«

»Nein, ich habe keine Ahnung.«

Elina betrachtete seine Hand, mit der er immer weiter strichelte. Er bemerkte ihren Blick und legte den Stift beiseite.

»Ich weiß, um wen es sich handelt«, sagte er. »Aber was ist passiert?«

»Er wurde letzten Sonntag zusammen mit seiner Freundin ermordet.«

»Das klingt schrecklich.«

»Das ist es auch.«

»Und was hat das mit mir zu tun?«

»Worum ging es bei diesen Anrufen?«

»Ich muss nachdenken.«

Er nahm die Brille ab und massierte seine Nasenwurzel.

»Ich glaube, wir sollten ihm dabei helfen, einen Verwandten ausfindig zu machen, der angeblich nach Schweden gekommen war. Ja, genau, so war es. Er wollte wissen, ob wir irgendwelche Unterlagen über ihn besitzen.«

»Was für Unterlagen hätten das sein sollen?«

»Irgendwas, woraus hervorgegangen wäre, dass dieser Verwandte einen Asylantrag gestellt habe. Ich glaube, er wollte wissen, ob diese Person in Schweden eingetroffen und dann abgeschoben worden war. Er wollte herausfinden, ob diese Person bereits auf dem Weg nach Schweden verschwunden war oder erst nach der Abschiebung.«

»Gab es irgendwelche Unterlagen darüber?«

»Normalerweise unterliegen unsere Akten der Geheimhaltung. Aber in diesem Falle fand ich, dass wir ihm helfen könnten. Es wirkte unwahrscheinlich, dass das uns oder diesem Verwandten hätte schaden können. Ich sah also nach. Uns lagen keine Informationen über eine Person mit diesem Namen vor.«

»Wann haben Sie Jamal das erzählt?«

»Ich rief ihn nach seinem ersten Anruf zurück.«

»Und die beiden anderen Anrufe? Weshalb rief er da an?«

»Soweit ich mich erinnern kann, wollte er wissen, ob es vielleicht noch anderswo Unterlagen geben könnte. Die Behörde hat schließlich mehrere Nebenstellen. Es war ihm ganz einfach sehr wichtig.«

»Und was haben Sie unternommen?«

»Ich habe das überprüft. Sein Verwandter hatte nirgendwo in Schweden eine Aufenthaltsgenehmigung beantragt.«

»Die beiden waren Cousins. Und der andere verschwand vor über zwei Jahren. Hat Jamal schon früher einmal wegen dieser Sache angerufen?«

»Nicht dass ich wüsste. Jedenfalls nicht bei mir.«

»Warum hat er gerade Sie angerufen?«

Yngve Carlström griff zu seinem Stift und begann wieder zu zeichnen. Einen runden Kopf mit Punkten als Augen.

»Ich weiß nicht. Vermutlich hat ihn die Zentrale zu mir durchgestellt.«

»Er hat aber direkt Ihre Durchwahl gewählt.«

»Vielleicht hatte er die ja von der Zentrale. Keine Ahnung.«

Elina lehnte sich zurück. Sie dachte nach: Sie konnte Yngve Carlström nicht fragen, ob Agnes Khaled Jamal an ihn verwiesen hatte. Damit hätte sie gewissermaßen versucht, einen Informanten der Länstidningen zu enttarnen. Damit hätte sie das Vertrauen von Agnes Khaled verloren. Das war zwar weniger wichtig, aber trotzdem. Außerdem würde Yngve Carlström diese Frage nicht beantworten, weil er damit eingestehen würde, vertrauliche Informationen der Migrationsbehörde weiterzugeben. Es handelte sich jedoch um einen Mordfall. Jamal war erschlagen worden. Vielleicht hatte ja sein verschwundener Cousin mit dieser Sache zu tun? Weshalb war er verschwunden?

Sie konnte nicht beurteilen, welche Informationen wichtig und welche unwichtig waren. Noch nicht. Sie schlug einen Mittelweg ein.

»Vielleicht hat ihn die Zentrale an Sie verwiesen, sagten Sie. Könnte auch jemand anderer ihn an Sie verwiesen und ihm Ihre Durchwahlnummer gegeben haben?«

»Wer hätte das sein sollen?«

»Vielleicht jemand, der Sie kennt?«

»Fragen Sie doch Jamal, hätte ich fast gesagt. Aber das geht ja nun nicht mehr. Ich habe keine Ahnung.«

Fragen Sie doch Jamal. Unangebracht persönlich, fand Elina.

»Hatten Sie vorher schon einmal mit Jamal zu tun? Haben Sie beispielsweise seinen Asylantrag bearbeitet, als er 1998 hierherkam? Oder als dieser Antrag zwei Jahre später noch einmal verhandelt wurde?«

»Nein, damit hatte ich nichts zu tun. Ich hörte erst im Herbst 2000 von ihm, als er die Aufenthaltsgenehmigung erhielt. Das schlug ziemlich hohe Wellen, da der Fehler auf das Konto meiner Abteilung ging.«

»Darf ich Ihnen eine etwas allgemeinere Frage stellen?«

Seine Antwort wartete sie nicht ab.

»Was halten Sie persönlich davon, wie Asylanträge in Ihrer Abteilung gehandhabt werden?«

»Wir halten uns an die Regeln, die von der Regierung und vom Reichstag vorgegeben werden.«

»Und was halten Sie von diesen Regeln?«

»Wie meinen Sie das?«

»Was halten Sie von der schwedischen Einwanderungspolitik? Ist sie zu kleinlich oder zu großzügig?«

Er schwieg. Elina vermutete, dass er darüber nachdachte, weshalb sie diese Frage stellte und wie er sie beantworten sollte.

»Ich finde, dass sie durchaus großzügiger sein könnte«, erwiderte er dann. »Aber ich gehe bei der Bearbeitung der Asylanträge selbstverständlich von den geltenden Regeln aus. Ich kann natürlich bei der Beurteilung der Asylgründe jedes einzelnen Antragstellers besondere Sorgfalt walten lassen.«

»Tun das nicht alle Sachbearbeiter?«

»Sind diese Fragen Bestandteil einer formellen Vernehmung?«

»Ich bin natürlich dienstlich hier, mache mir jedoch keine Notizen, wie Sie sehen können.«

»Dann möchte ich es einmal folgendermaßen ausdrücken: Abgesehen von den Regeln gibt es bestimmte unausgesprochene Vorgaben von Politikern, bei denen es um den Grad des Wohlwollens geht. Wollen wir die Flüchtlinge hierbehalten, oder wollen wir das nicht? Sollen wir Sachbearbeiter den Angaben der Flüchtlinge misstrauen, oder sollen wir eher davon ausgehen, dass sie der Wahrheit entsprechen? Im Augenblick sieht unsere Arbeit so aus, dass wir jeden noch so kleinen Widerspruch in ihren Berichten finden sollen, um die Flüchtlinge als unglaubwürdig abstempeln zu können.«

»Was hat das für Konsequenzen für die Flüchtlinge?«

»Dass die Gründe, die sie für ihren Antrag nennen, nicht genügen. Also Abschiebung. Jamals Fall ist ein Beispiel dafür. Niemand ging der Frage nach, ob die Israelis wirklich nach ihm fahndeten. Und als die Behörde schließlich ein Dokument erhielt, das dieses Faktum bestätigte, beachtete es niemand. Man legte das Dokument einfach zu seiner Akte. Erst als die

Medien von diesem Dokument erfuhren, wurde der Abschiebungsbeschluss aufgehoben.«

»Und wie konnte die Länstidningen davon erfahren?«

»Keine Ahnung. Das ist wirklich rätselhaft, nicht wahr?«

»Dann danke ich Ihnen für diese Antworten.«

Elina erhob sich und ging.

Mit ihrem Dienstwagen fuhr Elina nach Tensta. Diese Gegend war ihr fast vollkommen unbekannt. Wie so manch anderer hatte sie jahrelang in Stockholm gelebt, ohne sich sonderlich oft in die Vororte der Stadt zu begeben. In den Stadtzentren von London, Athen oder New York kannte sie sich besser aus als in Tensta. Mit Hilfe eines Stadtplans fand sie die Adresse.

Die Wohnung war über einen Balkon zu erreichen. Es war die letzte Tür. Elina musste auf dem Weg ein paar Satellitenschüsseln ausweichen. Das Glas über dem Namen Ahmed Qourir auf dem Briefkastenschlitz in der Tür hatte einen Sprung.

Nachdem Elina dreimal geklingelt hatte, zog sie eine Visitenkarte aus der Tasche und schrieb darauf: »Bitte rufen Sie mich an!« Dann steckte sie sie in den Briefkasten.

Auf dem Weg zurück zum Auto sah sie ein paar verschleierte Frauen mit schweren Einkaufstaschen und einem Rudel Kinder. Die Männer trugen Schnurrbärte. Sie fragte sich, wie Ahmed Qourir wohl aussah.

Sie schaute gen Himmel. Es war bewölkt. Ihr Magen rumorte. Jetzt stand ihr noch das Schlimmste bevor.

Elina klingelte, obwohl sie einen Schlüssel besaß. Anton öffnete. Er beugte sich vor und küsste sie leicht auf den Mund. Von seiner früheren Selbstsicherheit war nichts übrig.

Sie blieb bis zum Morgen. Die letzten Stunden schlief sie auf seiner Couch, er lag daneben. Er hatte geweint, gefleht, ihre Gründe hinterfragt, war wütend geworden und hatte wieder geweint. Er hatte seinen Kopf in ihren Schoß gelegt, und sie hatte ihm das Haar gestreichelt, hatte aber nicht nachgegeben. Es war Schluss. Sie legte den Schlüssel auf den Küchentisch, bevor sie ging.

10. KAPITEL

Die Wohnung wirkte unbewohnt. Das Schlafzimmer war trostlos. Sie legte sich in Kleidern aufs Bett und schlief traumlos ein.

Zwei Stunden später erwachte sie. Sie machte sich fertig, legte die Kleider vom Vortag in die Waschmaschine, begab sich ins Präsidium und klopfte an John Roséns Tür.

»Es ist halb elf«, sagte er. »Ich habe mir schon überlegt, wo du bleibst.«

Sie antwortete nicht. Er sah ihr an, dass die Angelegenheit persönlich war.

»Wie ist es gestern gelaufen?«

»Yngve Carlström von der Migrationsbehörde hat bestätigt, dass ihn Jamal wegen seines verschwundenen Cousins angerufen hat. Carlström konnte ihm nicht helfen.«

»Warum hat er sich ausgerechnet an Carlström gewandt?«

»Ich glaube, Carlström war es, der das Dokument, das Jamal vor drei Jahren rettete, an die Länstidningen weitergeleitet hat. Ich glaube, dass er das getan hat, weil er etwas mehr Mitgefühl mit den Flüchtlingen hat, als den Politikern recht ist. Und ich glaube, dass Jamal von Agnes Khaled zu Carlström geschickt worden ist.«

»Noch etwas?«

»Ahmed Qourir war nicht zu Hause. Wir wissen also immer noch nicht, wieso ihn Jamal angerufen hat.«

»Schlussfolgerungen?«

»Keine.«

»Was hast du jetzt vor?«

»Ich will versuchen, Ahmed Qourir aufzuspüren, diese Nummer in Moskau anrufen, mit Jamals Eltern in Gaza Kontakt aufnehmen und sie nach Sayed fragen. Sonst fällt mir nichts ein. Wie läuft es bei den anderen?«

»Wir haben Annikas Eltern endlich vernehmen können. Sie sagen, dass sie das Ganze nicht begreifen. Enquist hat mit ihnen gesprochen. Sie seien vollkommen am Boden zerstört gewesen. Er hat nichts Verwertbares in Erfahrung gebracht. Svalberg und ich haben mit einem Dutzend Leute gesprochen, die Annika und Jamal kannten, Kollegen und so. Mit dem gleichen niederschlagenden Ergebnis.«

»Und die anderen? Die im Nachbarzimmer?«

John Rosén verzog den Mund.

»Das musst du sie schon selbst fragen. Ich habe nicht das Geringste gehört, einmal abgesehen davon, dass Jönsson behauptet, es gehe voran und er glaube, recht bald die Lösung präsentieren zu können.«

Elina starrte auf den Tisch.

»Kann ich etwas für dich tun?«, fragte Rosén vorsichtig.

»Danke, dass du fragst, John. Aber es geht schon.«

Elina erhob sich, doch Rosén hielt sie auf.

»Noch etwas. Das SKL hat das Video analysiert.«

»Und?«

Rosén griff zu einem Blatt Papier.

»Es ergab nichts Neues. Sie sagen, dass es sich nur um eine Person handelt, die spricht. Es gab also kein Gespräch. Ob es sich um die Stimme von Jamal oder seinem Mörder handelt, wissen wir nicht.«

»Was sagt die Person?«

»Das SKL hörte nicht viel mehr als wir. Die Person spricht 7,2 Sekunden lang. Ein X-Laut ganz am Anfang ist deutlich zu vernehmen. Nach 5,1 Sekunden ist dieses kurze *is* zu hören. Und das letzte Wort meinte das SKL als *Wald* deuten zu können.«

» ... x ... is ... Wald? Das ist zu wenig, um daraus einen vernünftigen Satz bilden zu können.«

»John, dieses Video ... das ist ...«

»Määttä sagte das schon. Du denkst an etwas Bestimmtes.«

»Ja, aber es ist wie immer. Das ist nur so ein Gefühl, ohne dass ich genau wüsste, warum. Lach mich bitte nicht aus.«

John Rosén schüttelte den Kopf.

»Warum sollte ich? Du hast in der Regel Recht, was deine Intuition angeht. Du siehst Dinge, die uns anderen entgehen. Das ist mit einer der Gründe, warum du Mitglied der Mordgruppe bist.«

»Noch einmal vielen Dank. Das wollte ich hören.«

»Manchmal bist du nur etwas langsam. Kannst du auf dem Weg zwischen Intuition und Gewissheit nicht eine Abkürzung nehmen?«

Elina verließ ihn mit einem Lächeln auf den Lippen.

Es dauerte Stunden, bis es Elina gelang, einen arabischsprachigen Dolmetscher aufzutreiben, der bei Jamal Al-Sharifs Eltern in Gaza anrufen konnte. Der Vater war am Apparat. Eine etwas konfuse Unterhaltung folgte, da der Vater zuerst glaubte, die Polizei habe den Mörder seines Sohnes gefasst. Dann ging es dem Vater hauptsächlich darum, seinen Sohn in Heimaterde begraben zu dürfen. Die Fragen nach Jamals Cousin Sayed verstand er falsch. Er glaubte zuerst, dass dieser ebenfalls getötet worden sei.

Elina überlegte, ob der Dolmetscher wohl schlecht übersetze oder ob der Vater wegen des Todes seines Sohnes verwirrt war.

Zu guter Letzt erzählte der Vater jedenfalls, dass Sayed

und Jamal nicht nur Cousins, sondern auch sehr gute Freunde gewesen seien. Sayed habe Gaza vor drei Jahren mit Hilfe einiger Autoschmuggler verlassen, mit der Absicht, nach Schweden und damit zu Jamal zu gelangen. Da Sayed nie in Schweden angekommen war, hatte Jamal begonnen, sich Sorgen zu machen. Sein Vater und er hatten im Laufe der Jahre mehrmals über diese Sache gesprochen, aber keiner von beiden hatte gewusst, was Sayed zugestoßen sein könnte. Der Vater berichtete, Sayeds Eltern hätte das Verschwinden ihres Sohnes sehr getroffen. Und inzwischen hätten sie die Hoffnung, ihren Sohn wiederzusehen, auch vollkommen aufgegeben.

Dann hatte Elina versucht, sämtliche Fragen des Vaters über den Tod seines Sohnes zu beantworten. Einmal machte der Dolmetscher eine Pause, hielt die Sprechmuschel zu und sagte: »Er weint.«

Als sich der Vater wieder etwas gefangen hatte und ihm auch keine weiteren Fragen mehr einfielen, fasste Elina einen raschen Beschluss: »Haben schwedische Behörden vor Jamals Tod schon einmal mit Ihnen Kontakt aufgenommen?«

»Nein«, sagte der Dolmetscher nach einer kurzen Diskussion mit dem Vater.

»Wurde nach Jamal gefahndet, ehe er Gaza verließ?«

Die Frage wurde erneut verneint.

»Weder bei den Israelis noch bei den Palästinensern?«

Ein weiteres Nein.

»War er in irgendeiner politischen Organisation in Gaza aktiv?«

Weitere Worte auf Arabisch. Am anderen Ende wurde geantwortet. Der Dolmetscher schüttelte den Kopf.

Elina stellte dieselben Fragen über Sayed und erhielt dieselben Antworten. Sayed sei geflohen, um nicht in den Kämpfen umzukommen.

Nachdem das Telefonat beendet war, fragte Elina den Dolmetscher, ob Sayed Al-Sharif Gaza wirklich mit Hilfe von Autoschmugglern verlassen habe. Ob es sich nicht um Menschenschmuggler gehandelt habe?

In gebrochenem Schwedisch erklärte der Dolmetscher: »Die Israelis verkaufen ihre Autos an Händler in Gaza und melden sie dann als gestohlen, um die Versicherung zu kassieren. Schmuggler schaffen diese Fahrzeuge dann auf verschiedenen Wegen nach Gaza. Früher war das mit einer militärischen Operation verbunden, heute funktioniert das nur noch durch Bestechung, wenn überhaupt. Diese Schmuggler sind die Einzigen, die über die richtigen Kontakte verfügen, um Leute aus Gaza herauszubekommen.«

»Können die Leute nicht einfach mit ihren Pässen ausreisen?«, fragte Elina.

Der Dolmetscher lächelte und schüttelte den Kopf. »Ohne Genehmigung darf niemand aus- und einreisen. Mit Beginn der Intifada verwandelte sich Gaza in ein israelisches Gefängnis.«

Elina dankte dem Dolmetscher. Sie blieb noch eine Weile sitzen und dachte nach. Sie konnte sich von dem Mord kein Bild machen. Die Teile passten nicht zusammen. Vielleicht hatte Rosén ja Recht, vielleicht handelte es sich wirklich um eine Eifersuchtstat? Oder um die Bluttat eines Rassisten, der mit einer Axt einen hochmotivierten, aber doch zufälligen Mord begangen hatte? Doch all das wollte nicht so wirklich zu den Fakten passen, die ihnen bislang bekannt waren.

Sie suchte ein Foto in ihren Papieren hervor. Das Passbild von Ahmed Qourir. Rundes Gesicht, Schnurrbart, durchdringender Blick.

Sie sahen sich an. Elina fixierte seine Nasenwurzel.

Sie drehte das Foto um. 630101. *Weshalb kamen eigentlich alle am 1. Januar zur Welt?* Zurück zu seinen Augen. *Tensta. Niemand zu Hause.*

Elina schaute auf die Uhr. Es war fünf nach halb fünf. Sie

war müde. Wieder ein Blick auf die Uhr. Dann auf das Foto. *Ahmed Qourir.*

Sie trat auf den Korridor und klopfte bei Henrik Svalberg an.

»Henrik? Kannst du mit mir nach Stockholm fahren? Jetzt sofort?«

»Jetzt? Ich habe in zehn Minuten Feierabend. Minette wartet schon mit dem Essen. Und mit Pontus.«

Minette war Henriks Lebensgefährtin. Sie war aus Dänemark. Vor fünf Monaten hatten sie einen Sohn bekommen. Pontus.

»Wir müssen uns vielleicht Einlass verschaffen. Ich will lieber nicht allein fahren.«

Svalberg seufzte. Griff zum Telefon. Entschuldigte sich.

»Ist schon okay«, sagte er auf Dänisch, nachdem er wieder aufgelegt hatte.

Elina erläuterte alles im Auto. Henrik wandte ein: »Benötigen wir nicht einen Durchsuchungsbefehl?« Sie erwiderte: »Vielleicht ist es ja ein Notfall.«

Sie suchte einen Parkplatz, sah sich aber schließlich gezwungen, direkt vor der Haustür zu halten. Im Treppenhaus suchte sie nach der Telefonnummer des Hausmeisterservices und speicherte die Nummer dann in ihrem Handy ab.

Sie machten einen Bogen um die Satellitenschüsseln. Elina klingelte bei Qourir. Niemand öffnete. Sie drückte die Klinke herunter. Abgeschlossen. Dann wählte sie die gespeicherte Nummer. Fünfundzwanzig Minuten später erschien ein Mann mit Pferdeschwanz und Werkzeuggürtel. Elina und Svalberg zeigten ihm ihre Dienstausweise. Das genügte als Erklärung. Der Mann zog einen Schlüsselbund aus der Tasche und schloss auf.

»Warten Sie bitte draußen«, sagte Elina zu dem Mann mit dem Pferdeschwanz.

Svalberg folgte ihr in die Wohnung. Ihre Visitenkarte lag neben einem Paar Turnschuhe auf dem Fußboden. Auf einem Bügel hing eine Jacke. Links war die Küche. Ungespülte Teller, ein voller Aschenbecher. Ein Wohnzimmer mit einem Perserteppich. Keine Gardinen. Eine Tür rechts. Elina öffnete sie und schaute hinein. Ein Doppelbett.

Er lag auf dem Rücken. Die Decke war bis zum Bauch hochgezogen, eine letzte Anstandsgeste dem nackten Körper gegenüber. Die Augen waren geöffnet und verdreht. Es roch süßlich. Auf den Armen waren die Leichenflecken deutlich zu erkennen.

»Scheiße«, sagte Svalberg. »Ich rufe Verstärkung.«

11. KAPITEL

Am nächsten Morgen versammelten sich beide Ermittler-teams um acht Uhr im Besprechungsraum. John Rosén saß auf der einen Seite des Tisches. Egon Jönsson auf der anderen. Kärnlund ergriff das Wort.

»Der Gerichtsmediziner sagt, dass er bereits seit zwei Tagen tot ist, in etwa zumindest. Also die Nacht von Montag auf Dienstag. Ich habe seinen Bericht gerade erhalten. Er hat einen festen Schlag auf den Kopf bekommen, aber die Todesursache ist Erdrosseln. Rosén, was meinst du?«

»Ahmed Qourirs bedauerliches Ableben hat zur Folge, dass wir wahrscheinlich meine beiden Lieblingstheorien zum Doppelmord abschreiben können. Es handelt sich also weder um ein Eifersuchtsdrama noch um eine zufällige Tat eines Rassisten. Es muss sich um etwas handeln, das Jamal und Qourir verbindet. Genau wie schon im Fall von Jamal fanden sich in Qourirs Wohnung keine persönlichen Papiere. Meine Folgerung ist, dass jemand beide eliminieren und gleichzeitig dafür sorgen wollte, dass niemand rekonstruieren kann, was die beiden verbindet.«

»Weshalb dieser Aufräumfimmel?«

»Weil uns die Verbindung zum Mörder führen könnte. Das ist eine recht naheliegende Schlussfolgerung.«

Jönsson mischte sich ein: »Wir glauben zu wissen, um was

für einen Zusammenhang es geht. Um gemeinsame terroristische Aktivitäten im Nahen Osten.«

»Terroristen? Das ist doch nicht dein Ernst?«, rief Rosén.

»Ahmed Qourir war seit 1991 in Schweden«, sagte Jönsson, ohne auf die Frage einzugehen. »Er gab damals an, Libanese zu sein ...«

»Palästinenser aus dem Libanon«, korrigierte Axel Bäckman.

»Genau, richtig. Es steht jedoch fest, dass er eigentlich aus Syrien stammt. Das spielt vielleicht jetzt eine untergeordnete Rolle. Wie auch immer, Qourir wird schon lange von der Sicherheitspolizei überwacht, weil er Kontakte zur Terrororganisation Hisbollah im Libanon unterhält, die Krieg gegen Israel führt.«

»War er nicht Syrer?«, fragte Elina. »Kam er jetzt aus Syrien oder nicht?«

»Die politischen Verwicklungen in dieser Region sind kompliziert«, mischte sich Bäckman ein. »Wenn du gestattest?«, sagte er an Jönsson gewandt, der verstimmt nickte.

»Um noch einmal von vorn zu beginnen: Ahmed Qourir, der vierzig Jahre alt war, als er ermordet wurde, war palästinensischer Flüchtling in Syrien, ehe er vor zwölf Jahren nach Schweden kam. Die Sicherheitspolizei wurde früh auf ihn aufmerksam, weil er Kontakte zu Libanesen und Palästinensern in Schweden unterhielt, die die Hisbollah und dadurch auch das Terrornetzwerk Al-Qaida unterstützten. Aus diesem Grund wurde Qourir zeitweilig von der Sicherheitspolizei überwacht, und daher wissen wir auch, dass er und Jamal Al-Sharif sich kannten.«

Bäckman schaute in die Runde, um sich zu vergewissern, dass ihm alle folgen konnten.

»Jamal seinerseits«, fuhr er fort, »verließ Gaza, weil er an Terroraktivitäten beteiligt war und sowohl von den Israelis als auch von den Palästinensern gesucht wurde. Von den Is-

raelis, weil sich der Terror gegen sie richtete, von den Palästinensern, weil er zu einer Gruppierung gehörte, die sich der
Politik Yassir Arafats widersetzte.«

»Woher wisst ihr das?«, unterbrach ihn Elina.

»Dazu kann ich mich nicht äußern.«

»Warum? Das hier ist keine Zeitungsredaktion, es geht um
die Aufklärung eines Mordes!«

John Rosén legte ihr unter dem Tisch eine Hand auf den
Arm. Elina holte tief Luft. *Beruhige dich, Elina!*

»Ich habe mich gestern mit Jamals Eltern unterhalten«,
sagte sie verbissen. »Sie sagten, ihr Sohn sei nicht politisch
aktiv gewesen.«

»Ach? Wieso das?«, sagte Jönsson ungehalten.

»Weil es hier um einen Mord geht, das habe ich doch gesagt!«

»Das weiß ich auch, Wiik«, erwiderte Jönsson, »aber um
die sicherheitspolitischen Aspekte dieser Ermittlung kümmern *wir* uns.«

Elina öffnete den Mund, aber Rosén bewegte sie erneut
dazu innezuhalten. Dieses Mal packte er ihren Arm jedoch
fester.

»Da wir nicht wissen, was ihr in eurer Gruppe tut, werden gewisse Dinge eben doppelt bearbeitet«, meinte Rosén
ablenkend.

»Dass Eltern nicht wissen, was ihre Söhne so treiben, ist
nichts Ungewöhnliches«, meinte Bäckman. »Es gab unzählige
Artikel über diese Selbstmordattentäter im Nahen Osten, die
zu Hause ganz brav waren. Hinterher waren alle stets ganz
überrascht, dass diese sich selbst als Feuerwerkskörper in irgendeinem jüdischen Restaurant eingesetzt haben.«

»Können wir nicht zur Kernfrage zurückkehren?«, unterbrach ihn Kärnlund. »Falls also Jamal und Ahmed Qourir
Sprengstoff als gemeinsames Hobby hatten, wer hat sie dann
auf dem Gewissen? Und weshalb?«

»Wir sind dabei, den politischen Gegnern dieser Gruppe hier im Land nachzugehen«, sagte Bäckman. »Außerdem untersuchen wir, wer in den letzten Tagen nach Schweden eingereist und dann wieder ausgereist ist.«

»Ihr habt noch keine Namen?«

»Noch nicht.«

»Aber warum? Warum wurden sie gerade jetzt ermordet?«

»Das hat mit der sicherheitspolitischen Lage im Nahen Osten zu tun, den ständigen Kämpfen.«

»Hast du nichts Konkretes?« Kärnlund wurde langsam ärgerlich. Elina freute sich über seine Reaktion.

»Doch«, erwiderte Bäckman. »Unsere Kollegen von der Sicherheitspolizei haben die Vorgehensweise bei den Morden analysiert. Sie stimmt mit anderen Morden mit ähnlichem Hintergrund überein.«

»Also der Modus operandi«, meinte Kärnlund. »So was akzeptiert man vielleicht in Stockholm, aber nicht hier.«

»Annika Lilja«, mischte sich Svalberg ein. »Warum wurde sie ermordet? Bei ihr kann es sich doch wohl kaum um eine palästinensische Terroristin gehandelt haben?«

»Ich weiß nicht«, antwortete Bäckman. »Vielleicht war sie ja ein ziviles Kriegsopfer.«

Um die Vernehmung von Qourirs Nachbarn kümmerte sich die Kriminalpolizei Stockholm. Keiner der Bewohner seines Stockwerks hatte zum Zeitpunkt des Mordes jemanden kommen oder gehen sehen, falls die Zeitangabe des Gerichtsmediziners überhaupt zutraf. Egon Jönsson erhielt die Verhörprotokolle am Spätnachmittag und übergab sie Rosén, der sie Elina, Svalberg und Enquist zeigte.

»Eigentlich haben wir nichts in der Hand«, sagte Rosén zu seinen drei Ermittlern. »Wir gehen nach Hause. Morgen besprechen wir dann eingehend, wie wir weiterkommen können.«

Elina rief Susanne an: »Ich brauche Gesellschaft.«

Während Emilie zwischen ihren Beinen herumwieselte, erzählte Elina von ihrer letzten Nacht mit Anton, von der Ermittlung, die ihr aus den Händen zu gleiten drohte, und von dem Gefühl, jetzt mit allem von vorn beginnen zu müssen.

Um halb sieben war es Zeit, Emilie zu Bett zu bringen. Das Mädchen sträubte sich, weil Elina zu Besuch war. Susanne ging mit ihr ins Schlafzimmer, um für eine ruhige Stimmung zu sorgen.

Elina schaltete den Fernseher ein und senkte die Lautstärke. Die Werbung ging gerade zu Ende, und die Erkennungsmelodie der Nachrichten erklang. Die Schlagzeile bewirkte, dass Elina sofort wieder lauter drehte. Fassungslos hörte sie eine Frau mit Löwenmähne den ersten Beitrag ankündigen.

»Die Sicherheitspolizei geht von einem Zusammenhang zwischen einem Mord an einem vierzigjährigen Einwanderer im Stockholmer Vorort Tensta und dem brutalen Doppelmord an zwei jungen Leuten letzten Sonntag in Västerås aus. Die Polizei schweigt sich über das eventuelle Motiv aus, der Nyheterna gegenüber ließ sie jedoch verlauten, dass zwei der Opfer Mitglieder von Terrororganisationen im Nahen Osten gewesen seien. Wir machen darauf aufmerksam, dass gewisse Sequenzen des folgenden Beitrags recht verstörend sein könnten.«

Aufnahmen aus Ahmed Qourirs Wohnung in Tensta. Reporter mit Mikrofon: *Die Leiche des Mannes wurde hier gefunden. Sein Hintergrund. Die angenommene Verbindung zum Doppelmord.*

Interview: Der Chef der Sicherheitspolizei mit dem Aussehen eines Frettchens. *Terrororganisationen in Schweden, die wir bereits beobachteten, als der globale Krieg gegen den Terror noch nicht begonnen hatte.*

Sprecherstimme: *Die Polizei hat sich dafür entschieden,*

ein Video zu zeigen, das von einem der Mordopfer, kurz bevor es ermordet wurde, aufgenommen wurde.

Elina atmete tief ein und hielt dann die Luft an. Sie sah den Elch, es wurde gezoomt, »Jamal«, die rennenden Füße … alles!

Sie zwang sich dazu, aufmerksam zuzuhören. Dann folgte wieder das Interview. Der Chef der Sicherheitspolizei: »Aus dem Video geht die unerhörte Brutalität des Verbrechens hervor. Wir hoffen, dass Hinweise auf die Identität des Täters eingehen.«

Dann sprach der Reporter sein Resümee: *Den Nyheterna liegen Informationen vor, wonach die Sicherheitspolizei davon ausgeht, dass der Täter das Land bereits verlassen habe.*

Elina fuchtelte mit den Händen in der Luft. Sie konnte es nicht fassen. Sie schaute in Richtung Schlafzimmer. Die Tür war geschlossen. *Susanne, das darf nicht wahr sein!* Sie griff zum Telefon. Wählte die Privatnummer Roséns. Nach dem zweiten Klingeln hob er ab.

»Hast du das gesehen? Was zum Teufel geht da eigentlich ab?«

»Ich hab's auch gesehen. Jönsson hat mich vor einer Viertelstunde angerufen und es mir gesagt. Er und Bäckman seien dagegen gewesen. Das waren diese Geheimdienstler aus Stockholm, die vorgeschlagen haben, das Video ans Fernsehen zu geben. Der Chef der Sicherheitspolizei hat es abgesegnet, was ganz offensichtlich stimmt, denn er war schließlich höchstpersönlich im Fernsehen zu sehen. Vielleicht war es ja auch seine Idee.«

»Aber warum? Das ist doch vollkommen schwachsinnig! Denk nur an Annikas Eltern! Was für ein fürchterlicher Schock das gewesen sein muss. Sie hatten das Video ja noch gar nicht gesehen, und plötzlich führt man ihnen den Mord an ihrer Tochter im Fernsehen vor. Fühlt sich dafür jemand verantwortlich?«

»Ich kann nur hoffen, dass jemand sie vorher verständigt hat.«

»Aber warum? Warum haben sie das Video gezeigt?«

»Ich weiß nicht, Elina. Ich weiß es nicht. Du hast ja die Erklärungen des Chefs der Sicherheitspolizei selbst gehört. Er hofft, dass jetzt Hinweise auf den Täter eingehen. Aber das kann nicht der einzige Grund gewesen sein.«

»Und was glaubst du?«

»Ich weiß nicht. Da ist etwas im Gange, und wir dürfen nicht mitspielen.«

»Was sollen wir tun?«

»Die Ermittlungen einstellen. So kann es schließlich nicht weitergehen. Wir sind angeschmiert. Du, Enquist, Svalberg und ich. Was aus Bäckman und Jönsson wird, weiß ich nicht. Wir müssen morgen ausführlicher darüber reden, Elina. Ich komme gegen halb acht.«

Elina stand vom Sofa auf. Sie zitterte. Sie ging ein paar Schritte aufs Schlafzimmer zu, hielt dann aber inne. Es war besser, Emilie erst einschlafen zu lassen.

Eine halbe Stunde später wurde Elina ungeduldig. Das Klingeln ihres Handys riss sie aus ihren Gedanken. Es war Agnes Khaled. »Treffen? Möglichst sofort!«

Elina suchte ein Stück Papier und einen Stift und erklärte Susanne, weshalb sie überstürzt aufbrechen musste.

Zum Brogården waren es nur ein paar Schritte quer über die Straße. Auf dem Weg traf sie bereits Agnes Khaled, die aus der entgegengesetzten Richtung kam und es von der Länstidningen auch nicht weit gehabt hatte.

Sie setzten sich an einen Tisch ganz hinten im Kellergewölbe des Restaurants. Agnes Khaled begann:

»Ich glaube nicht daran. Ich glaube nicht, dass Jamal in irgendwelche Terroraktivitäten verwickelt war.«

»Sie kannten ihn doch gar nicht.«

»Nein, aber ich kenne viele Palästinenser in Schweden. Ich

habe nach dem Fernsehbeitrag mit einigen telefoniert. Nicht wenige haben Kontakt zu Organisationen in Palästina. Keiner meiner Freunde hat je von Jamal gehört. Außerdem existiert in Schweden kein palästinensischer Terrorismus, der diesen Namen verdient hätte. Es gibt Leute, die die Hamas und den islamischen Dschihad unterstützen, aber nur ideologisch, und wenn praktisch, dann nur mit Geld. Palästinenser arbeiten nicht so. Überlegen Sie doch mal, was hätte Jamal hier schon groß ausrichten können?«

»Ich habe keinen blassen Schimmer.«

»Soll das heißen, dass Sie nicht wissen, worauf sich die Verdachtsmomente gegen ihn beziehen? Also ganz konkret? Das würde ich gerne wissen.«

»Nein. Das ist bei dieser Ermittlung auch nicht mein Gebiet. Aber ich habe auch ein paar Fragen an Sie.«

»Okay. Und zwar?«

»Die Israelis? Töten sie ihre Gegner im Ausland?«

Eine Kellnerin servierte zwei Tassen Kaffee, eine Tätigkeit, die Elina so absurd normal vorkam, dass sie zusammenzuckte, weshalb ihr der Kaffee in die Untertasse schwappte. Agnes Khaled, die die Ellbogen auf den Tisch aufgestützt hatte, lehnte sich zurück, um Platz für ihre Tasse zu machen.

»In Norwegen ist das 1973 einmal vorgekommen«, fuhr Agnes Khaled fort. »Eine ungewöhnlich stümperhafte Aktion. Die Israelis hatten sich in der Person geirrt. Ihnen fiel ein vollkommen unschuldiger marokkanischer Einwanderer zum Opfer. Palästinenserführer im Exil hatten sie vor dem Oslo-Vertrag von 1993 ebenfalls auf dem Kieker. Seither ist aber, soweit ich weiß, außerhalb des besetzten Palästinas nichts mehr in dieser Art vorgekommen. Das spricht also gegen die Israelis als Täter.«

»Und die Palästinenser selbst?«

»Nein. So was ist nicht mal in Palästina passiert, vielleicht einmal abgesehen von lokalen, internen Machtkämpfen. Sie haben genug mit ihren eigenen Problemen zu tun. Warum sollten sie sich ausgerechnet um zwei Leute in Schweden kümmern?«

»Aber falls Jamal und Ahmed Qourir …«

»Heißt er so?«

»Ja. Wenn die beiden nun ihre Organisationen verraten haben?«

»Nein. Es gibt zumindest bislang keine solchen Morde im Ausland. Die Kurden haben solche Morde begangen, aber nicht die Palästinenser.«

»Irgendwann ist immer das erste Mal«, meinte Elina. »Es spielt also kaum eine Rolle, was Sie oder ich *glauben*. Das Wichtigste ist, was es für Fakten in dieser Angelegenheit gibt.«

»Gestatten Sie mir zu bezweifeln, dass Sie je irgendwelche Fakten zu Gesicht bekommen werden.«

Elina verspürte Unbehagen. Hatte John Rosén Recht damit, dass hier ein Spiel gespielt wurde, in dem sie nicht einmal zum Bauernopfer taugten? Sie nahmen am Geschehen nicht teil, sondern blieben vollkommen außen vor. Weshalb unterhielt sie sich eigentlich mit einer Journalistin darüber? Agnes Khaled riss sie aus ihren Gedanken.

»Das Video war wirklich brutal. Aber wir werden trotzdem ein Bild daraus auf der ersten Seite abbilden. Und zwar das von den Füßen des Mörders. Das wird in allen Zeitungen abgebildet sein. Daneben ein Text, dass es Annika Lilja fast gelungen wäre, ihren eigenen Mörder zu filmen. Ich vermute, dass die Schlagzeile *Der tote Winkel* lauten wird.«

12. KAPITEL

Agnes Khaled behielt Recht. Das Bild von den rennenden Füßen des Mörders dominierte die erste Seite aller überregionalen Zeitungen. Eine von ihnen, eine Abendzeitung, hatte die Schlagzeile *Der tote Winkel* gewählt. Die anderen titelten mit *Schockierende Bilder, Annikas Foto von ihrem Mörder* oder *Die Sekunden vor dem Mord*.

Die Länstidningen hatte die Schlagzeile *Ein Bild schockiert Schweden*. Es war allerdings nicht Agnes Khaled gewesen, die den Artikel geschrieben hatte. Sie hatte einen kritischen Kommentar zum Auftritt des Sicherheitspolizeichefs in den TV4-Nachrichten am Vortag verfasst.

Elina betrachtete das Bild, während sie einen Joghurt aß. Die Reproduktion des Video-Standbilds war undeutlich. Genauso musste es gewesen sein: ein erstarrter, aber unbegreiflicher Augenblick des Schreckens.

Elina schaltete das Radio ein. Auf Kanal P1 wurde heiß diskutiert: Leute, deren Namen sie noch nie gehört hatte, sprachen darüber, welche Auswirkungen jetzt wohl zu erwarten seien, da das schwedische Fernsehen zum ersten Mal einen *Snuff-Movie* oder so etwas Ähnliches gezeigt hatte. Elina wusste nicht, was der Ausdruck bedeutete, begriff aber allmählich, dass es sich dabei um ein Video handelte, in dem Menschen real getötet wurden. *Verwerflich. Brutalisierung. Öffnet der Manipulation Tür und Tor.* So drückte sich eine

Frauenstimme aus. Der Moderator fragte: *Was bezweckt denn diese Manipulation?* Die Frauenstimme antwortete: *Dass wir die Botschaft der Polizei schlucken.*

Die Sonne stand hoch am Morgenhimmel, als Elina das Haus verließ und in die Lidmansgatan einbog. Das Laub der Bäume am Hang rötete sich. Noch konnte sie frei durchatmen. Sie wusste jedoch, dass der Tag äußerst anstrengend werden würde.

Zu ihrem Erstaunen traf sie bei John Rosén im Büro Egon Jönsson an. Elina war davon ausgegangen, dass sich nur der Teil der Mordgruppe treffen würde, der sich übergangen fühlte, um zu diskutieren, wie man weiter vorgehen sollte.

»Setz dich«, sagte Rosén. »Egon hat einiges zu erzählen.«

»Ich war dagegen, das Video ans Fernsehen weiterzuleiten«, sagte Egon Jönsson.

»Das habe ich gehört«, meinte Elina. »Warum ist es dann trotzdem passiert? Handelt es sich nicht um eine Ermittlung, für die die Polizei Västerås die Verantwortung trägt?«

»Das wollte ich ja gerade erzählen. Die gesamte Ermittlung ist an die Sicherheitspolizei in Stockholm übergegangen. Nur Axel Bäckman wird als Einziger von uns weiterhin involviert sein.«

»Warum ausgerechnet er?«

»Weil es ihm gelungen ist, die Informationen zu beschaffen, die laut Sicherheitspolizei eine Erklärung für die Morde liefern. Aber ehe ich weiter darauf eingehe, muss ich betonen, dass Bäckman absolut dagegen war, das Video zu veröffentlichen. Er meinte, dass das sowohl der Ermittlung als auch dem Vertrauen in die Polizei schaden könnte.«

Elina überlegte sich, warum Egon Jönsson plötzlich mit ihr sprach, als sei ihm ihre Meinung wichtig. Er hatte fast zwei Jahre lang kaum einen Ton zu ihr gesagt. Sie sah ihn an. Der neue Chef wirkte etwas zerknittert.

Vielleicht braucht er jetzt alle Freunde, die er mobilisieren kann, dachte sie. Der Sicherheitspolizei alles abzunicken gab nicht sonderlich viele Punkte.

»Weshalb wurde das Video veröffentlicht?«, fragte sie.

»Diesen Beschluss hat der Chef der Sicherheitspolizei gefasst. Ich weiß nicht, warum.«

»Und diese sogenannte Auflösung des Falls? Worum geht es da?«

»Mir haben sie nicht sonderlich viel gesagt. Bäckman und die zwei von der Sicherheitspolizei ziehen sich immer zurück, wenn sie reden wollen. Aber Bäckman hat angedeutet, worum es geht, als die anderen nicht dabei waren.«

»Ja? Um was?«

»Der Mörder kommt aus dem Nahen Osten. Ein Araber. Die offizielle Version lautet also, dass es sich bei den Morden um eine interne Abrechnung innerhalb einer Terrororganisation gehandelt hat.«

»Du sagst, die offizielle Erklärung! Gibt es noch eine andere?«

»Bäckman hat angedeutet, der Mörder sei eigentlich vom israelischen Sicherheitsdienst beauftragt worden. Diese Aussage ist natürlich wahnsinnig heikel. Schließlich arbeitet die Sicherheitspolizei mit den Israelis zusammen.«

»Die Wahrheit soll also unter den Teppich gekehrt werden, indem man den Palästinensern die Schuld zuschiebt?«

»Nicht ganz, aber so ungefähr. Und eigentlich ändert das auch nichts. Der Mörder ist trotzdem außer Reichweite.«

Elina schüttelte den Kopf. John Rosén griff in den Wortwechsel ein.

»Und was glaubst du? Ist das wahr?«

»Ich habe keine Dokumente zu Gesicht bekommen«, erwiderte Egon Jönsson, »daher fällt es mir schwer, die Angelegenheit zu beurteilen.«

»Und wir?«, meinte Elina. »Uns hat man aufs Abstellgleis geschoben?«

Egon Jönsson zuckte mit den Achseln.

»Bäckman macht wie gesagt mit den Burschen von der Sicherheitspolizei weiter. Für uns andere ist wieder Alltag angesagt.«

»Was soll das heißen?« Elina begann richtig wütend zu werden. »Du akzeptierst also, dass sie einfach ein paar von diesen Geheimniskrämern aus Stockholm mit der Sache betrauen, und wir können sehen, wo wir bleiben?«

John Rosén öffnete den Mund, Elina war klar, dass er hoffte, sie würde diese Chance nutzen, um ihre lange Fehde mit Jönsson zu beenden, wo dieser sich ihr gegenüber schon einmal entgegenkommend zeigte, aber für Elina war es dafür zu spät.

»Das wäre nicht passiert, wenn du uns verteidigt hättest, statt nach Stockholm zu rennen, um mit den großen Jungs zu spielen!«

»Ich habe nur getan, was mir für die Ermittlung am besten erschien«, erwiderte Jönsson unwirsch. »Das wäre so oder so passiert, egal, was du gesagt hättest oder ich.«

»Das spielt doch keine Rolle«, mischte sich Rosén ein. »Es scheint, als hätten wir in dieser Sache nicht mehr mitzureden. Für uns ist dieser Fall ein abgeschlossenes Kapitel.«

Elina erhob sich und verließ wortlos den Raum.

ZWEITER TEIL

Ungebrochene Kette

13. KAPITEL

Zerstreut sah sich Elina die Nachrichten an. Die Morde an Annika Lilja, Jamal Al-Sharif und Ahmed Qourir seien von einem Täter verübt worden, der das Land rasch wieder verlassen habe, wahrscheinlich über ein anderes Schengen-Land, was es unmöglich gemacht habe, ihn bei der Ausreise aufzuhalten, da die schwedischen Grenzen inzwischen nach Europa hin offen seien. Von dort sei der Mörder in den Nahen Osten weitergereist. Den Ansturm an Einwanderern im Schengen-Grenzgebiet aufzuhalten, sei gerade noch möglich, aber es sei unmöglich, einen Einzelnen daran zu hindern, die europäische Gemeinschaft zu verlassen. Überall wurde dieselbe Meldung gebracht. Der Mordfall war erledigt.

Die Tage vergingen wie Wasser, das träge in einem Graben versickert. Elina langweilte sich fast zu Tode. Ihre Gleichgültigkeit mäßigte auch den Konflikt mit Jönsson. Er hatte sie erst kaltstellen und dann ihre Sympathie gewinnen wollen. Sie wusste nicht, was sie eigentlich mehr verachtete.

Etwas anderes war in ihr Bewusstsein gedrungen. Allmählich machte sie sich Sorgen. *Das konnte einfach nicht möglich sein.* Sie schob den Gedanken von sich.

Ihr Sachbearbeiter bei der Bank meldete sich. Natürlich könne sie einen Kredit aufnehmen, bis zu einer Viertelmillion. Elina bat John Rosén um Rat. Sie hörte ihm zu und fasste anschließend ihren Entschluss. Ein zwei Jahre alter Saab 9-3 Cabrio. Schwarz und mit CD-Player. Der Wagen wirkte gut geölt, das Mundwerk des Verkäufers ebenfalls. Bei der Probefahrt fiel ihr rotes Ahornlaub auf den Rock.

Eine weitere Woche später hatte sie keine Wahl mehr. An einem Freitagvormittag ging sie in die Apotheke. Am Morgen darauf erwachte sie aus einem intensiven Traum. Sie schaute auf die Uhr: sechs.

Zehn Minuten später saß sie nackt in der Dunkelheit und wollte nicht wahrhaben, was sich nicht mehr verdrängen ließ. Sie war ratlos.

Sie zog sich an und verließ die Wohnung. Die Straßen lagen verlassen im braungelben Licht des Morgens da. Es regnete. Sie stieg auf den Djäkneberg, stellte sich an den Rand eines Felsblocks und schaute über die Stadt. Männliche Symbole ragten hoch über den Dächern auf: Dom, Rathausturm und ASEA-Turm.

Sie musste einen Beschluss fassen. Ihr Körper sagte Ja, ihr Kopf Nein.

Langsam kletterte sie auf der kahlen, felsigen Seite wieder abwärts. Benommen folgte sie der Stora Gatan zum Haus an der Brücke. Langsam ging sie die Treppenstufen hoch, wartete ein paar Sekunden, um sich zu sammeln, und klingelte dann.

Susanne öffnete im Bademantel und rieb sich den Schlaf aus den Augen.

»Elina?«

»Ich bin schwanger.«

Susanne nahm Elina am Arm und zog sie ins Wohnzimmer.

»Von Anton?«

»Ja, natürlich.«

Susanne nahm sie in die Arme. Eine warme Stille umfing beide.

»Ich weiß nicht, was ich tun soll«, sagte Elina schließlich. »Ich bin vierunddreißig. Stell dir vor, wenn das jetzt meine letzte Chance ist.«

»Nein, das ist nicht deine letzte Chance«, erwiderte Susanne. »Aber es ist trotzdem schwer. Ich kann dir auch keinen Rat geben, nur mit dir reden.«

Neun Tage später stand sie vor dem Eingang des Krankenhauses. Nach kurzem Zögern trat sie ein. Als sie das Krankenhaus wieder verließ, war sie kraftlos. Anton würde es nie erfahren.

Am Tag darauf klingelte Nadia bei ihr. Elina lag im Bett. Sie hatte sich krankschreiben lassen und mitgeteilt, dass es dauern könne, bis sie wiederkomme. Auf ihrer Krankmeldung war von mindestens zwei Wochen die Rede. Sowohl Kärnlund als auch Rosén hatten sich nach ihrem Befinden erkundigt. Sie hatte gesagt, sie sei ausgebrannt. Beide hatten das als Depression gedeutet und sie gefragt, ob sie etwas tun könnten. Elina hatte jedoch jede Hilfe abgelehnt.

»Du siehst furchtbar aus«, sagte Nadia. »Setz dich, dann kümmere ich mich um dich.«

Elina gehorchte willenlos. Nadia zog die Vorhänge beiseite, machte Elinas Bett und bereitete das Frühstück zu, das sie mitgebracht hatte.

»Ich habe drei Schwangerschaftsabbrüche hinter mir«, sagte Nadia und goss Elina eine Tasse Tee ein. »Zwei in Russland und einen hier. Jedes Mal hat es mir in der Seele gleichermaßen weh getan. Aber manchmal bleibt einem keine Wahl.«

»Alles geht schief«, erwiderte Elina, »alles, was irgendwie wichtig ist.«

»Arbeit und Liebe«, sagte Nadia und nickte. »Und jetzt auch noch das. Aber schließlich hast du mich.«

Elina schenkte ihr ein schiefes Lächeln.

»Du bist immer noch dieselbe«, meinte Nadia. »Wir mögen dich, ganz egal, was passiert. Ich habe einen Vorschlag. Willst du ihn hören?«

»Klar.«

»Meine Cousine Daina heiratet nächsten Sonntag. In Moskau. Sie ist viel hübscher als ich, du solltest sie mal sehen. Ich möchte dir vorschlagen, dass du Daina einmal kennenlernst. Begleite uns auf die Hochzeit. Sag Ja, Elina.«

»Aber ich kann nicht!«

»Weshalb?«

»Das kostet doch ein Vermögen. Ich habe gerade ein Auto gekauft.«

»Du bist doch wohl wichtiger als ein Auto. Das Ticket kostet nur 5000. Wir können in ihrer Wohnung wohnen.«

»Und was sagt ihr Zukünftiger dazu?«

»Er hat bei dieser Sache nicht mitzureden. Außerdem fahren sie am Tag danach in die Flitterwochen. Sag schon Ja!«

14. KAPITEL

Er war kleiner, als Elina ihn sich vorgestellt hatte. Sie hatte immer gedacht, dass der Rote Platz einer ganzen Armee, die dazu bereit war, die Welt zu erobern, Raum bieten könne. Jetzt kam sie sich vor wie in einem Freilichtmuseum, einem historischen Disneyland des Ostens. Pflichtschuldig machte sie ein Foto von den Zwiebeltürmen der Basiliuskathedrale.

Nadia streckte die Hand aus:

»Dort oben standen die Bonzen, alle. Lenin, Stalin und die anderen. Da drin liegt Lenin jetzt. Er sieht aus wie eine Wachsfigur.«

Es war Samstag, der Tag vor der Hochzeit. Elina war mit Nadias Verwandten und Freunden unterwegs gewesen. Sie hatte leichte Kopfschmerzen, was auf die Trinkgewohnheiten der Gesellschaft zurückzuführen war, die sie umgab. An diesem Tag war es ihr jedoch gelungen, den Wodkagläsern auszuweichen – bislang. Ob es dem Wodka oder den intensiven Eindrücken zuzuschreiben war, dass sich ihre Laune gebessert hatte, wusste sie nicht. Vielleicht hatte das auch nur mit dem Abstand zu Västerås, ihrer Wohnung und dem Polizeipräsidium zu tun.

Sie warteten auf einen weiteren von Nadias Freunden. Als sich Nadia umdrehte, stand er plötzlich da.

»Ah, *poka* Sergej!«

»*Poka*, Nadia.«

Sie küssten sich auf die Wangen. Sergej küsste auch Elina auf die Wange. Sie erwiderte den Kuss. Das kam ihr immer noch ungewohnt vor. Er roch sehr stark nach Rasierwasser.

Sergej sprach sie auf Englisch an. Er schlug vor, in der Tverskaja ein Café aufzusuchen. »Da«, erwiderte Elina. Die Tverskaja war die einzige Straße, die sie nach zwei Tagen in der Stadt wiederfand. Über den Roten Platz, über die Straße, ohne überfahren zu werden, auf der anderen Seite einen Hügel hinauf. *Da* war zwar nicht das einzige russische Wort, das sie konnte, aber so gut wie.

Nadia und Sergej redeten die ganze Zeit durcheinander. Als sie an einem McDonald's vorbeigingen, lachte Nadia und wandte sich an Elina.

»Sergej sagt, dass sie beim KGB nie so hübsche Polizistinnen hatten wie dich, mit Ausnahme von denen, die Spione anwerben sollten.«

Sergej schenkte ihr ein Lächeln, das einstudiert wirkte. Elina versuchte, eine vernichtende Antwort zu finden, ihr fiel aber nichts ein. Nadia lachte erneut und hakte sich bei Elina ein.

Das Café tauchte zehn Minuten später hinter einem Park auf. Schwere Gardinen von der Decke bis zum Boden, dunkles Mobiliar, Mädchen mit dicken Herbstjacken, blondiertem Haar und kurzen Röcken. Verqualmt. Nadia zündete sich eine Zigarette an. Sergej hielt Elina eine Schachtel hin, aber sie schüttelte den Kopf.

Nachdem sie ihren Kaffee getrunken hatten, schnitt Nadia das Thema an.

»Sollten wir nicht zu dieser Wohnung in der Profzojusnaja fahren, Sergej? Das könnten wir doch?«

»Klar«, antwortete Sergej. »Vielleicht ist euer Flüchtlingsfreund ja dort?«

»Ich kann in einem anderen Land keine polizeilichen Nachforschungen betreiben«, meinte Elina. »Das könnte zu diplomatischen Protesten führen. Außerdem ist die Ermittlung eingestellt.« Sie erklärte Sergej, was geschehen war.

»Na dann«, meinte Sergej, »wenn die Ermittlung ohnehin eingestellt ist, dann handelt es sich ja nicht mehr um eine polizeiliche Nachforschung. Du hilfst einfach nur ein paar Leuten dabei, ein verschwundenes Familienmitglied zu suchen.«

»Genau«, pflichtete ihm Nadia bei. »Du tust ihnen einen Gefallen. Komm schon, wir fahren gleich hin. Dann kann ich dir auch zeigen, wo ich aufgewachsen bin!«

Elina zögerte, aber ihre Neugier siegte. Als Nadia ihre Hand ergriff und sie aus ihrem Sessel zog, folgte sie bereitwillig.

Sie nahmen die Ringlinie der U-Bahn, auf der jede Station einem Museum glich. Nadia zeigte ihr die Profzojusnaja auf einem Übersichtsplan. Elina prägte sich ein, dass ein kyrillisches »P« einem Tor glich.

Die Profzojusnaja erinnerte an eine kleinere Stadt. Die Häuser standen an der breiten Straße wie aufgereihte Dominosteine. Nadia zeigte auf eines der Gebäude, von dem sich der Putz stellenweise großflächig gelöst hatte, sodass das Backsteinskelett sichtbar war.

»Dort, im obersten Stockwerk, drittes, nein, viertes Fenster von links. Dort wuchs Gottes Geschenk an die Menschheit auf.«

An der Haustür von Nummer 368 bückte sich Sergej und suchte die Fassade neben der Tür mit den Augen ab.

»Er sucht den Türcode«, sagte Nadia. »Es gibt immer irgendeine Mutter, die ihn an die Hauswand schreibt, falls ihre Kinder ihn vergessen sollten.«

Die Wohnung lag im fünften Stockwerk. Elina wollte schon fragen, ob sie es wirklich wagen konnten, den Fahrstuhl zu benutzen, stieg dann aber in die Kabine, ohne Einspruch zu erheben. Die Tür mit der Nummer 17 auf einem kleinen Blechschild war mit schwarzem Wachstuch verkleidet. Sergej klingelte. Niemand öffnete. Er hämmerte auf die Tür. Nach einer Weile ließ sich eine Stimme hinter der Tür vernehmen. Sergej brüllte:

»*Militsija! Otkrojte dver!*«

»Sergej sagt, dass er von der Polizei ist und dass sie aufmachen sollen«, sagte Nadia mit einem nachsichtigen Lächeln.

»Nein«, sagte Elina entsetzt. »Nicht von der Polizei!«

»Zu spät«, sagte Nadia und zuckte mit den Achseln. »Außerdem war das vermutlich die einzige Methode, sie dazu zu bringen, die Tür zu öffnen.«

Ein Schlüssel wurde umgedreht und die Tür einen Spalt weit geöffnet. Sergej öffnete sie ganz. Ein Mann mit gehäkelter Mütze, weiten Kleidern und schwarzem Vollbart stand in der winzigen Diele. Sergej sagte ein paar Worte auf Russisch und erhielt ein leises *Da* zur Antwort.

»Komm«, meinte Nadia. »Der Mann sagt, dass wir reinkommen dürfen.«

Wahrscheinlich ist er glücklich, dass Gäste kommen, dachte Elina.

An einem Tisch saßen vier weitere Männer, die ähnlich gekleidet waren.

»Afghanen«, sagte Sergej.

Nur einer der Männer sprach Russisch. Nadia übersetzte, was er sagte.

»Sie leben hier nun schon seit einem bis drei Jahren. Kein Land will sie aufnehmen, und nach Afghanistan können sie auch nicht zurück. Sie bekommen etwas Geld vom UNHCR, aber jedes Mal nimmt ihnen die Polizei einen Teil ab. Er hofft, dass wir nicht auch Geld von ihnen wollen.«

Elina schüttelte den Kopf. »Frag ihn, ob er sich an einen Palästinenser namens Sayed Al-Sharif erinnert.«

Nadia wandte sich an den Mann.

»Er sagt, er sei niemandem mit diesem Namen begegnet, es herrsche aber eine rege Fluktuation in dieser Wohnung.«

Sergej beugte sich zu dem Mann vor, der ihnen die Tür geöffnet hatte, und deutete dann auf die vier anderen, die auch in der Wohnung wohnten. Einige Worte auf Russisch, sie klangen wie eine Frage. Elina hörte den Namen Wladimir Petrow. Der Mann, der die Tür geöffnet hatte, antwortete. Sergej wandte sich an Elina.

»Wladimir Petrowitj Petrow wohnt hundert Hausnummern von hier entfernt. Das ist der Mann, der diese Wohnung vermietet. Sollen wir noch bei ihm vorbeischauen?«

Darauf kommt es jetzt auch schon nicht mehr an, dachte Elina und nickte.

Sie verließen die fünf Männer und gingen wieder nach draußen. Nadia, die Führerin der Verlorenen in Profzojusnajas Häuserdschungel, ging voran. Das Haus, in dem Wladimir Petrow wohnte, sah aus wie alle anderen.

Ein kleiner Mann, dem man die vielen Zigaretten, die er ständig rauchte, ansah, öffnete die Tür. Auf Sergejs Frage, ob er Wladimir Petrowitj Petrow sei, antwortete er mit einem Nicken. Sergej zeigte ihm seinen Ausweis und trat ein, ohne etwas zu sagen. Der Mann trat stillschweigend zur Seite. Er erlebte das offenbar nicht zum ersten Mal.

Sergej sprach. Petrow hörte zu. Nadia war aufmerksam. Sergej begann Fragen zu stellen. Petrow antwortete einsilbig und meist mit einem *Njet*. Elina merkte, dass Sergej den Druck auf Petrow immer weiter erhöhte. Plötzlich machte er einen Schritt nach vorn, packte den kleinen Mann am Arm und drehte ihm diesen auf den Rücken. Petrow schrie auf und sagte *da, da*. Sergej ließ den Arm los und zog einen Kugelschreiber aus der Tasche. Petrow diktierte ihm irgendwas. Elina hoffte, dass keiner ihrer Kollegen je erfahren würde, was sie mitgemacht und in gewisser Weise sogar selbst veranlasst hatte.

»Wladimir Petrowitj sagt, dass er sich an niemanden mit dem Namen Sayed erinnern kann, es hätten allerdings im

Winter 2001 Leute in seiner Wohnung gewohnt, die nach Schweden gewollt hätten. Erst wollte er mir nicht sagen, wie sie diese Reise geplant hatten, aber dann habe ich ihn dazu überredet.«

»Das war nicht zu übersehen«, sagte Elina.

»Sie wollten mit dem Boot nach Schweden, und zwar über ein anderes Land. Er sagt, mehr wisse er nicht.«

Er überreichte Elina den Zettel. Kyrillische Buchstaben.

Nadia beugte sich vor und las.

»Lettland«, sagte sie. »Sie wollten sich in Ventspils in Lettland einschiffen.«

15. KAPITEL

Die Hochzeit begann wie ein Traum und endete im Nebel. Elina hatte sich vorgenommen, so wenig wie möglich zu trinken. Trotzdem war die Menge beträchtlich. Auf Champagner folgten Wein, Wodka und Weinbrand. Dann kam wieder Wodka. Am Tag darauf hatte sie nur vage Erinnerungen an die letzten Stunden. Nadia sagte, Elina solle nicht über ihre rasenden Kopfschmerzen jammern, da sie diejenige auf dem Fest gewesen sei, die am wenigsten getrunken habe, von der schwangeren Braut und einer alten Babuschka aus der Verwandtschaft abgesehen, die in den vierziger Jahren den heroischen Versuch unternommen habe, auf ihrer Kolchose eine Abstinenzlerbewegung ins Leben zu rufen, und sich seither als ihr einziges Mitglied geweigert habe, auch nur einen Tropfen anzurühren.

Nach ihrer Rückkehr hatte Elina noch drei weitere Krankschreibungstage gut, beschloss aber, das Attest zu ignorieren und wieder zu arbeiten. Es war inzwischen November, ein Monat, der genauso grau war wie das Polizeipräsidium. Auf dem Gang traf sie Oskar Kärnlund.

»Wie geht es dir?«, fragte er.

»Viel besser. Und dir?«

»Countdown. Es ist nicht mehr viel los, Jönsson kümmert sich bereits um alles.«

»Hast du hinsichtlich des Doppelmordes noch etwas in Erfahrung gebracht?«

»Nein, nichts. Vielleicht ist da hinter den Kulissen noch etwas im Gange, aber mir ist nichts bekannt. Der Fall gilt als gelöst, obwohl niemandem der Prozess gemacht werden kann.«

»Was soll ich jetzt tun?«

»Dich um die Routinesachen kümmern.«

Sie ging in ihr Büro. In der Ablage auf ihrem Schreibtisch lag ihr Anteil, etwa vierzig zur Anzeige gelangte Straftaten, zu denen noch keine Ermittlungen stattgefunden hatten. Lustlos ging sie den Stapel durch. Körperverletzung an der Ecke Vasagatan/Sturegatan an einem Freitagabend, ein Auge war zu Schaden gekommen, sowohl Täter als auch Opfer waren betrunken gewesen. Diebstahl eines roten Mountainbike vor dem Bahnhof. Einbruch in ein Einfamilienhaus in Bäckby. Skier und eine Stereoanlage waren gestohlen worden. Ein Exhibitionist in Vallby. Ein jüngerer Mann auf einer Parkbank hatte vor einer vorbeigehenden Frau sein erigiertes Glied entblößt. Ein Einbruch in einen Keller in einem Mietshaus in der Malmabergsgatan. Von dieser Adresse stammten zwei Anzeigen. Listen der gestohlenen Gegenstände waren beigefügt.

Sie schob den Stapel beiseite und wünschte sich, sie hätte die verbleibenden drei Tage doch noch krank gefeiert. Wer würde ihr diese Fleißarbeit danken? Wohl kaum die Mitbürger, denen endlich etwas Aufmerksamkeit von Seiten der Polizei zuteil wurde, was ihr verlorenes Hab und Gut und ihr gekränktes Ego anging.

Ihre Handtasche lag auf dem Schreibtisch. Sie fasste hinein und zog den Zettel heraus, den sie von Sergej erhalten hatte. Ein paar Worte, die Nadia in lesbare Buchstaben transkribiert hatte. Sie wusste nicht, was sie mit dieser Information anfangen sollte.

Erneut blätterte sie in den unbearbeiteten Anzeigen. Im

Keller in der Malmabergsgatan hatte einer der Bestohlenen eine Menge wertvoller Gegenstände verwahrt. Er hieß Emilio Rodriguez.

Man sollte ihn wegen Versicherungsbetrugs anzeigen, dachte Elina.

Sie zog die andere Anzeige aus demselben Mietshaus hervor. Bert-Ove Bengtsson. Er war ehrlicher. Ihm waren nur zwei Gegenstände abhanden gekommen. Kleinigkeiten, fast nicht der Anzeige wert. Eine Axt und eine Kupferpfanne.

Elina legte die Papiere beiseite und stand auf, um sich einen Kaffee aus dem Automaten zu holen.

In der Tür blieb sie abrupt stehen, drehte sich wieder zu ihrem Schreibtisch um und nahm den Stapel mit den Anzeigen erneut zur Hand. Sie suchte nach dem Datum des Kellereinbruchs. 21. September.

Eine Axt. Sie war eine Woche vor dem Doppelmord gestohlen gemeldet worden.

Sie rief bei Bert-Ove Bengtsson an. Niemand da. Sie schaute auf die Uhr. Kurz vor halb zehn an einem Mittwoch. Auf der Anzeige stand auch noch die Telefonnummer des Arbeitsplatzes. Sie wählte und erreichte die Zentrale: »Er ist auf der Baustelle in der Lugna Gatan.«

Elina nahm ihren eigenen Wagen und war in weniger als zehn Minuten dort. Ein Polier deutete auf einen Mann in einem mit grauem Staub bedeckten blauen Overall und einem Schutzhelm. Sie ging auf den Mann zu, der gerade dabei war, einen Betonfußboden zu gießen. »Ich muss das erst fertig machen«, sagte er, nachdem sie sich vorgestellt hatte. »Warten Sie doch in der Baubude.«

Sie setzte sich in der Bauhütte an einen Tisch. Auf der Tischplatte fanden sich zwei Zeitschriften mit silikonbusigen Frauen, fünf ungespülte Kaffeetassen und ein Buch über Aktien.

Nach einer Viertelstunde erschien Bert-Ove Bengtsson. Er

nahm seinen Helm ab und legte ihn auf eines der Busenbilder auf dem Tisch. »Entschuldigen Sie bitte. Das sind nicht meine Zeitschriften.«

»Solche Frauen sind mir noch nie begegnet. Ich werde schon drüber wegkommen.«

»Kommen Sie wegen meiner Anzeige?«

»Ja.«

»Nicht schlecht. Ich hätte nie geglaubt, dass ich etwas von Ihnen hören würde. Ich habe das mehr wegen der Versicherung gemacht. Da hatte ich aber nichts davon. Die Selbstbeteiligung ist höher als der Wert der entwendeten Sachen.«

»Sie haben in Ihrer Anzeige geschrieben, dass der Wert der Axt 378 Kronen betrug. Wie konnten Sie das so genau wissen?«

»Ich hatte sie gerade erst gekauft und hatte den Kassenzettel noch. Ich dachte, dass ich sie vielleicht absetzen könnte.«

»Dann gehört dieses Buch hier auch Ihnen?«

Elina hielt *Der Weg des Aktionärs zur höheren Rendite* in die Höhe. Bert-Ove Bengtsson schaute aus dem Fenster. Es war nicht recht klar, was er dort draußen sah.

»Durch ehrliche Arbeit wird man nicht reich. Außerdem finde ich so etwas interessanter als Lottoscheine und Pferdewetten, obwohl ich letztes Jahr einige Verluste gemacht habe.«

»Wo haben Sie den Kassenzettel?«

»Das Original habe ich der Versicherung geschickt. Aber ich habe noch eine Kopie. Die liegt hier in meinem Spind.«

Er deutete hinter sich.

»Können Sie sie mir geben?«

»Warum ist das so wichtig?«

»Bitten Sie Ihre Versicherung, dass sie Ihnen für Ihre Steuererklärung das Original zurückschicken, und geben Sie mir die Kopie.«

Bert-Ove Bengtsson zuckte mit den Achseln und öffnete

das Zahlenvorhängeschloss an seinem Spind. Elina steckte den Kassenzettel ein.

»Sie schreiben in Ihrer Anzeige, dass der Einbruch zwischen dem 20. und dem 21. September begangen wurde. Sind Sie sich sicher?«

»Ja, da ich am Vorabend noch im Keller war, also am Abend des 20. Da fehlte noch nichts. Am Tag darauf sagte mein Nachbar Emilio zu mir, dass eingebrochen worden sei. Da bin ich runtergegangen und habe nachgeschaut.«

»Bei ihm ist offenbar ganz schön viel gestohlen worden?«

»Ja, vielleicht.«

»Haben Sie eine Vorstellung, wer eingebrochen haben könnte?«

»Nein. Keine Ahnung.«

»Ihren Nachbarn Emilio, kennen Sie den näher?«

»Geht so. Wie man seine Nachbarn eben so kennt. Glauben Sie, dass Sie das aufklären können? Es war eine recht gute Axt.«

Laut Kassenzettel hatte Bert-Ove Bengtsson die Axt in Sundströms Eisenwarenladen am 5. September gekauft. Elina fragte einen Verkäufer, und dieser deutete auf eine Wand. Dort hingen Äxte verschiedener Größe. Elina schaute auf die Preiszettel und hatte die richtige Axt rasch gefunden. Eine handliche, kleinere Axt ganz aus Stahl zum Preis von 378 Kronen.

Sie wandte sich wieder an den Verkäufer.

»Ich würde mir diese Axt gerne für den Rest des Tages ausleihen.«

Er sah sie amüsiert an. Sie zog ihren Dienstausweis hervor.

»Wir brauchen sie für eine Ermittlung. Sie bekommen eine Quittung. Ich bringe sie heute Nachmittag oder spätestens morgen zurück. Im Neuzustand.«

Erkki Määttä trug einen weißen Laborkittel. Elina erläuterte ihm ihr Anliegen.

»Ist dieser Fall nicht eingestellt?«

»Doch.«

Er zuckte mit den Achseln und nahm die Axt entgegen.

Zwei Stunden später klingelte bei Elina im Büro das Telefon.

»Die Verletzungen an den Köpfen von Annika Lilja und Jamal stimmen genau mit der Rückseite dieser Axt überein«, sagte Erkki Määttä. »Sag bloß, du hast die Mordwaffe gefunden?«

»In diesem Fall hätte ich Handschuhe getragen und dich untertänigst gebeten, nach Fingerabdrücken zu suchen. Das müsstest du doch wissen, Erkki. Diese Axt habe ich bei Sundströms ausgeliehen.«

Sie suchte Axel Bäckmans Durchwahlnummer heraus, entschloss sich dann aber, persönlich bei ihm vorbeizugehen.

Er saß wieder in seinem alten Büro bei der Ordnungspolizei. Sein provisorisches Büro bei der Kripo hatte er geräumt. Er hatte wieder mit seinen Routinesachen zu tun, der Mordfall war wirklich abgeschlossen. Er bat sie, Platz zu nehmen und wartete dann darauf, dass sie das Wort ergriff.

»Bist du dir ganz sicher, dass der Mörder aus dem Nahen Osten kam?«, fragte sie.

»Ja. So sicher, wie man sich nur sein kann, ohne einen absoluten Beweis zu haben. Warum fragst du?«

»Ich weiß nicht … vermutlich weil ich etwas unzufrieden bin, da ich in der Schlussphase nicht mehr dabei sein durfte.«

Er lächelte und breitete die Hände aus.

»Die Sicherheitspolizei hat die Sache an sich gerissen. Mir wäre es auch lieber gewesen, wenn es anders gelaufen wäre. Das Video im Fernsehen zu zeigen, war, ehrlich gesagt, wirklich übel. Und dass du, Rosén und die anderen übergangen worden seid, war auch schade. Ich finde aber trotzdem, dass wir recht weit gekommen sind. Schließlich konnten wir nachweisen, dass ein aktenkundiger Terrorsympathisant vor dem Mord nach Schweden eingereist ist und das Land wenig später verlassen hat.«

»Wie konntet ihr das nachweisen?«

»Mit Hilfe von Zeugen. Leider darf ich über diese Sache weiter nichts verraten.«

»Was spricht dafür, dass diese Person alle drei ermordet hat?«

»Wenn ich das sage, gebe ich preis, wie die Sicherheitspolizei arbeitet.«

»Dann sag mir einfach, was du sagen darfst und lass den Rest aus.« Sie merkte, dass ihr Ärger immer weiter zunahm. *Was bildete er sich eigentlich ein?*

»Okay, ich gehe einmal davon aus, dass du ein Recht darauf hast, die Wahrheit zu erfahren«, sagte Bäckman. »Wir, ich meine die Sicherheitspolizei, wissen, dass dieser Mann derselben Organisation angehört wie Jamal und Ahmed Qourir, also einer palästinensischen Extremistenorganisation. Aber als wir, also die Sicherheitspolizei, eine offizielle Anfrage über seine Person an die Israelis richteten, stritten diese ab, irgendetwas zu wissen.«

»Ach? Das verstehe ich nicht.«

»Normalerweise wissen die Israelis über alle Leute Bescheid, die nur den geringsten Kontakt zu diesen Extremistenorganisationen unterhalten. Sie sind auf Zack! Ihr Sicherheitsdienst hat jeden Palästinenser in seinen Verzeichnissen. Und wir erhalten die Informationen, die wir brauchen, von den Israelis, wenn es um solche Fragen geht. Aber in diesem Fall behaupteten sie, dass ihnen nicht einmal der Name bekannt sei. Daraus schlossen wir, dass es sich um einen Agenten gehandelt haben muss, den sie eingeschleust hatten und der für die Israelis arbeitete. Er war hierher geschickt worden, um Jamal und Qourir hinzurichten. Deswegen leugneten die Israelis auch, ihn zu kennen.«

»Und das machte den Fall dann so heikel?«

»Außerordentlich. Da wir den Mörder ohnehin nicht fassen konnten, wurden verschiedene Dinge gegeneinander abgewogen.«

»Alles wurde unter den Teppich gekehrt. Die Akten kamen in einen Pappkarton, und nach außen hin gab man den Palästinensern die Schuld. Eine interne Abmachung.«

»Ja, in etwa. Ich wäre dir dankbar, wenn du den anderen gegenüber Stillschweigen darüber bewahren würdest, was du gerade von mir erfahren hast.«

Elina nickte.

»Dieser Mann«, sagte sie, »also der Mörder, wann kam er nach Schweden?«

»Laut unseren Informationen am 26. September, also zwei Tage vor dem Doppelmord. Warum?«

»Details sind immer wichtig.«

»Du glaubst das alles nicht, oder?«, meinte Axel Bäckman.

»Ich wäre gerne etwas überzeugter.«

Axel Bäckman lehnte sich zurück. Er betrachtete Elina. Sie fühlte sich begutachtet.

»Rosén erwähnte, dass du einen Zusammenhang mit Jamals verschwundenem Cousin vermutest«, meinte er schließlich. »Warum glaubst du, dass sein Verschwinden etwas mit den Morden zu tun haben könnte?«

»Ich fand nur einen Umstand bemerkenswert. Ein Toter und ein Verschwundener in derselben Familie. Danke für dieses Gespräch, Bäckman. Ich muss jetzt wieder an meine Arbeit. Tschüs.«

Elina saß in ihrem Büro. In einer Hand hielt sie den Zettel, den Sergej ihr gegeben hatte. *Schiff ab Ventspils, Lettland.*

In der anderen Hand hatte sie einen Zettel, den sie selbst geschrieben hatte. *Der Mörder traf am 26. Sept. ein.* Darunter: *Axt, entwendet in der Nacht vom 20. auf den 21. Sept.*

Sollte sie mit Kärnlund sprechen? Mit Rosén? Was sollte sie ihnen dann sagen? Dass sie glaubte ... dass sie vermutete ... ja, was eigentlich? In diesem Land gab es eine Unmenge Äxte. Das einzig Neue, was sie herausgefunden hatte, war, dass Jamals Cousin Sayed möglicherweise via Ventspils nach Schweden hatte einreisen wollen. Aber auch das war nebulös. Sie konnte sich nicht einmal sicher sein, dass er wirklich in der Wohnung in Moskau gewohnt hatte. Sie wusste, wie die Reaktion ihrer Kollegen ausfallen würde. Misstrauen, Kopfschütteln. Man würde etwas Konkreteres von ihr verlangen. Außerdem Widerstand: Bäckman schien es nicht zu passen, dass sie seine Lösung, die sogenannte Lösung der Sicherheitspolizei, in Frage stellte.

Außerdem wollte sie nicht damit herausrücken, dass sie in Moskau Polizistin gespielt hatte.

Sie legte die beiden Zettel in die oberste Schreibtischschublade und ging nach Hause.

16. KAPITEL

Elina war erst gegen Morgen eingeschlafen. Sie erwachte davon, dass ihr der kalte Schweiß ausgebrochen war. Die Angst sickerte ihr aus den Poren. Im Traum hatte sie einen Kinderwagen den Oxbacken hinuntergeschoben. Auf halbem Weg war er ihr aus den Händen geglitten. Leute standen ihr im Weg, als sie ihm hinterherrennen wollte. Gerade als der Wagen vor einen blauen Bus rollte, erwachte sie.

Sie gähnte während der gesamten Acht-Uhr-Besprechung. Jönsson hatte den Vorsitz. Als er sie fragte, mit welchem Fall sie gerade befasst sei, konnte sie nichts erwidern. Sie sah ein, dass sie sich zusammenreißen musste.

Sie machte sich wieder an die offenen Fragen. Der Exhibitionist in Vallby. Sie rief die Frau an, die die Anzeige erstattet hatte. Ihre Stimme klang jung. Der Mann hatte auf einer Parkbank gesessen und onaniert. Die Frau glaubte, ihn identifizieren zu können. Sie hatte kein genaues Bild seines Gesichts mehr im Kopf, aber *er* sei recht klein gewesen. Elina bezweifelte, dass sich der Täter so identifizieren ließ, jedenfalls nicht bei einem Verhör, bei dem sicherlich nicht mit einem außerordentlichen Stehvermögen zu rechnen war.

Sie blätterte in den anderen Anzeigen und schob sie dann beiseite. In der obersten Schublade lagen zwei Zettel, die ihr keine Ruhe ließen.

Ventspils, Lettland. Jemand war dort vielleicht mit Sayed verabredet gewesen. Jemand hatte ihm dort eventuell einen Platz auf einem Schiff nach Schweden verschaffen sollen – die letzte Etappe einer langen Reise. Wahrscheinlich für Geld. Viel Geld. *Der Kredit. 70 000 Kronen.* Jemand wusste womöglich, ob Sayed auf dem Weg von Moskau nach Lettland oder zwischen Lettland und der schwedischen Küste verschwunden war. Es könnte doch sein, dass die lettische Polizei wusste, wer dieser Jemand war?

Das könnte auch früher schon mal passiert sein, dachte sie. Menschenschmuggler mit der festen Route Lettland-Schweden. Vielleicht haben die schwedischen Behörden ja einen Namen.

Elina griff zum Telefon. Eine Nummer mit einer Stockholmer Vorwahl. Sie bat darum, mit dem polizeilichen Nachrichtendienst, Dezernat für illegale Einwanderung, verbunden zu werden. Man stellte sie zum Chef durch. Die Antwort war einfach: Namen von Menschenschmugglern in Ventspils lagen keine vor. Jedenfalls nicht beim polizeilichen Nachrichtendienst.

Sie wählte eine weitere Nummer. Eine etwas träge Stimme:

»Migrationsbehörde, Yngve Carlström.«

»Hier ist Elina Wiik von der Polizei Västerås. Wir haben uns vor ein paar Wochen unterhalten, über …«

»Ich erinnere mich.«

»Ich frage mich, ob Sie mir vielleicht mit einer Auskunft weiterhelfen können? Wenn sie Flüchtlinge vernehmen, kommt es dann vor, dass die ihre Schleuser benennen?«

»Durchaus. Oft wissen sie es allerdings auch nicht oder wollen es nicht sagen. Aber es kommt vor.«

»Kennen Sie den Namen eines Schleusers in Lettland? In Ventspils?«

»Weshalb fragen Sie ausgerechnet mich?«, erwiderte Carlström misstrauisch.

»Weil ich den Eindruck hatte, dass Ihnen Ihre Arbeit wichtig ist. Dass Sie gründlich sind. Ich dachte, dass Sie vielleicht solche Fragen gestellt haben könnten.«

»Warum fragen Sie ausgerechnet nach Ventspils? Hat das mit dem Fall zu tun? Also mit dem, nach dem Sie beim letzten Mal gefragt haben?«

»Möglich. Ich weiß es nicht.«

»Leider kann ich Ihnen nicht helfen. Es kann sein, dass in irgendeiner Akte ein Name steht, ich erinnere mich jedoch nicht.«

»Kommen viele Flüchtlinge via Ventspils nach Schweden?«

»Das kam früher, bis Mitte der Neunziger, häufiger vor. Inzwischen bewachen die Balten ihre Grenzen viel besser.«

»Es ist also schon vorgekommen. Dann müsste die lettische Polizei eigentlich mehr darüber wissen.«

»Das ist naheliegend.«

Elinas Telefon blinkte.

»Ich habe ein Gespräch auf der anderen Leitung«, sagte sie. »Entschuldigen Sie einen Augenblick.«

Sie drückte auf Leitung zwei.

»Sie wollten mit mir sprechen«, sagte eine Frauenstimme. »Über Jamal.«

»Einen Augenblick bitte.«

Sie drückte auf Leitung eins und dankte Yngve Carlström für seine Hilfe. Dann wandte sie sich wieder ihrer Anruferin zu.

»Über Jamal?«, sagte Elina. »Ja, das will ich. Und wer sind Sie?«

»Jamal hat zwei Jahre lang bei uns gewohnt. Ich möchte Ihnen meinen Namen aber nicht sagen.«

Elina schaute auf das Display. *Unbekannt.*

»Es wäre besser, wenn wir uns treffen könnten«, meinte Elina.

Die Frau zögerte.

»Sie brauchen mir Ihren Namen nicht zu nennen«, meinte Elina. »Es handelt sich auch nicht um eine Vernehmung. Ich würde nur gerne mit Ihnen über Jamal sprechen.«

»Kommen Sie zur Stadtbücherei. Ich erwarte Sie am Eingang.«

Die Frau, die Elina erwartete, hatte kurzes graues Haar und ein faltiges Gesicht. Sie lächelte leicht, als sie Elina die Hand reichte, sagte aber nichts. Elina hatte den Eindruck, es mit einem Menschen zu tun zu haben, der ein ruhiges Leben geführt hatte. Sie wirkte ganz und gar nicht wie die Aktivistin einer Bewegung, die seit Jahrzehnten die Flüchtlingspolitik des Staates herausforderte.

Sie gingen ins oberste Stockwerk. Leise strichen Leute zwischen den Regalen hin und her, meist den Kopf zur Seite gelegt, um den Titel zu finden, den sie suchten. Der Raum und Elinas Anliegen legten ein leises Gespräch nahe. Die Frau nahm jedoch kein Blatt vor den Mund.

»Die Polizei glaubt, dass wir naiv sind und die Einwanderungsfrage beschönigen«, sagte sie, jedoch nicht weiter aggressiv. »Dass wir Idealisten sind, die Flüchtlinge verstecken, weil sie uns leidtun. Aber oft versuchen wir, diejenigen, die abgeschoben werden sollen, dazu zu bewegen, aus freien Stücken nach Hause zu fahren. Erst wenn sie wirklich nicht zurück können, helfen wir ihnen dabei, sich zu verstecken. Dann, wenn die Migrationsbehörde und die Revisionsbehörde ganz einfach einen falschen Beschluss gefasst haben.«

»War das bei Jamal der Fall?«

Die Frau dachte nach.

»Wir fanden, dass er wirklich gute Gründe hatte, in Schweden bleiben zu dürfen. Im Nachhinein bin ich mir jedoch nicht mehr so sicher, ob wir damit Recht hatten.«

»Wie meinen Sie das?«

»Irgendwann stellte sich ja heraus, dass Jamal von den Israelis gesucht wurde. Und zwar zwei Jahre nach seiner Ankunft. Deswegen erhielt er schließlich auch die Aufenthaltsgenehmigung. Ich hatte jedoch den Eindruck, dass er kein politischer Mensch war. Und seit ich nach dem Mord mit seinem Vater gesprochen habe, erscheint mir das noch zweifelhafter. Sein Vater sagt, dass Jamal nie irgendeiner Organisation angehört habe.«

»Wie lässt sich dann die israelische Fahndung erklären?«

»Es gibt nur zwei denkbare Erklärungen. Entweder wusste der Vater nicht, womit sich sein Sohn beschäftigte, oder der Steckbrief war gefälscht.«

»Gefälscht? Von wem?«

»Von jemandem, der Jamal helfen wollte. Der Hintergrund dieses Dokuments ist etwas sonderbar. Es tauchte in seiner Akte bei der Migrationsbehörde auf, ohne dass jemand hätte sagen können, wann und wie es dort hingeraten war. Dann hat es Agnes in die Finger bekommen, und nachdem sie einige Artikel dazu geschrieben hatte, war die Sache geklärt.«

»Falls er nicht politisch verfolgt wurde, warum ist er dann hierhergeflüchtet?«

»Aus demselben Grund wie viele andere. Er wollte leben. Er wollte eine Zukunft haben.«

»Wie war er als Mensch?«

»Nett. Intelligent. Während der zwei Jahre im Versteck kam er gut zurecht. Viele macht das vollkommen fertig. Das ist einer der Gründe, warum wir nie von uns aus vorschlagen, dass sie bleiben sollen. In Schweden auf der Flucht zu sein, ist schlimmer, als man meinen sollte. Die Unsicherheit, das Nichtstun, die Armut, die ständige Verfolgung, das alles ist wahnsinnig belastend. Aber Jamal kam damit klar, und auch anschließend ist er gut zurechtgekommen. Bis …«

»Wer hat ihn dann ermorden wollen? Hatte er Feinde?«

Die Frau schüttelte den Kopf.

»Mir ist das unbegreiflich. Aber ich weiß schließlich auch nicht genau, was er tat, nachdem er bei uns ausgezogen war.«

»Erwähnte er seinen verschollenen Verwandten?«

»Sayed? Seinen Cousin? Ja, das tat er.«

Elina beugte sich vor.

»Erzählen Sie alles, was Sie wissen. Einzelheiten, alles, was Sie über diese Sache wissen.«

»Jamal rief mich an, ich erinnere mich nicht mehr genau, wann, aber es ist ein paar Jahre her. Er sagte, sein Cousin Sayed hätte nach Schweden kommen sollen, aber irgendwas sei passiert. Jamal wusste nicht, was, und wollte, dass ich ihm helfe. Ich erkundigte mich bei verschiedenen Stellen, unter anderem beim Roten Kreuz, aber Sayed war spurlos verschwunden. Das letzte Lebenszeichen von ihm kam aus Moskau. Was dann geschah, weiß ich nicht.«

»Wissen Sie, wer Sayeds Reise bezahlte?«

»Nein.«

»Könnte das Jamal gewesen sein? Er versuchte ungefähr zu jenem Zeitpunkt, einen Kredit aufzunehmen.«

»Das klingt wenig wahrscheinlich. Sie waren schließlich nur Cousins, wenn Sie verstehen, was ich meine. Verwandt, aber sie standen sich nicht so nahe wie Brüder. Normalerweise sammeln die Familien im Heimatland Geld. Man bezahlt im Voraus. Aber es ist natürlich denkbar, dass Jamal das Geld vorstrecken wollte.«

»Kennen Sie jemanden namens Ahmed Qourir?«

»Im Zusammenhang mit Jamal?«

Elina nickte. Die Frau runzelte die Stirn.

»Nein, der Name sagt mir nichts. Aber ich habe hier etwas für Sie.«

Sie griff in ihre Handtasche. Ein Umschlag.

»Jamals Eltern haben mir geschrieben, nachdem wir telefoniert hatten. Sie wollen die sterblichen Überreste ihres

Sohnes in Gaza begraben. Sie haben mich um Hilfe gebeten. Ich tue was ich kann. Das muss ich. Aber ich bezweifle, dass es geht.«

Oskar Kärnlund sah Elina an und verzog missbilligend das Gesicht. Das hatte sie erwartet. Aber sie fand, dass ihr keine andere Wahl blieb. Sie musste es einfach versuchen.

»Das war nicht sonderlich viel«, meinte Kärnlund. »Der Cousin Sayed war im Winter 2001 in Moskau und hat sich seither in Luft aufgelöst. Ist das alles? Du hast also keine Ahnung, nicht die geringste Ahnung, ob das mit den Morden zu tun hat. Und jetzt willst du also nach *Lettland* fahren!«

»Ich sehe das folgendermaßen«, sagte Elina und versuchte, ihre Stimme überzeugend klingen zu lassen. »Zwei junge Menschen werden in Västerås totgeschlagen. Annika Liljas Eltern sind vollkommen verzweifelt, und ich gehe davon aus, dass Jamals Eltern genauso empfinden. Die einzige Antwort, die wir ihnen gegeben haben, ist, dass eine Person mit einem arabischen Namen nach Schweden eingereist ist, ihre Kinder erschlagen hat und dann wieder wie ein Schatten verschwunden ist. Für die Eltern kann das nicht ausreichen, egal, ob es jetzt wahr ist oder nicht. Wir müssen mehr unternehmen.«

»Okay, Wiik. Lass uns annehmen, dass sich die Sicherheitspolizei irrt. Wer war dann der Täter?«

»Vielleicht einer der Schleuser? Der sein Geld nicht bekommen hatte. Beispielsweise könnte es so ausgesehen haben: Sayed wandte sich an Menschenschmuggler, um nach Schweden zu kommen. Jamal sollte ihm das Geld für die Reise vorstrecken. Aber aus irgendeinem Grund verschwand Sayed auf dem Weg. Verunglückte womöglich tödlich. Die Schmuggler, die eine Menge Kosten für Sayed hatten, wollten ihr Geld trotzdem. Jamal weigerte sich zu zahlen. Die Schmuggler schlugen Jamal tot. Annika war zum falschen Zeitpunkt am falschen Ort und wurde ebenfalls ermordet.«

»Und Ahmed Qourir? Jamal hatte schließlich bei ihm angerufen. Die Morde hängen also irgendwie zusammen. Welche Rolle spielte er?«

»Ich weiß nicht. Ich habe nicht einmal eine Vermutung.«

»Hast du dir schon mal überlegt«, fragte Kärnlund, »dass sowohl in Jamals als auch in Qourirs Wohnungen sämtliche Unterlagen fehlten. Das legt nahe, dass Profis am Werk waren. Ich finde, dass das mehr nach Sicherheitsexperten aus dem Nahen Osten als nach stümperhaften Reiseveranstaltern in der Flüchtlingsschmugglerbranche aussieht.«

Elina hatte keine weiteren Argumente. Sie wusste nicht einmal, ob sie ihren eigenen Theorien glaubte. Oder ob sie ihre Motivation nicht einfach nur daraus schöpfte, dass man sie bei der Ermittlung übergangen hatte. *Verlangen nach Revanche.* Oder etwas noch Einfacheres: Unlust, sich den lächerlichen Anzeigen zu widmen, die auf ihrem Schreibtisch lagen.

»Ich will trotzdem fahren«, sagte sie nach einem langen Schweigen.

»Wiik, das sind wirklich die blödsinnigsten Gründe, die mir je untergekommen sind.«

»Ich bestehe darauf.«

Oskar Kärnlund sah sie an und schüttelte den Kopf.

»Ich habe weniger als drei Monate bis zur Rente. Willst du, dass ich vorher noch einen Herzinfarkt erleide?«

»Jönsson wird mich niemals fahren lassen. Du kannst das aber veranlassen, und darum muss es jetzt sein.«

Kärnlund legte die Handflächen auf den Tisch. Zeit für Elina aufzubrechen. Sie resignierte. Als sie schon halb auf dem Gang war, hörte sie ihn rufen.

»Ich werde sehen, was sich machen lässt.«

17. KAPITEL

Es war noch dunkel, als Elina ihr Hotel verließ und auf die Straße trat. Ein älterer Mann mit einer braunen Kunstlederjacke wich ihr auf dem Bürgersteig aus. Eine Straßenbahn fuhr vorbei. Eine blaue Neonreklame spiegelte sich in den regennassen Pflastersteinen. Es roch nach Dieselabgasen.

Sie versuchte, sich auf dem Stadtplan zu orientieren. Die Straße entlang zum Freiheitsdenkmal auf der rechten Seite, daran vorbei und dann nach links, hatte der Hotelportier gesagt.

Es regnete immer noch, und Elina hatte keinen Schirm dabei, aber sie erreichte ihr Ziel, noch bevor sie gänzlich durchnässt war. Dem Text auf dem goldgelben Blechschild am Eingang entnahm sie, dass sie die richtige Adresse gefunden hatte. *Imigracijas Policijas Parvalde.* Sie vermutete, dass *parvalde* so etwas wie Büro bedeutete.

Im Entree saß eine alte Frau in Mantel und mit Kopftuch. Sie saß zwischen Treppe und Wand eingeklemmt an einem Tisch. Im Treppenhaus war es feuchtkalt. Elina nahm einen Zettel aus ihrer Tasche und las ihr einen Namen vor. Die Frau antwortete, ohne ihre Augen von ihrer Handarbeit zu nehmen.

»Ich verstehe kein Lettisch«, sagte Elina auf Englisch.

Die Frau deutete mit zwei Fingern die Treppe hinauf.

Bis zum zweiten Stock knarrten die Stufen unter Elinas

Schritten. Sie ging auf gut Glück rechts den Gang hinunter und entdeckte den Namen, den sie suchte, auf einem Schild neben einer Tür. Sie klopfte. Ein Mann in einem grauen Anzug öffnete. Elina stellte sich vor. Der Mann küsste die Hand, die sie ihm hinhielt und sagte dann in gebrochenem Englisch:

»Ich bin Kommissar Normunds Kalmanis von der Immigrationspolizei. Willkommen in Riga. Wir werden alles tun, was in unserer Macht steht, um Ihnen zu helfen. Setzen Sie sich bitte.«

Kommissar Kalmanis stellte Elina einen Stuhl hin. Er ging um seinen Schreibtisch herum, auf dem ein blauweißer Wimpel der Polizei von Helsinki einen Ehrenplatz einnahm. Elina dachte dankbar an John Rosén, der ihr ein Paket Stoffabzeichen der Polizei von Västerås mitgegeben hatte. Kommissar Kalmanis nahm eines dieser Abzeichen dankbar entgegen. Dann lächelte er breit, als Elina ihm außerdem noch eine kleine Flasche Whisky überreichte, die sie im Flugzeug gekauft hatte. Auch dazu hatte Rosén sie aufgefordert, der offenbar wusste, was erwartet wurde.

»Wie gesagt«, sagte Kommissar Kalmanis, »was können wir für Sie tun?«

»Ich suche Informationen über einen Mann palästinensischer Abstammung namens Sayed Al-Sharif. Soweit ich weiß, ist er mit dem Schiff von Ventspils nach Schweden gereist oder hat es zumindest versucht.«

Elina war dankbar, dass sein Englisch noch unbeholfener war als ihres.

»Das geht aus Ihrer schriftlichen Anfrage hervor«, erwiderte Kommissar Kalmanis. »Wir haben bereits ein paar Nachforschungen angestellt, obwohl die Zeit knapp war. Der Mann taucht in unseren Unterlagen nicht auf. Er kann also nicht unter seinem eigenen Namen legal nach Lettland eingereist sein. Das schließt jedoch nicht aus, dass er sich zu dem genannten Zeitpunkt in Lettland aufgehalten hat.«

Er schaute auf ein Blatt Papier.

»Es handelt sich um den Winter 2001, nicht wahr? Mittlerweile haben wir unsere Grenzbewachung modernisiert und verschärft, und zwar wegen des bevorstehenden EU-Beitritts. Wir werden nicht mehr zulassen, dass Lettland von illegalen Flüchtlingen als Sprungbrett nach Europa benutzt wird. Wer unsere Barrieren dennoch überwindet, kommt entweder hier ins Gefängnis oder wird wieder nach Hause geschickt.«

Elina war wieder einmal dankbar, dass sie nicht zu den Leuten gehörte, die ein Sprungbrett benötigten, um sich ein erträgliches Leben zu verschaffen.

»Ich bin nicht davon ausgegangen, dass er legal hier war«, meinte Elina. »Meine größte Hoffnung ist, die Namen der Schleuser in Erfahrung zu bringen, die Verbindungen nach Schweden haben. Am liebsten würde ich natürlich jemanden finden, der weiß, was Sayed Al-Sharif zugestoßen ist.«

»Letzteres könnte schwierig werden«, meinte Kalmanis. »Kein Schleuser wird freiwillig etwas über diesen Fall preisgeben. Damit würde er schließlich eine Straftat zugeben, noch dazu eine, die zu internationalen Komplikationen führt, immerhin sind unsere Kollegen aus Schweden an der Sache interessiert. Wir wollen jedoch einen Versuch unternehmen.«

»Dafür bin ich sehr dankbar«, sagte Elina und fühlte sich plötzlich wie eine Verkünderin der Tugend der Dankbarkeit.

»Draußen wartet bereits ein Wagen. Mit dem fahren wir nach Ventspils. Dort erwartet uns der örtliche Kommandant der Immigrationspolizei zum Mittagessen.«

Elina wünschte sich, sie hätte noch eine Flasche Whisky gekauft, aber sie hatte die Hoffnung, dass sie sich in der Provinz vielleicht mit einem Stoffabzeichen begnügten, obwohl sie zum Essen einluden. Sie hoffte auch, dass sich ihre gesellschaftlichen Verpflichtungen in Lettland auf dieses eine Mittagessen beschränken würden.

Der Fahrer stellte sich als Raimonds vor. Ein junger Mann,

der strahlte, als er Elina erblickte. Kommissar Kalmanis hielt ihr die Beifahrertür auf und nahm selbst auf dem Rücksitz Platz. Fahrer Raimonds fuhr rasch und ließ sich von roten Ampeln nicht aufhalten; die Polizeisirene hielt den übrigen Verkehr auf.

Sie fuhren durch flaches Land und an abgeernteten Äckern, dichten Wäldern und Telefonmasten mit leeren Storchennestern vorbei. Sowohl der Kommissar als auch der Fahrer rauchten im Auto. Nach etwa einer Stunde hielten sie vor einem Haus an.

»Eine Tasse Kaffee gefällig?«, fragte Raimonds auf Lettisch, und Kalmanis übersetzte.

Das Café war mit drei runden Tischen und stapelbaren Plastikstühlen möbliert. In dem Regal hinter der Bar standen Schnapsflaschen mit lettischen Etiketten. In einem Kühlschrank gab es Erfrischungsgetränke, hauptsächlich Coca-Cola. Eine junge Frau servierte ihnen Kaffee. Kalmanis und Raimonds rauchten. Elina suchte nach einem Gesprächsthema.

»Haben Sie hier in Lettland viele illegale Flüchtlinge?«, fragte sie.

»Nein, vermutlich fast keinen Einzigen«, antwortete Kalmanis. »Niemand beantragt hier Asyl. Alle wollen weiter. Nach Deutschland oder nach Schweden. Aber wir erleben hier viele Tragödien. Auf dem Weg hierher sind wir an Olaine vorbeigefahren. Wir bezeichnen das zwar als Flüchtlingslager, in Wirklichkeit handelt es sich um ein Gefängnis. Dort sitzen Menschen aus allen möglichen Ländern. Es ist ihnen geglückt, hierher zu kommen, aber nicht weiter. Sie hoffen, dass sich irgendein Land ihrer erbarmt, was nicht geschehen wird. Sie sitzen dort also jahraus, jahrein.«

Er inhalierte tief und drückte seine Zigarette dann aus.

»Dieser Mann«, meinte er dann, »Sayed, warum ist er so wichtig?«

»Er ist der verlorene Sohn«, erwiderte Elina.

Sie erhoben sich und fuhren weiter. Nach etwa einer Stunde wurden Verkehr und Bebauung dichter. »Ventspils«, sagte Kalmanis. Sie fuhren über eine Brücke. Unter ihnen war ein Fluss, der in einiger Entfernung breiter wurde. Hier waren offenes Wasser und dinosaurierähnliche Kräne zu sehen. Sie fuhren ins Zentrum, breite Straßen, große Häuser, und hielten vor einem Gebäude an, das man für den Kulturpalast in der schwedischen Provinz hätte halten können, nur dass es etwas prächtiger und bedeutend mehr heruntergekommen war.

»Inspektor Lacis erwartet uns«, sagte Kalmanis.

Er führte Elina in ein Restaurant, dessen Einrichtung komplett rosafarben war mit weißen Tischdecken. Ein Mann um die fünfunddreißig mit gepflegtem Schnurrbart und in grauem Anzug erwartete sie. Ein weiterer Handkuss, das Vorstellungsritual und der Austausch von Höflichkeiten folgten.

Inspektor Lacis rückte Elina den Stuhl zurecht. Eine Kellnerin in kurzem blauem Rock und rosa Lippenstift servierte. Offenbar war alles vorbestellt. Rinderfilet mit Pilzen und Bratkartoffeln.

»Sonderlich viele Menschenschmuggler gibt es bei uns nicht«, sagte Inspektor Lacis kauend. »Früher gab es hier einige, aber die sind weggezogen, vermutlich ins Ausland. Ihr Business lohnte sich nicht mehr, nachdem wir die Grenzbewachung verschärft hatten. Da bedienten sie sich vermutlich ihrer alten Kontakte, um Richtung Westen zu ziehen. Nach *Europa*, so nennt man hier aus irgendeinem Grund die EU. Ich fürchte, wir können nicht viel mehr tun, als Ihnen die Namen und Personenbeschreibungen zu geben.«

Elina wurde von ihrer Enttäuschung wie von einer Welle erfasst. Das hätte sie auch telefonisch von Västerås aus klären können. Aber die lettische Polizei war bei den einleitenden Kontakten nicht auf Details eingegangen. Sie hatte die Reise gegen einigen Widerstand durchgesetzt, und jetzt würde sie mit leeren Händen nach Hause kommen.

Nach dem Mittagessen fuhren sie zum Polizeipräsidium im Zentrum von Ventspils. Inspektor Lacis hatte ein Büro im Erdgeschoss, ein kleines Zimmer mit furnierten Schränken. Sie nutzte die Gelegenheit, um ihm ein Stoffabzeichen zu überreichen. Sie war etwas verlegen, weil das Geschenk so schlicht war. Lacis schien sich jedoch zu freuen.

»Wir wissen die Zusammenarbeit mit der schwedischen Polizei sehr zu schätzen«, sagte er.

Elina Wiik, die Abgesandte für eine erweiterte polizeiliche Zusammenarbeit an der Ostsee, dachte Elina. Immerhin das kann ich nach meiner Rückkehr zu Hause erzählen.

Eine Frau mit grüner Brille und toupiertem Haar trat mit einer Aktenmappe ein. Sie legte sie auf den Tisch und verließ das Zimmer sofort wieder.

»Das ist, was wir haben«, sagte Lacis und öffnete die Mappe. »Die Menschenschmugglerbande in Ventspils bestand aus drei Personen. Einem Ehepaar, Jakob Diederman und seiner Ehefrau Katarina, und, das muss ich leider einräumen, einem Oberstleutnant der Küstenwache. Gregors Nikolajew. Er wurde natürlich vom Dienst suspendiert, nachdem sich der Verdacht gegen ihn bestätigt hatte. Aber es ist uns nicht gelungen, ihn festzunehmen.«

Lacis schaute aus dem Fenster, als hoffe er, dass dort der Oberstleutnant der Küstenwache auftauchen würde, der ihnen durch die Lappen gegangen war. Lacis' Miene ließ Elina vermuten, dass man ihn daran gehindert hatte, den Verdächtigen festzunehmen. Sie glaubte jedoch, dass es von ihr, der frisch ernannten Abgesandten der schwedischen Polizei, taktlos gewesen wäre, danach zu fragen.

Sie beugte sich über die offene Mappe. Jakob Diederman war 1963 geboren. Er war auf einem etwa vier auf fünf Zentimeter großen Schwarz-Weiß-Foto zu sehen und sah durchschnittlich aus. Elina war sich sicher, ihn nicht zu erkennen, falls sie ihm zufällig begegnen würde. Katarina Diederman war Jahrgang 1966 und hatte dunkles, glattes Haar, große Augen und einen schmalen Mund. Sie war leichter wiederzuerkennen.

Elina schob die Akten des Ehepaars beiseite. Darunter kam das Farbfoto eines Mannes in Uniform zum Vorschein. Oberstleutnant Gregors Nikolajew, geboren 1958.

So sieht man also aus, wenn Geld wichtiger wird als die Pflicht, dachte Elina.

Sie betrachtete Gregors Nikolajews Augen, den Blick von Katarina Diederman. Ihr Ehemann Jakob schaute an der Kamera vorbei. Sie überlegte, ob sie wohl fähig waren, einen anderen Menschen umzubringen.

»Sie haben mehrere Schiffsladungen Flüchtlinge geschmuggelt«, sagte Inspektor Lacis und riss Elina aus ihren Gedanken. »Immer in ausrangierten Booten, Seelenverkäufern, noch aus der Sowjetzeit. Aber seit Herbst 2001 haben wir diese Gestalten nicht mehr gesehen. Ich kann meine Assistentin bitten, Kopien aller Dokumente zu machen. Ich bedaure, dass wir sie nicht ins Schwedische übersetzen konnten.«

»Das ist nicht nötig«, beeilte sich Elina zu sagen. »Das können wir in Schweden machen. Wir sind Ihnen sehr dankbar für Ihre Hilfe.«

Immer dankbar, dachte Elina.

Die Frau mit der grünen Brille trat ein, nahm die Mappe und verschwand wortlos. Fünf Minuten später kehrte sie mit einem Stapel Papier zurück. Inspektor Lacis nahm die Kopien entgegen und reichte sie an Elina weiter.

»Ich weiß nicht, was wir sonst noch für Sie tun könnten«, meinte er, »aber ich will Sie zumindest noch meinem Chef, Kommissar Bek, vorstellen. Er hat sein Büro im ersten Stock.«

Elina folgte Inspektor Lacis die Treppe hinauf und dachte

angestrengt darüber nach, was sie noch fragen könnte. Ein paar Namen von Schleusern waren eindeutig zu wenig.

Ein weiterer Handkuss. Elina begann an dieser Geste Gefallen zu finden.

»Ich bin Kommissar Valdis Bek«, stellte sich der Chef vor. »Es ist mir eine Ehre, Sie in Ventspils willkommen zu heißen. Ich hoffe, Inspektor Lacis war zuvorkommend.«

»Natürlich, außerordentlich hilfsbereit«, sagte Elina.

Kommissar Bek bot ihr einen Stuhl an. Teetassen und Plätzchen mit Füllung standen bereits auf dem Tisch.

»Was führt Sie hierher nach Ventspils?«, fragte Kommissar Bek.

»Ich suche nach einer Antwort auf die Frage, warum eine Person namens Sayed Al-Sharif verschwunden ist«, erwiderte Elina. »Eventuell ist er auf dem Weg nach Schweden durch Lettland gekommen. Ich habe Grund zur Annahme, dass er sich in Ventspils eingeschifft hat, möglicherweise im Winter 2001.«

»Und, haben wir Ihnen behilflich sein können?«

»Leider liegen uns keine Informationen über den Verschwundenen vor«, mischte sich Normunds Kalmanis ein.

»Wir haben Inspektorin Wiik nur die Namen von drei aktenkundigen Schleusern geben können«, sagte Inspektor Lacis.

»Dieser Verschwundene«, meinte Kommissar Bek. »Sein Name klingt arabisch.«

»Er ist Palästinenser«, sagte Elina.

Kommissar Bek trommelte mit den Fingern auf die Armlehne seines Stuhls.

»Also ein Araber. Schiff von Ventspils. Hm.«

Er dachte nach. Elina wartete ab.

»Das erinnert mich an etwas«, sagte er nach einer Weile. »Vermutlich hat das nichts damit zu tun. Aber trotzdem.«

Er erhob sich.

»Wir fahren ein wenig spazieren«, sagte er.

Elina kam sich vor wie die Leiterin einer kleineren Delegation. Zwei Dienstwagen, Kommissar Bek, Kommissar Kalmanis, Inspektor Lacis, Fahrer Raimonds und sie, eine schwedische Kriminalinspektorin auf einer Goodwillreise bei den benachbarten Polizeibehörden an der Ostsee. Verkünderin der Tugend der Dankbarkeit sowie Lettlandtouristin auf Kosten der schwedischen Steuerzahler. Sie fuhren über die Brücke Richtung Riga, dieselbe Strecke, die sie gekommen waren, dann bogen sie in ein Wohnviertel ein.

»Hier wohne ich«, sagte Valdis Bek und deutete auf ein Haus. »Aber wir sind nicht deswegen hier. Wir wollen bei einer meiner Nachbarinnen vorbeischauen.«

Valdis Bek führte die Gruppe an, es ging eine Treppe hinauf. Er klingelte. Eine Frau öffnete.

»*Sveiks*, Valdis!«, sagte sie und trocknete sich die Hände an einer Schürze ab. Valdis Bek erwiderte: »*Sveika*.« Weitere Worte wurden gewechselt, die niemand für Elina übersetzte. Die Frau verschwand in der Wohnung, und Valdis Bek gab den anderen ein Zeichen, ihr zu folgen. Sie nahmen auf einem Sofa im Wohnzimmer Platz. Die Frau ging in ein anderes Zimmer und kam mit einem Buch in der Hand zurück. Sie reichte es Bek, der eine Weile darin blätterte.

»Ihr Sohn hat dieses Buch auf einem Boot gefunden«, sagte er. »Ein arabisches Buch. Ich vermute, dass es sich um den Koran handelt. Außerdem lag das hier in dem Buch.«

Er hielt einen Zettel in die Luft. Vier Zeilen, geschrieben mit schnörkeligen arabischen Lettern.

»Das ist zwar nichts Besonderes, aber ich dachte, es könnte vielleicht etwas mit Ihrem verschwundenen Araber zu tun haben.«

Elina beugte sich vor und betrachtete die Schrift auf dem Zettel. Genau so stellte sie sich arabische Buchstaben vor.

»Was wissen Sie über das Boot?«, fragte sie.

»Nichts«, antwortete Valdis Bek. Er sah die Frau mit der Schürze an und stellte noch eine Frage auf Lettisch. Sie schüttelte den Kopf und erwiderte dann ein paar Worte.

»Sie weiß auch nichts. Wir müssen warten, bis ihr Sohn nach Hause kommt.« Er schaute auf die Uhr. »Er müsste bald da sein. Die Schule ist aus.«

Elina nahm den Zettel und betrachtete ihn erneut, als könnte sie irgendwie verstehen, was darauf stand. »Können wir das übersetzen lassen?«, fragte sie.

Valdis Bek wandte sich an Inspektor Lacis. »Kennen wir jemanden, der Arabisch kann, Lacis?«

Lacis dachte über die Frage nach. »Nein, Herr Kommissar. Mir fällt niemand ein.«

Kommissar Kalmanis griff zu seinem Mobiltelefon. »Ich rufe im Lager in Olaine an«, sagte er, »dort haben sie vielleicht jemanden.«

Unterhaltung auf Lettisch. Elina verstand kein einziges Wort. Kalmanis schaltete das Telefon mit derselben Bewegung aus, mit der er seine Zigaretten ausdrückte. »Sie haben einen Araber. Sie wollen ihn noch fragen, ob er lesen kann. Dann faxen wir ihnen eine Kopie.«

In diesem Augenblick ging die Wohnungstür auf. Jemand kickte in der Diele seine Schuhe in eine Ecke. In der Tür des Wohnzimmers erschien ein etwa Zehnjähriger. Erstaunt betrachtete er die Versammlung Fremder auf dem Sofa. Schließlich fiel sein Blick auf Valdis Bek.

»*Sveiks*, Janis«, sagte Bek. Der Junge nickte ganz leicht. Seine Mutter kam ins Zimmer. »Diese Herren und die Dame wollen dir ein paar Fragen stellen«, sagte sie. »Aber hab keine Angst, es ist nicht gefährlich.«

»Dieses Buch«, sagte Valdis Bek und hielt das grüne Buch mit den goldenen Buchstaben in die Höhe, »erinnerst du dich, auf welchem Boot du es gefunden hast?«

Janis sah seine Mutter an. Sie nickte, als wolle sie ihn ermahnen zu antworten.

»Ja«, sagte er knapp.

»Kannst du uns hinführen?«

Janis nickte.

»Zieh dir Schuhe an, dann fahren wir.«

Elina war nun Teil einer Delegation, die um zwei Personen gewachsen war, Janis und seine Mutter.

Noch ist für eine weitere Person Platz in den Autos, dachte sie. Aber dann wird es eng.

Die beiden Fahrzeuge mit den sieben Delegationsteilnehmern bogen zum Hafen ab. Ein Wachmann in einem Schuppen löste ein Seil, mit dem das Gelände symbolisch abgesperrt war. Die Reifen rollten leise darüber.

»Dorthin«, sagte Janis und deutete nach links. Sie fuhren bis ans Ende der Teerstraße, dann stellten sie die Autos ab.

Kommissar Kalmanis' Handy klingelte. Er hörte zu und stellte es dann ab.

»Der Araber in Olaine kann lesen«, sagte er.

Janis sah Valdis Bek an, und dieser machte eine auffordernde Handbewegung. Janis führte die Delegation an, ein winziger General vor einer ausgewachsenen Truppe. »Dort«, sagte er und deutete vor sich. Fünfzig Meter vor ihnen stand ein schrottreifes Fischerboot an Land aufgedockt.

Elina trat langsam näher. Der Name am Bug war noch zu entziffern. *Mistral.* Sie wusste, dass sie das nicht aufzuschreiben brauchte, sie würde sich daran erinnern. Mistral. *Der Wind.*

Sie kletterten nacheinander an Bord. Nur Janis' Mutter blieb unten stehen. Über ihren Köpfen kreisten kreischende Möwen. Der Hafen stank nach Tang und Altöl. Janis deutete auf die Luke zum Vorratsraum. Bek und Lacis öffneten sie und kletterten nach unten. Elina und Janis folgten ihnen. »Dort drinnen«, sagte sie und deutete auf ein Loch im Schott.

Elina steckte den Kopf hindurch und suchte nach Spuren von Menschen. »Hier ist nichts mehr«, sagte sie nach einer Weile und zog den Kopf zurück.

Sie wühlten im Müll und betrachteten die Wände. Vielleicht hatte jemand eine Nachricht in das Schott geritzt? Schweigend untersuchten sie alle Gegenstände, die auf dem Boden des Vorratsraumes herumlagen. Dann kletterten sie wieder an Deck und machten dort weiter. Niemand fand etwas von Wert.

Elina hielt sich an der Reling fest, um beim Herabklettern auf der Leiter nicht das Gleichgewicht zu verlieren, da hörte sie die Stimme von Valdis Bek.

»Inspektorin Wiik? Seien Sie doch so freundlich und schauen Sie mal hierher.«

Er stand vor der Steuerkabine und deutete auf einen Punkt etwa einen Meter über dem Deck. Elina trat darauf zu und betrachtete ihn. Die Steuerkabine war aus dicken Eisenplatten. In einer Platte war ein runder Abdruck.

»Sieht aus wie ein Einschuss, nicht wahr?«, meinte Bek. »Die Kugel hat die Eisenplatte allerdings nicht durchschlagen.«

Elina nickte. »Irgendwas scheint hier auf dem Boot passiert zu sein«, erwiderte sie. »Wir können natürlich nicht wissen, wann.«

Von Neuem suchten sie jetzt das ganze Boot ab. Eine Stunde später gaben sie auf und kletterten wieder nach unten.

Janis sah seine Mutter und die anderen besorgt an.

»Wir haben sonst nichts mitgenommen, ehrlich«, sagte Janis zu Valdis Bek. »Schon gut«, erwiderte dieser und tätschelte dem Jungen den Kopf. »Dürfen wir das Buch behalten?« Janis erwiderte ein verzagtes Ja. Valdis Bek reichte es Elina. »Nehmen Sie das mit nach Schweden.« Elina sah Janis fragend an. »Janis sagt, das sei okay«, meinte Bek. Elina zog zwei Scheine aus der Tasche und reichte sie Janis. Zwei Zehn-Lats-

Scheine. Sie hatte keine genaue Vorstellung, wie viel zwanzig Lats in schwedischen Kronen waren. Janis nahm das Geld entgegen. Er war sprachlos.

Er hatte Recht gehabt. Er hatte wirklich einen Schatz gefunden.

18. KAPITEL

Das Faxpapier ringelte sich langsam aus der Maschine. Alle starrten es an. Das wäre wirklich zu viel verlangt, dachte Elina. Eine Nachricht aus dem Totenreich.

Der Text war auf Lettisch. Kommissar Bek riss das Papier ab und legte es auf den Schreibtisch. Mit einem Stift schrieb er die Sätze auf Englisch daneben und gab das Blatt dann an Elina.

Eine Blume,
von Gott gepflückt,
ehe sie noch geblüht hat.

SAYED AL-SHARIF

Die Worte verschwammen vor Elinas Augen und vollführten Saltos in ihrem Kopf. Sie durchdrangen sie ganz und lähmten sie.

Die anderen beugten sich über das Fax.

»Das ist er doch, nicht wahr?«, meinte Kommissar Kalmanis an Elina gewandt.

»Ja«, antwortete sie. »Das ist er.«

»Was soll das andere bedeuten? Blume? Gott?«

»Ich weiß nicht. Vielleicht ein Gedicht.«

Elina versuchte, ihre Gedanken zu ordnen. Wer konnte mehr über diese Sache wissen, wen konnte sie fragen?

»Kommissar Bek«, sagte sie dann. »Dieses Fischerboot, die Mistral. Weiß man, wer der Besitzer ist oder wer die Besatzung war? Sayed muss an Bord dieses Bootes gewesen sein, also muss jemand wissen, was ihm zugestoßen ist.«

Valdis Bek antwortete nicht, sondern trat an den Schreibtisch und griff zum Telefon. Weitere lettische Worte. Es klang, als versuche er jemanden von etwas zu überzeugen. Seufzend legte er auf.

»Der Hafenmeister geht seine Schiffslisten durch. Vielleicht findet sich dort etwas. Sie waren etwas unwillig und haben gesagt, die Akten von 2001 seien bereits archiviert. *Riesenproblem*, haben sie gesagt, aber das sagen sie immer. Aber so schwer kann es nicht sein. Etwas Gerenne. Seht zu, dass ihr bis morgen Vormittag fertig seid, habe ich zu ihnen gesagt.«

Elina war ausgesprochen guter Dinge. Sie hatte Glück gehabt. Sayed hatte aus dem Jenseits von sich hören lassen.

Sie entschied sich dafür, in Ventspils zu übernachten, obwohl sich ihr Gepäck in Riga befand. Kommissar Kalmanis und Raimonds waren in die Hauptstadt zurückgefahren. Raimonds wollte Elina am nächsten Tag, wenn alles erledigt war, abholen. Am Abend ging sie in ein Restaurant. Sie bestellte etwas, was als lettische Spezialität angepriesen wurde. Es handelte sich um frittierte Schweineohren und -schwänze. Sie fand den Geschmack nicht einmal so unangenehm, aber die Konsistenz war zäh und erinnerte an salzigen Kaugummi mit Grillsaucenaroma.

Das Essen kostete zwei Lats. Im Fenster einer Wechselstube konstatierte sie, dass das zweiunddreißig Kronen entsprach. Die zwanzig Lats, die sie Janis für das Buch gegeben hatte, würde sie kaum als Spesen geltend machen können, insbesondere weil sie keine Quittung hatte.

In der abendlichen Dunkelheit spazierte sie durch die Stadt. Die Straßen waren fast menschenleer. Die Umrisse einer Frau tauchten in einem erleuchteten Fenster auf. Sie fragte sich, womit die Bewohner von Ventspils ihre Freizeit verbrachten. Sie kochten, schauten fern, halfen ihren Kindern bei den Hausaufgaben, machten sich Sorgen über die Zukunft, stritten sich und hatten gelegentlich Sex. Die Leute waren überall gleich. Nur mehr oder weniger einsam. Sie dachte an Sayed. Wer war er? Was hatte er gedacht, als er seine Familie verlassen hatte? Wie hatte er sich seine Zukunft vorgestellt? Wie hatte er ausgesehen? Ein schlaksiger Mann mit erwartungsvollem und gleichzeitig unsicherem Blick? Ein junger Mensch mit denselben Träumen wie sie? Was war aus seinen Träumen geworden?

Sie versuchte logisch zu denken und zu analysieren. Er musste sich an Bord des Fischerbootes befunden haben. Das Boot war in den Hafen zurückgekehrt. Aber Sayed war verschwunden, und das seit fast drei Jahren. Er musste tot sein. War er auf dem Meer umgekommen? Oder hatte man ihn auf der schwedischen Seite an Land gesetzt? Und war er der einzige Flüchtling an Bord gewesen?

Elina konnte sich nicht vorstellen, dass er allein gewesen war. Schleuser transportierten Flüchtlinge immer in Gruppen. Wo waren die anderen? Waren sie ebenfalls tot? Oder war Sayed getötet worden, noch ehe das Boot abgelegt hatte? Aber in diesem Fall, warum? Geld? Hatte das Einschussloch mit dieser Sache zu tun?

Sie wusste nicht, was sie glauben sollte. Es gab zu viele Fragen. Sie konnte nur hoffen, dass Kommissar Bek jemanden auftrieb, der sie beantworten konnte.

Elina war mutlos, als sie in ihrem Hotelbett die Decke ans Kinn zog. Vielleicht würde sie ja erfahren, wieso Sayed verschwunden war. Vielleicht. Aber was hatte das mit den Morden an Annika Lilja und Ahmed Qourir zu tun? Wie hing alles zusammen? Hing es überhaupt zusammen?

Sie hatte tief geschlafen und erwachte voller Energie. Ihr kam eine Gedichtzeile von Karin Boye in den Sinn: »Orte, an denen man nur einmal schläft ...«

Auf der Straße wartete Inspektor Lacis mit einem Wagen. Sie fuhren zum Polizeipräsidium und sprachen über das Wetter. Die Sonne schien zum ersten Mal seit langem.

Kommissar Bek erhob sich von seinem Schreibtisch, als Elina eintrat.

»Gute Nachrichten«, sagte er und küsste Elina die Hand. »Das Hafenamt hat den Namen des Kapitäns des Fischerbootes ausfindig gemacht. Er wohnt in Ventspils. Eine Streife holt ihn gerade. Darf ich Ihnen eine Tasse Tee anbieten, während wir warten?«

Nach einer halben Tasse wurde der Kapitän ins Zimmer geführt. Er trug einen Wollpullover und eine Trainingsjacke, war unrasiert und roch nach Schnaps. Man wies ihm einen Stuhl vor dem Schreibtisch an. Kommissar Bek starrte ihm fortwährend in die Augen. Der Kapitän schaute zu Boden.

Sie unterhielten sich lange, Kommissar Bek in aufforderndem Ton. Elina hörte, dass sie Russisch sprachen und nicht Lettisch. Einige Male hörte sie den Namen Mistral. Der Kapitän antwortete öfter mit *Njet* als mit *Da*.

Valdis Bek wandte sich an sie.

»Der Kapitän sagt, er habe zu keinem Zeitpunkt Flüchtlinge transportiert. Er könne sich nicht erklären, warum das Buch auf seinem Boot gelegen habe. Er glaubt, dass es dorthin geraten sein könnte, nachdem man die Mistral vor zwei Jahren im Hafen an Land gesetzt hatte. Von einem Sayed Al-Sharif hat er noch nie gehört. Und wer Jakob und Katarina Diederman oder Gregors Nikolajew sind, weiß er auch nicht. Er bestätigt, dass er der Kapitän des Bootes im Winter 2001 war, aber an die Namen der übrigen Besatzungsmitglieder kann er sich nicht erinnern, da diese so oft gewechselt hätten. Er verweist auf den Eigentümer des Bootes, einen Russen, der in Sankt Petersburg in Russland wohnt. Er hat jedoch weder eine Telefonnummer noch eine Adresse dieses Mannes. Kurz gesagt: Dieser Schweinehund leugnet, von Flüchtlingsschmuggel auch nur das Geringste zu wissen. Wir haben es mit keinem sonderlich kooperativen Menschen zu tun. Gibt es irgendwelche Fragen, die ich ihm stellen soll?«

»Kennt er vielleicht die Namen von anderen, die zu diesem Zeitpunkt Flüchtlinge transportiert haben?«

Bek übersetzte die Frage. *Njet.*

Ich weiß zu wenig, dachte Elina. Wenn ich genau wüsste, wann Sayed hier war, dann könnte ich den Kapitän in die Mangel nehmen. Was er damals für eine Last hatte. Seine Angaben kontrollieren.

»Noch etwas?«

Elina schüttelte den Kopf.

»Damit sind unsere Möglichkeiten vermutlich erschöpft«, meinte Bek.

19. KAPITEL

Als Elina aus dem Flughafenbus stieg, hing überall Weihnachtsbeleuchtung. Obwohl es sie ärgerte, dass der Weihnachtstrubel immer früher begann, gefiel es ihr, dass es mit der Weihnachtsbeleuchtung heller wurde. Schließlich war es Ende November bereits sehr dunkel.

Die Maschine war am frühen Vormittag gelandet, sie hatte in der Nacht gut geschlafen, und es war Mitte der Woche. Es gab keinen Grund, nicht direkt zur Arbeit zu gehen.

In der Eingangshalle traf sie John Rosén, der auf dem Weg nach draußen war. Er begrüßte sie lächelnd. »Wie ist es gelaufen?«

»Gut, glaube ich. Ich habe ein Fischerboot aufgetan, auf dem sich Sayed befunden haben muss. Außerdem habe ich die Namen von drei Schleusern bekommen.«

»Auf mehr konnten wir vermutlich nicht hoffen. Ich glaube, du solltest dich umgehend bei Jönsson blicken lassen. Er erwartet einen Bericht. Wir können uns dann anschließend unterhalten.«

Elina nickte. »Hoffentlich lässt er mich weitermachen.«

Sie stellte ihre Tasche in ihr Büro und schaltete ihren Computer ein. Einige E-Mails tauchten auf dem Bildschirm auf, als sie ihr Postfach öffnete. Nichts von Interesse. Niemand will was von mir, dachte sie. Warum arbeite ich eigentlich hier?

Sie verließ das E-Mail-Programm, klickte das Melderegister an und gab den Namen Jakob Diederman ein. Kein Treffer. Katarina Diederman. Ebenfalls negativ. Dasselbe bei Gregors Nikolajew. Keiner von den dreien wohnte unter eigenem Namen in Schweden.

Sie zog ihren Notizblock aus der Handtasche, legte ihn auf den Schreibtisch und hielt dann einen Augenblick lang beide Daumen. Dann griff sie zum Telefon und wählte eine Nummer aus dem Gedächtnis. Der Chef des Dezernats für illegale Einwanderung antwortete nach dem ersten Klingeln.

»Hier ist Elina Wiik von der Polizei Västerås«, sagte Elina. »Ich hatte Sie vor ein paar Tagen angerufen und nach den Namen von Schleusern gefragt.«

»Mit denen wir Ihnen leider nicht dienen konnten.«

»Ich habe jetzt drei Namen von der lettischen Polizei erhalten. Könnten Sie vielleicht feststellen, ob es eine Verbindung zwischen ihnen und irgendwelchen Personen in Schweden gibt?«

»Geben Sie mir die Namen«, erwiderte er. »Das dauert etwa eine halbe Stunde.«

Elina sah auf die Uhr. Es war fünf nach zehn. Gib mir einen Namen, dachte sie. Einer reicht. Damit ich etwas habe, womit ich weitermachen kann.

Nach vierzig Minuten rief er zurück.

»Ich habe einen meiner Inspektoren gründliche Nachforschungen anstellen lassen«, sagte er. »Leider ohne Resultat.«

»Verdammt«, rutschte es ihr heraus.

»Lassen Sie wieder von sich hören, wenn Sie weitere Hilfe brauchen.«

Das fängt ja gut an, dachte sie, als sie aufgelegt hatte. Jetzt der nächste Schritt.

Sie überlegte, ob sie Kärnlund aufsuchen oder Johns Aufforderung nachkommen und stattdessen Jönsson Bericht erstatten sollte. Sie entschied sich für Jönsson. Er beschloss schließlich auch, was weiter geschehen würde. Ob es ihr nun gefiel oder nicht, sie würde es akzeptieren müssen.

Egon Jönsson hatte die Füße auf dem Schreibtisch liegen, als sie bei ihm eintrat. Er nahm sie herunter und wies auf einen Stuhl. Sie nahm ihm gegenüber Platz. Er lächelte nicht, aber sie hatte auch keine Freundlichkeiten erwartet.

»Und?«, sagte er.

Elina merkte, dass der Ärger sofort wieder in ihr hochstieg. Jetzt bist du der Chef, dachte sie. Sieh erst mal zu, dass du in diese Rolle hineinwächst. Leg mal etwas Interesse an den Tag! Sie war nicht gewillt, sich von ihm zum Punchingball des Dezernats machen zu lassen.

»Was?«, sagte sie.

»Hat die Reise was ergeben?«

Sie holte tief Luft und erzählte von dem Buch und von dem Gedicht, das sie auf der Mistral gefunden hatten. Sie nannte ihm die Namen der drei Schleuser aus Ventspils, die sich leider nicht befragen ließen.

»Gibt es etwas, was darauf hindeutet, dass ausgerechnet diese drei Jamals Cousin geschmuggelt haben?«

»Nein, aber sie waren die Einzigen, die der Polizei in Ventspils bekannt waren. Und die Kollegen dort schienen einen guten Überblick zu besitzen.«

»Unterhielt jemand von den dreien Kontakte nach Schweden? Gibt es jemanden, den wir hier verhören könnten?«

Er kommt direkt auf den heiklen Punkt zu sprechen, dachte Elina. Sie musste zugeben, dass Jönsson eine rasche Auffassungsgabe besaß.

»Laut Reichskriminalamt nicht.«

»Und wir haben keinerlei Beweis dafür, dass sie etwas mit den Morden zu tun haben? Nicht wahr?«

Elina schwieg. Sie hatte nicht die Absicht, rhetorische Fragen zu beantworten.

»Also, was haben wir jetzt in der Hand?«, fuhr Jönsson fort

und beantwortete dann selbst seine Frage. »Der Cousin bleibt nach wie vor verschwunden, obwohl es dir gelungen ist, ihn auf der Landkarte näherrücken zu lassen. Wir verfügen über die Namen von lettischen Schleusern. Aber die sind genauso verschwunden wie der Cousin. Alle, die uns einen Hinweis darauf geben könnten, ob das überhaupt etwas mit den Morden zu tun hat, sind also nicht auffindbar.«

»Ich bin weitergekommen. Ich will weitersuchen.«

»Wiik, dass hier ist ein Fall, den die Leute, die sich auskennen, für gelöst halten.«

Elina schloss die Augen, um ihre innere Kraft zu mobilisieren und gelassen zu bleiben.

»Jönsson«, sagte sie, nachdem sie die Augen wieder geöffnet hatte. »Ich gehöre zu den Leuten, die sich auskennen. Ich bin Ermittlerin des Dezernats, das du ab Jahreswechsel leiten sollst, und ich bin der Meinung, dass in diesem Fall noch mehr zu tun ist.«

»Aber dieser Meinung bin ich nicht. Wenn unsere Mittel unerschöpflich wären, dann ja. Aber wir haben nun mal nicht die Möglichkeit, uns auf Gespensterjagd zu begeben.«

»Wenn ich jetzt nicht weitermache, dann war die Reise nach Lettland umsonst.«

»Genau, das war sie auch. Umsonst. Wenn es nach mir gegangen wäre, dann hätte sie nie stattgefunden.«

Elina erhob sich und ging zur Tür. Jönsson hielt sie auf halbem Weg auf.

»Du bist eine gute Ermittlerin, Wiik, aber unerfahren. Mit mehr Erfahrung wirst du zwischen handfesten Spuren und wilden Mutmaßungen unterscheiden können.«

Sie trat schon auf den Gang, da hörte sie seine Stimme erneut.

»Geh die Anzeigen durch, die auf deinem Schreibtisch liegen, und teile mir morgen bei der Acht-Uhr-Besprechung mit, welche du für die wichtigsten hältst.«

Sie ging, ohne die Tür zu schließen. Mit leicht zitternden Händen zog sie ihren Bürostuhl unter dem Tisch hervor und ließ sich darauf fallen. Auf dem Schreibtisch lagen die Anzeigen. Der Stapel wirkte größer als vor ihrer Reise.

Als sie sich beruhigt hatte, zwang sie sich zum Nachdenken. Hatte Jönsson Recht? Was sie und den Fall betraf? Vielleicht war sie wirklich nur eine unerfahrene Ermittlerin? Und ein unreifer Mensch, der mit Rückschlägen nicht fertig wurde und sich immer aufregte, wenn sich jemand benahm wie … Jönsson.

Als sie ihren ersten Mordfall in Angriff genommen hatte, den verschwundenen Vater aus Surahammar, hatte Oskar Kärnlund zu ihr gesagt, dass ehrliche, methodische polizeiliche Arbeit immer am weitesten führe. Diese Worte hatten sich ihr eingeprägt. Sagte Jönsson nicht eigentlich dasselbe? Der Unterschied zwischen Spuren und Mutmaßungen? Zwischen dem Handfesten und der reinen Annahme?

Aber Kärnlund hatte an sie geglaubt. Das tat Jönsson nicht. Kärnlund glaubte an ihre Gabe, das Unsichtbare zu sehen und das Nicht-Greifbare zu spüren. Das nannte man gemeinhin Intuition. Jönsson hielt das für weiblichen Aberglauben. Mit Kärnlund als Chef gab es für sie einen Platz. Den würde ihr Jönsson allmählich wie einen Teppich streitig machen, der einem unter den Füßen weggezogen wird. Davon war sie jetzt überzeugt. Heute hatte er die erste Gelegenheit erhalten, etwas an diesem Teppich zu ziehen. Und die hatte er sich nicht entgehen lassen.

Sie erhob sich und starrte aus dem Fenster. Die Aussicht machte niemanden froh. Der Innenhof des Präsidiums. Asphalt. Streifenwagen. Was hatte sie sich eigentlich für ein Leben ausgesucht? Ihr Gesicht spiegelte sich in der Fensterscheibe wider. Plötzlich traten ihr Tränen in die Augen. Tränen, obwohl sie nicht weinte.

Am Nachmittag las sie die Anzeigen. Prioritäten setzen! Aber nichts interessierte sie, in Gedanken war sie ständig bei Jamal, Sayed und Annika, bei Ahmed Qourir, bei dem Ehepaar Diederman in Ventspils und bei dem strammen Oberstleutnant Gregors Nikolajew von dem Foto.

Zerstreut blätterte sie in den Papieren. Einbruch in ein Einfamilienhaus, Körperverletzung, ein aufgebrochenes Auto, Einbruch in einen Keller, ein weiterer Einbruch in einen Keller, Exhibitionist, vermutlich derselbe arme Teufel, Handtaschendiebstahl, Fahrraddiebstahl, Einbruch in einen Keller, Diebstahl einer Brieftasche in einem Café, Wohnungseinbruch ... Es würde nie ein Ende nehmen, das Begehren nach dem Eigentum der anderen. Es ließ sich nur durch die Qualität der Schlösser hemmen.

Plötzlich beugte sie sich über die Papiere. Als hätte sie mit einem Mal mehr Kraft zum Blättern in den Händen. Langsam kam ihr ein Gedanke. Sie begann von vorn und sortierte die Fälle in zwei Stapel. Schließlich war der eine Stapel fünfmal so hoch wie der andere. Sie nahm den größeren Stapel mit beiden Händen und legte ihn auf das Regal hinter sich. Dann zählte sie die übriggebliebenen. Neun Anzeigen.

Fertig. Sie wandte sich zum Fenster. Draußen war es dunkel, es war Viertel vor fünf. Sie lächelte ihr eigenes Spiegelbild an.

Jönsson, dachte sie, vielleicht fällt er ja drauf rein.

20. KAPITEL

Bereits um Viertel nach sieben war Elina am nächsten Morgen wieder im Präsidium. Sie freute sich auf diesen Tag. Sie betrachtete es von der sportlichen Seite. Sie hatte vor, zeitig Feierabend zu machen. Nadia hatte sie am Vorabend angerufen und gesagt, dass sie ab drei Uhr frei hätte. Vielleicht würden sie ja Weihnachtsgeschenke kaufen.

Um fünf vor acht kamen ihr Zweifel. Sollte sie mit John sprechen? Sich Rückendeckung holen, damit sie nicht zu weit ging? Sie entschloss sich, noch etwas damit zu warten, zumindest ein paar Tage.

Die Acht-Uhr-Besprechung war gut besucht. Alle diensthabenden Kräfte des Kriminaldezernats waren anwesend, zumindest vermisste Elina niemanden. Kärnlund war da, aber Elina sah, dass er sich nicht mehr engagierte. Noch drei Wochen bis zur Rente. Er wirkte zufrieden. Jönsson führte den Vorsitz. Eine Folge der Berichte über den Stand verschiedener Ermittlungen, eine kurze Diskussion über Probleme bei der Arbeit, eine Personalangelegenheit, Berichte über Verurteilungen vor dem Amtsgericht, ein paar Male wurde gelacht.

Sie saß ganz hinten im Raum, am hintersten Ende des ovalen Tisches. Ihr Stammplatz. Um Viertel vor neun sah Jönsson sie zum ersten Mal an diesem Morgen an.

»Wiik, was hast du?«

Ihre Lettland-Reise schien nie stattgefunden zu haben, das hatte sie eingesehen. Es hatte keinen Sinn, sie zu erwähnen. Sie legte die Hand auf den Stapel mit den neun Anzeigen.

»Eine Serie Kellereinbrüche«, sagte sie. »Vermutlich ist einer unserer Stammkunden rausgekommen und hat sich wieder an die Arbeit gemacht. Sollte nicht so schwer sein, ihn zu kriegen.«

»Hast du eine Vorstellung, wer es sein könnte?«

»Nein, aber er ist hauptsächlich in Malmaberg aktiv. Möglicherweise wohnt er dort. Einige Nachforschungen vor Ort und etwas Schreibtischarbeit reichen vermutlich aus. Ein paar Tage, höchstens eine Woche.«

»Okay«, Jönsson hatte bereits das Interesse verloren und wandte sich an den nächsten. Elina triumphierte insgeheim.

Nach der Besprechung kam Rosén auf sie zu. »Kommst du eben zu mir?«

Elina nickte. »Ich komme gleich mit.«

Er setzte sich an seinen Schreibtisch und sah sie forschend an. »Kellereinbrüche?«

»Klar«, erwiderte sie. »Es ist wichtig, dieser Tätigkeit Einhalt zu gebieten. Viele Geschädigte, obwohl es sich jedes Mal nicht um arg wertvolle Sachen handelt.«

»Malmaberg?«

»Hm.«

»Ist da nicht auch eine Axt gestohlen worden? In einem Keller in der Malmabergsgatan?«

»Es könnte sich um denselben Dieb handeln.«

Rosén verstummte. Sie sahen sich an. Elina beugte sich vor.

»Fall mir jetzt nicht in den Rücken, John. Ich glaube an die Sache. Ich brauche Zeit, das ist alles, und Jönsson will mir keine Sekunde mehr geben. Und wer weiß schon, was für einen Dieb ich in Malmaberg finde?«

»Du glaubst doch wohl selbst nicht, dass diese gestohlene Axt mit der Sache zu tun hat?«

»Nein, aber man kann nie wissen. Das gibt mir die Möglichkeit, verschiedene Spuren zu verfolgen, um es einmal so auszudrücken.«

»Du weißt, was Jönsson sagen und tun wird, wenn er dir auf die Schliche kommt?«

»Ehrlich gesagt, ist mir das scheißegal. Ich brauche einfach nur Zeit. Komme ich nur einen oder zwei Schritte weiter, dann sieht die Welt gleich ganz anders aus. Was meinst du?«

»Ich weiß nicht, Elina, ich weiß nicht. An diese Art von Alleingänge glaube ich nicht.«

»Und wenn ich jetzt Recht behalte?«

John Rosén seufzte.

»Ich habe das alles nicht gehört«, sagte er.

»Ich hatte auf mehr gehofft«, erwiderte Elina. »Aber das muss eben reichen. Danke. Eines musst du für mich jedoch noch tun.«

»Was?«

»Dafür sorgen, dass das hier übersetzt wird.«

Sie legte die Kopien der Personalakten der drei Schleuser auf seinen Schreibtisch. Er blätterte die Papiere rasch durch.

»Okay. Das kann ich veranlassen, das dürfte auch Jönsson gegenüber kein Problem sein. Wenn wir dich schon nach Lettland geschickt haben, dann müssen wir auch das Material verwerten, das du von dort mitgebracht hast, auch wenn das recht teuer wird.«

»Gut. Am besten so schnell wie möglich.«

Sie sprang beinahe auf, hob die Hand zu einem Abschiedsgruß und ging auf die Tür zu.

»Warte«, sagte Rosén. »Du hast das hier vergessen.«

Er drehte sich um und nahm einen Karton aus dem Schrank hinter sich.

»Die Ermittlungsakten über die Morde. Alles, was wir herausgefunden haben, mit Ausnahme der Resultate der Sicherheitspolizei.«

Elina nahm den Karton entgegen und lächelte.

Sie begann damit, nach aktenkundigen Kleinkriminellen in Malmaberg zu suchen. Es ging darum, Jönsson ein paar Verdächtige in den Rachen werfen zu können, wenn er nach Ergebnissen fragte. Es war nicht schwer, nach einer Stunde hatte sie eine Liste von einem Dutzend Gewohnheitsverbrechern beisammen, die in diesem Stadtteil wohnten. Alle waren Junkies oder Alkoholiker, alle saßen regelmäßig Gefängnisstrafen ab. Neun von den dreizehn waren Frührentner, die die Gesellschaft abgeschrieben hatte und die ihre Umgebung jetzt damit beglückten, bei jenen einzubrechen, die ihre Rente finanzierten. Drei von ihnen hatten längere Zeit im Gefängnis gesessen. Alle hatten im letzten Jahr eine Haftstrafe verbüßt. Sie schrieb sich die Zeiten auf.

Sie nahm die Anzeigen zur Hand, die sie am Vortag aussortiert hatte, alle Eigentumsdelikte, die nichts mit Kellern zu tun hatten. Sie sortierte alle Diebstähle aus, die in Malmaberg verübt worden waren. Autoeinbrüche, Wohnungseinbrüche, Einbrüche in Einfamilienhäuser. Dann suchte sie am Computer nach weiteren ähnlichen Anzeigen, die noch unbearbeitet bei ihren Kollegen lagen. Sie schrieb sich die Adressen aller Tatorte in Malmaberg auf und unterstrich diese, wenn es sich um einen Kellereinbruch handelte. An der Wand hing auf Styropor ein Stadtplan von Västerås. Mit einer Schachtel Stecknadeln mit verschiedenfarbigen Köpfen trat sie darauf zu.

Eine Stecknadel für jeden Tatort. Rote, leuchtende für Kellereinbrüche, diese stellten schließlich ihre Entschuldigung für diese Ermittlung dar. Anderthalb Stunden später bildeten die Stecknadelköpfe einen spärlichen Teppich mit gewissen

Verdichtungen. Dann brachte sie an den Adressen der aktenkundigen Einbrecher einen Reißnagel an.

Sie trat einen Schritt zurück, um sich einen Überblick zu verschaffen. Der Reißnagel von Leif-Erik »Hering« Berg lag mitten in einer dichten Ansammlung roter Stecknadeln, die sich wie Fliegen um einen Kuhfladen zu scharen schienen. Sie schaute nach, wann er gesessen hatte, und verglich diese Zeiten dann mit den Daten der Kellereinbrüche. Jedes Mal war er draußen gewesen. Wenn er sich hinter Schloss und Riegel befunden hatte, hatte es keine Kellereinbrüche in seiner Gegend gegeben.

Na, »Hering«, dachte sie. Du bist wirklich ein fauler Hund, etwas weiter hättest du dich bei deinen kleinen Ausflügen schon bewegen können. Bald hast du mich an der Backe. Etwas Beschattung, dann sitzt du bald wieder.

Sie wusste nicht, warum er »Hering« genannt wurde, aber alle Beamten kannten ihn unter diesem Namen. Einstweilen hatte »Hering« vor ihr noch Ruhe, diese Ermittlung würde in polizeilichem Normaltempo verlaufen und Elina damit Arbeitszeit für wichtigere Dinge bescheren. Erst Ende der nächsten Woche würde sie ihm für seine Hilfe danken, indem sie ihn festnahm.

Sie schaute auf die Uhr. Es war Viertel vor drei.

Etwas war noch zu tun. Sie gab drei Namen in den Computer ein. Jakob Diederman. Katarina Diederman. Gregors Nikolajew. Ihre Geburtsdaten, ihre letzten bekannten Adressen. Dann schickte sie die Angaben an Interpol mit einer formellen Anfrage über deren Verbleib während der letzten drei Jahre.

Elina war mit Nadia im angeblich verkehrsberuhigten Stadtzentrum auf der Vasagatan, Ecke Stora Gatan verabredet. Aber Busse, Lieferwagen und Autofahrer, die einfach eine Abkürzung wählten, bewirkten, dass man sich vorsehen musste, wenn man die Fahrbahn betrat. Lichterketten hingen über den Straßen. Die Kreuzung wirkte wie eine Koppel mit einem erleuchteten Zaun, der in der Luft hing.

Nadia traf eine Minute nach Elina mit dem Bus ein. Sie trug die Wildlederjacke, die sie zusammen mit Elina im Herbst gekauft hatte. Sie war teuer gewesen, aber Nadia hatte bezahlt, ohne mit der Wimper zu zucken.

Sie nahm Elinas Arm und zog sie lächelnd hinter sich her. »Nina zuerst«, sagte sie. »Ich habe eine wahnsinnig schicke Sportjacke für sie entdeckt. Die kann sie beim Skifahren benutzen.«

»Fährt Nina denn Ski?«, wollte Elina wissen.

»Noch nicht. Deswegen dachte ich, dass ich auch gleich ein Paar Ski für sie kaufe. Aber das mache ich später. Die soll ihr Vater bezahlen. Jetzt schauen wir Kleider an.«

Zwei Stunden später saßen sie in einem Café in der Galleria. Die Leute gingen mit roten Paketen oder mit Tüten bekannter Marken und gekleidet in denselben Marken vorbei. Diese Marken hatte Elina auch in Moskau und Riga gesehen.

Elina erzählte von ihrer Lettlandreise und davon, was seit ihrer Rückkehr geschehen war.

»Ha«, meinte Nadia, »dieser Jönsson ist wirklich ein Sonnenschein, fast wie ein Skorpion unter der Bettdecke. Aber du machst es richtig. Lass nicht locker. Zeig es ihnen.«

Elina lachte. Nadias Sicherheit war Stärke und Schwäche zugleich. Meistens jedoch eine Stärke, besonders wenn es Elina betraf. Es half ihr, Entschlüsse zu fassen, die sie dann auf Biegen und Brechen durchsetzte. Manchmal ging es natürlich schief. Für Elina hatte das aber keine Auswirkungen, was ihre Freundschaft mit Nadia betraf. Sie fühlte, dass es Nadia um sie ging, nicht um den einen oder anderen ihrer konkreten Pläne. Insgeheim hoffte sie, dass auch sie für all diejenigen, die sie mochte, eine bedingungslose und loyale Unterstützung war.

»Weißt du was?«, sagte Nadia eifrig und setzte sich kerzengerade hin. »Ich will wieder die Schulbank drücken.«

Ehe Elina etwas erwidern konnte, fuhr sie fort: »Ich weiß allerdings noch nicht, was genau ich lernen möchte. Aber ich habe von der Kellnerei genug. Schlecht bezahlt und fürchterliche Arbeitszeiten. Außerdem Männer, die ihre Hände nicht kontrollieren können.«

»Wunderbar«, sagte Elina und hoffte, dass das so begeistert klang, wie sie wünschte. »Ab wann denn?«

»Jetzt zum Frühjahr geht es vermutlich noch nicht. Aber vielleicht zum nächsten Herbst. Es muss endlich mal etwas aus mir werden. Wie wäre es mit Psychologin? Oder Krankenschwester, wenn das nicht geht. Glaubst du, dass ich mich dazu eigne?«

»Natürlich.«

»Polizistin kommt aber nicht in Frage. Alles hat seine Grenzen.«

21. KAPITEL

Bereits am frühen Freitagmorgen traf die Antwort von Interpol ein. Die Aufenthaltsorte des Paares Diederman und Gregors Nikolajew waren unbekannt. Seit Februar 2001 wurde via Interpol von der lettischen Polizei nach ihnen gefahndet, die Fahndung war jedoch ergebnislos geblieben.

Elina fragte sich, worin diese Fahndung wohl bestanden hatte. Wahrscheinlich waren sie ihre Datenbanken durchgegangen. Zum Suchen hatten sie wohl niemanden losgeschickt. Sie hatte schließlich auch keine Ahnung, wo man mit dem Suchen anfangen sollte. Es kam ihr vor, als wäre sie in eine Sackgasse geraten.

Es war der 28. November, und der grautrübe Morgen beflügelte sie nicht gerade. Stattdessen überließ sie ihren Fingern an der Tastatur ihres Computers das Denken. Sie massierte sie ein wenig, um sie geschmeidig zu machen, und starrte dann auf den Monitor, bis ihr Gehirn endlich in Gang kam.

Wenn sie den Spuren der Schleuser schon nicht folgen konnte, musste sie ihnen dafür auf andere Art auf die Schliche kommen. Irgendwo hatten sich die Wege der drei Schleuser mit den Opfern bestimmt gekreuzt. Sie musste die Spuren von Jamal, Annika oder Ahmed Qourir verfolgen. Weiter zurück und tiefer.

Wo war die Verbindung? Die Verbindung der verschiedenen Ereignisse? Jamal natürlich, er war die naheliegende

Schnittstelle. Er war derjenige, der Sayed, das Schmuggelgut, entgegennehmen sollte. Aber ... was bewies das im Hinblick auf die Morde? Nichts.

Es gelang ihr nicht, klare Gedanken zu fassen. Sie entglitten ihr, waren ebenso flüchtig wie Sayed. Sie erhob sich, ging in ihrem kleinen Büro auf und ab und massierte sich den Nacken. Dann hielt sie mitten im Schritt inne und stöhnte auf. Das lag ja auf der Hand!

Sie griff zu dem Karton mit den Ermittlungsakten und wog ihn in den Händen. Dem Gewicht nach etwa 3000 Seiten. Sie stellte den Karton vor sich auf den Schreibtisch hin.

Ein rascher Blick zur Tür. Besser abschließen. Dann hatte sie einige Sekunden Zeit, die Papiere wegzuräumen, falls es Jönsson einfallen sollte, bei ihr vorbeizuschauen.

Rasch blätterte sie in den umfangreichen Akten. Was sie suchte, kam fast ganz zuunterst. Sämtliche Angaben über Ahmed Qourir. Sie setzte sich wieder an ihren Computer.

Diedermans und Nikolajew waren als Schleuser in Ventspils tätig gewesen. Sayed war bei dem Versuch, nach Schweden einzureisen, in Ventspils verschwunden. Sayed war Jamals Cousin. Jamal hatte Ahmed Qourir angerufen. Wenn Qourir Kontakt zu den Diedermans oder zu Nikolajew gehabt hatte, dann schloss sich der Kreis. Qourir war die fehlende Verbindung.

Ihre Finger huschten über die Tasten. *Sie musste die Spur Qourirs zurückverfolgen.*

Sie begann unter einem neuen Gesichtspunkt zu lesen.

22. KAPITEL

Er war 1963 zur Welt gekommen und hatte als Geburtsort und Heimatort Tyr im südlichen Libanon angegeben. Die palästinensischen Eltern hatten sich seit der Katastrophe von Al-Nakba 1948 auf der Flucht befunden. Ursprünglich stammten sie aus Haifa. Laut einer späteren Zeugenaussage war Qourir allerdings in Damaskus in Syrien aufgewachsen und hatte dort gewohnt, ehe er sich 1991 auf den Weg nach Schweden gemacht hatte. Das entdeckte man 2001, und es wäre eigentlich ein Grund gewesen, ihn auszuweisen, wenn er nicht 1998 die schwedische Staatsbürgerschaft erhalten hätte.

Qourir hatte in verschiedenen Restaurants gejobbt. Er hatte keine Vorstrafen. Unverheiratet, von einer Freundin war nichts bekannt. Seine Nachbarn beschrieben ihn als ruhig und etwas reserviert. An den Festen, die die Libanesen in Tensta gelegentlich veranstalteten, hatte er nicht teilgenommen.

Die Verhöre und Angaben zu seiner Person gaben keine Aufschlüsse darüber, warum er ermordet worden war. Elina fiel jedoch sofort auf, dass etwas fehlte. Sie griff zum Telefon und wählte die Nummer eines Hausanschlusses.

»John«, sagte sie. »Gibt es nicht noch weitere Akten?«

»Doch«, antwortete er. »Die Papiere der Sicherheitspolizei. Woran dachtest du im Besonderen?«

»Die Telefonliste von Qourir. Es gibt nur Angaben über die letzten beiden Jahre.«

»Ich weiß nicht, ob es noch weitere Listen gibt.«

Elina legte auf. Was hatte Bäckman gesagt? Die Sicherheitspolizei hätte Qourir seit seiner Ankunft in Schweden im Auge behalten. Es musste also eine Unmenge Informationen über ihn geben. Vielleicht hatten sie ja sogar sein Telefon abgehört.

Das früheste Telefongespräch, das verzeichnet war, hatte er im September 2001 geführt. Diedermans und Nikolajew wurden seit Februar 2001 gesucht. Sie rief bei Telia an und bat um Qourirs Telefonlisten der Jahre 1999 bis 2001. Man faxte sie ihr.

Genau wie in den letzten zwei Jahren hatte er eine Menge Auslandsgespräche geführt. Qourir hatte hohe Telefonrechnungen gehabt. Sie griff zum Telefonbuch, um die Ländervorwahlen nachzuschlagen. Sie fing 1999 an. Die meisten Anrufe gingen in den Libanon und nach Syrien, in der Türkei hatte er aber ebenfalls angerufen. Keine einzige Nummer nach Israel.

Jeden Monat dieselben Nummern. Dieselben Länder. Auch das Jahr 2000 ergab nichts Neues. Sie blätterte um. Januar 2001. Eine Ländervorwahl, die sie noch nicht gesehen hatte. 00371. Sie schaute im Telefonbuch nach.

Lettland.

Sie sah sich die Ortsvorwahl an. 34.

Liepaja.

Sie griff in eine ihrer Schreibtischschubladen. Die Visitenkarte lag ganz unten bei einigen anderen. Sie verwählte sich erst, versuchte es dann erneut, wählte wieder falsch, fluchte, wählte wieder. Eine Frauenstimme antwortete. Die Frau mit der grünen Brille, die nie einen Ton gesagt hatte? Elina hoffte, dass sie Englisch verstand.

»Hier ist Elina Wiik von der schwedischen Polizei. Könnte ich bitte mit Kommissar Valdis Bek sprechen?«

Ein schlichtes *Yes*, und Elina wurde durchgestellt. Seine Stimme klang, als säße er im Nebenzimmer. Bek war überaus freundlich. Es dauerte mehrere Minuten, bis Elina endlich ihr Anliegen vorbringen konnte.

»Ich brauche Hilfe. Wer hat folgende Telefonnummer?« Sie las sie vor. »Ich hätte auch gerne gewusst, ob Ihnen diese Person bekannt ist.«

Valdis Bek bat sie, am Apparat zu bleiben. Nach sieben Minuten hatte sie ihn wieder in der Leitung. Er entschuldigte sich dafür, dass sie hatte warten müssen. Sie erwiderte, das sei überhaupt kein Problem.

»Der Anschluss gehört Vera Komarowa. Sie wohnt in Liepaja, in einer Stadt etwa hundert Kilometer südlich von Ventspils. Wieso fragen Sie?«

»Weil …«

Sie wurde von seinem Lachen unterbrochen. Sie runzelte die Stirn. Was konnte daran so lustig sein?«

»Sagen Sie nichts«, meinte er. »Ich weiß es schon. Jemand hat bei ihr angerufen, nicht wahr? Jemand, der mit Ihrem Fall zu tun hat?«

»Ja. Ich versuche herauszufinden, wer sie sein könnte.«

»Sie wissen das also nicht?«

»Nein.«

»Vera Komarowa ist die Mutter von Katarina Diederman.«

23. KAPITEL

Das Telefonat war am 4. Januar 2001 erfolgt und hatte 7 Minuten und 14 Sekunden gedauert. Kommissar Bek sagte, das Ehepaar Diederman habe zwar eine Wohnung in Ventspils gehabt, man könne jedoch vermuten, dass Katarina Diederman ihre Mutter oft besucht habe, da diese alleinstehend und es nach Liepaja nicht weit sei. Wahrscheinlich war das Gespräch während eines ihrer Besuche bei der Mutter geführt worden, weil es keine Veranlassung zu der Annahme gebe, die alte Vera Komarowa hätte etwas mit dem Schleusergeschäft zu tun gehabt. Leider konnte die lettische Polizei nicht herausfinden, ob von ihrem Telefon oder von dem der Eheleute Diederman auch in Schweden angerufen worden war. Die dafür nötigen technischen Voraussetzungen waren nicht vorhanden.

Nach Jakob und Katarina Diederman und ihrem Kumpan Gregors Nikolajew wurde seit dem 17. Februar 2001 gefahndet. Man verdächtigte sie etlicher Straftaten. Zu diesem Zeitpunkt waren sie jedoch bereits untergetaucht. Man wusste auch, in welcher Richtung: Die Drei waren mit eigenen Pässen am 28. Januar mit dem Zug von Riga nach Tallinn in Estland gereist. Die Grenzpolizei hatte ihre Ausreise verzeichnet. Die Polizei in Ventspils hatte ihre estnischen Kollegen gebeten, nachzuforschen, wo sich das Trio aufhalte, aber keinen Bescheid erhalten. Inzwischen interessierte sich niemand mehr dafür.

»Mit Ausnahme von Ihnen, liebe Frau Kollegin«, hatte Kommissar Valdis Bek noch gesagt und ihr versprochen, wenn nötig, auch weiterhin zu helfen. Sie solle ihn einfach anrufen, dann würde er persönlich dafür sorgen, dass alles erledigt werde.

Nachdem Elina aufgelegt hatte, dachte sie, dass sich ihre Arbeit wesentlich einfacher gestalten würde, wenn ihr Chef auch nur halb so wohlwollend wie Valdis Bek wäre. Es war absurd, Arbeitszeit abknapsen und die Tür abschließen zu müssen, um einen dreifachen Mord aufzuklären. War das überhaupt akzeptabel?

Sie schaukelte auf ihrem Bürostuhl hin und her. Er federte etwas. Sie fixierte einen Punkt an der Wand, eine Stelle mit einem Schmutzfleck. Elina fiel er schon seit Monaten auf, aber irgendwie kam sie nicht dazu, ihn wegzuwischen.

Etwas stimmte nicht. Und zwar ganz und gar nicht. Die Sicherheitspolizei musste von Ahmed Qourirs Anruf in Lettland gewusst haben. Sie musste von Axel Bäckman erfahren haben, dass es eine Kollegin gab, die glaubte, die Morde könnten etwas mit Sayeds Verschwinden zu tun haben. Der Schleuserspur hätte man daraufhin gründlich nachgehen müssen. Weshalb hatte die Sicherheitspolizei diesen Gedanken ohne geringste Nachforschungen abgetan? Ihre eigene Erklärung der Morde war nicht bewiesen. Es handelte sich einfach um eine mehr oder weniger wahrscheinliche Theorie. Zumindest soweit sie das einschätzen konnte.

Sie versuchte, die Gedanken an eine Konspirationstheorie aus ihrem Kopf zu vertreiben. Eine Konspiration war unmöglich. Sogar Egon Jönsson hatte die Lösung, zu der die Sicherheitspolizei und Axel Bäckman gekommen waren, akzeptiert. Konnte es so einfach sein, dass sie sich auf eine Erklärung eingelassen hatten, die sie anschließend nicht mehr hatten in Frage stellen wollen? Hätten sie auf sie hören müssen? Wer war sie denn? Eine Frau, die man gerade zur Kriminalinspektorin befördert hatte, eine unerfahrene Ermittlerin, die einzige

Frau im Team, die sich vier gestandenen Männern gegenüber-
sah, die außerdem noch den Sicherheitspolizeichef im Rücken
hatten. Ging es um Prestige? Konnte das wirklich alles sein?
Oder gab es eine andere, verborgene Erklärung? Was hatte
John Rosén gesagt? *Da ist etwas im Gange, und wir dürfen
nicht mitspielen.* Oder verfügte die Sicherheitspolizei noch
über weitere Informationen, die sie nicht kannte? Waren die
ihrer Sache sicherer, als sie ahnte?

Ihr Unbehagen nahm zu. Was würde jetzt geschehen, wo
sie beweisen konnte, dass ein Zusammenhang zwischen den
Ermordeten und den Schleusern bestand? Sie konnte sich die
Reaktionen nicht vorstellen. Das Naheliegendste war, dass
man die Ermittlung wieder eröffnen würde, dass man noch
einmal von vorn anfangen würde, dass man nach den Eheleuten Diederman und nach Nikolajew fahnden würde, dass
man jeden Stein noch einmal umdrehen würde. Aber sie war
sich nicht sicher.

Sie griff zum Telefon. »John? Hast du Zeit?«

Er machte ihr die Tür auf und schloss sie, höflich wie immer, hinter ihr.

»Du siehst heute nicht mehr so streitlustig aus«, sagte er,
nachdem sie sich gesetzt hatten. »Etwas bekümmert dich.«

»Jetzt wirst du doch in diese Sache reingezogen«, sagte sie,
»obwohl du das nicht wolltest.«

Er zuckte mit den Achseln. »Spielt keine Rolle. Lass hören.«

Sie erzählte alles, was sie in Erfahrung gebracht hatte. Er
hörte ihr zu, ohne sie zu unterbrechen.

»Und was glaubst du?«, fragte er, nachdem sie geendet hatte.

»Immer noch dasselbe. Aber mit noch mehr Überzeugung.
Dass die Schleuser hinter den Morden stecken.«

»Ich tendiere dazu, dir Recht zu geben. Nachdem du jetzt
bewiesen hast, dass Qourir mit ihnen zu tun hatte.«

170

»Ich glaube, dass es um Geldstreitigkeiten nach dem Verschwinden Sayeds ging.«

»Oder mit dem Anlass seines Verschwindens«, meinte Rosén.

Elina runzelte die Stirn. »Wie meinst du das?«

»Das Boot wies doch ein Einschussloch auf, nicht wahr?«

»Ja.«

»Vermuten wir mal, dass Sayed aus Gründen, die wir nicht kennen, auf dem Boot getötet wurde. Vielleicht hat Jamal davon erfahren. Vielleicht hat er die Schleuser ja bedroht oder ihnen angedroht, sie anzuzeigen.«

Sie beugte sich zu Rosén vor und wirkte jetzt eifriger.

»Du hast Recht. So könnte es natürlich auch gewesen sein. Aber was hat Ahmed Qourir mit der Sache zu tun?«

»Das weiß ich genauso wenig wie du.«

»Was machen wir jetzt?«

»Wir müssen versuchen, noch mehr herauszufinden. Wohin die Schleuser verschwunden sind, nachdem sie nach Estland eingereist sind. Über die Rolle Qourirs und darüber, was sich eigentlich auf dem Boot abgespielt hat. Es müssten noch weitere Flüchtlinge an Bord gewesen sein. Zeugen, falls sie noch am Leben sind. Sollten sie ebenfalls verschwunden sein, müsste es Angehörige geben, mit denen wir sprechen können.«

»Die Ermittlung ist eingestellt«, sagte Elina und lehnte sich zurück.

»Jetzt nicht mehr. Das kann ich mir nicht vorstellen.«

Elina überlegte, ob sie ihre Zweifel, was die Rolle der Sicherheitspolizei anging, erwähnen sollte, entschied sich dann aber dagegen.

John Rosén schaute auf die Uhr.

»Es ist Viertel nach drei«, sagte er. »Und es ist Freitag. Lass uns bis Montag warten. Ich werde eine Besprechung mit Jönsson anmelden und zusehen, dass Kärnlund ebenfalls dabei ist. Schließlich ist er immer noch der Chef des Dezernats. Ist das okay?«

Sie nickte.

»Was machen wir mit dem ›Hering‹?«

»Dem ›Hering‹?«

»Er steckt vermutlich hinter diesen Kellereinbrüchen.«

Rosén lachte.

»Das hast du also bereits herausgefunden. Gut gemacht. Aber ich finde, dass ihn jemand anders festnehmen soll. Wollen wir Feierabend machen?«

24. KAPITEL

Elina zündete eine Kerze an. Es war der erste Advent, und sie hatte am Samstag nach zwei Stunden im Dojo und einer Einkaufsrunde im Zentrum einige Zeit damit verbracht, ihre Wohnung weihnachtlich zu schmücken. Weihnachtssterne im Fenster, Moos im Adventskerzenhalter und einen Weihnachtswichtel aus Ton auf dem Tisch, von ihr eigenhändig im Kindergarten angefertigt und von ihren Eltern aufgehoben, als handele es sich um eine wertvolle Antiquität.

Sie sehnte sich nach ihren Eltern. Am liebsten wäre sie zu ihnen nach Hause nach Märsta gefahren, aber heute ging das nicht. Um zwei Uhr wollte sie Susanne und Johan auf eine Hausbesichtigung begleiten. Endlich hatten sie sich dazu durchgerungen, ein Haus zu kaufen. Sie fragte sich, wer wohl mitten im Vorweihnachtsstress verkaufte. Vermutlich ein Scheidungspaar, wer sonst?

Ihre eigene Wohnung wirkte freundlich. Aber leer. Nur wenn sie in den Spiegel schaute, sah sie ein menschliches Wesen. Eigentlich hätte die Luft der Wohnung auch von einem Mann eingeatmet werden sollen. Über den Fußboden hätten Kinderfüße rennen sollen. Bis vor kurzem hatte sie einen Mann gehabt und einen Embryo, ein sich entwickelndes Leben im Bauch. Jetzt hatte sie nichts mehr. Das war ihre Entscheidung. Die Liebe war nicht groß genug gewesen.

Sie versuchte sich damit abzulenken, ihre E-Mails durchzugehen. Eine neue. Sie war um 1.36 Uhr in der vergangenen Nacht geschickt worden. Sie war von Martin. Elina schloss die Augen. Zum ersten Mal seit mehreren Monaten ließ er wieder von sich hören. Sie hatte schon geglaubt, er habe aufgegeben, genauso wie sie ihn schon viel früher aufgegeben hatte.

Der Brief war lang, und er hatte ihn geschrieben, als seine Frau und sein Kind geschlafen hatten. Keine Bitten wie früher, dass sie zu seinen Bedingungen zurückkehren solle. Nur eine Beschreibung seiner Gedanken und Gefühle. Er schrieb, er denke jeden Tag an sie und dass sie neben ihm hergehe, auch wenn er mit anderen zusammen sei.

Sie las die E-Mail dreimal. Sein Ton hatte sich verändert, er war zärtlich und voller Sehnsucht. Sie war verwirrt. Die Wut darüber, dass er es ihr nicht ermöglichte, sich ungestört von ihm zu lösen, wurde von der Freude darüber abgelöst, dass sie noch in seinen Gedanken war, und zwar so deutlich, als sei sie körperlich anwesend. Sie bedeutete dem Menschen etwas, der auch ihr sehr viel bedeutete. Sie las den Brief ein weiteres Mal. Sie lächelte, während ihr die Tränen über die Wangen liefen. Sogar der Trost war schmerzlich.

Emilie warf sich in Elinas Arme und ließ sie erst nach einer Umarmung wieder los. Dann rannte sie im Garten des Hauses in Stallhagen hin und her. Sie hüpfte, lachte und sang.

»Scheint so, als ob sie sich hier bereits wohlfühlt«, sagte Elina zu Susanne und Johan.

»Mir gefällt es auch«, sagte Susanne. »Hier will ich wohnen. Wenn es drinnen nicht zu wüst aussieht.«

Johan belächelte die Entschlossenheit seiner Frau. Es sah aus, als wolle er sagen: »Ja, ja, mal sehen.«

»Das Haus scheint auch anderen zu gefallen«, meinte Elina, während ein Strom anderer Interessenten an ihnen vorbeiging.

»Das bilden die sich nur ein«, meinte Susanne.

Stallhagen war Elinas Lieblingswohngegend in Västerås. Sie war sogar noch im Winterdunkel schön. Hier wohnten die reichen Leute, die Tennis mit den Nachbarn spielten und ein Segelboot in der Marina liegen hatten. Durch Stallhagen zu gehen, gab einem das Gefühl, über der immer ramponierteren Industriestadt zu schweben, jenseits der Probleme des Alltags. Obwohl das nur eine Schimäre war, gefiel sie Elina. Für sie war das unerreichbar, zumindest jetzt. Aber das Arbeiterkind in ihr hätte diesen Aufstieg gerne vollzogen.

Für Susanne und Johan war das Haus in Reichweite gerückt. Sie arbeiteten als Anwälte und verdienten beide, und eine Eigentumswohnung im Zentrum, die sie verkaufen konnten, war auch noch vorhanden.

Das Haus war so gediegen, wie der Preis nahelegte. Elina sah sich die anderen Interessenten an. Es war alles dabei, angefangen von Familien mit Kindern, die Erfolg ausstrahlten, bis hin zu älteren Paaren, die wohl kaum so viel Platz benötigten.

»Schau dir die mal an«, flüsterte Susanne und deutete auf einen Mann und eine Frau um die sechzig in alltäglicher Bekleidung. »Glaubst du, dass die mitbieten werden? Nie im Leben! Für die ist das ein Sonntagsvergnügen. Die wollen sehen, wie andere Leute wohnen. Ein Makler hat mir mal von ihnen erzählt. Weißt du, was er gesagt hat? Sie seien seine eigene kleine Verhandlungsdelegation. Alle wissen von ihnen, doch Makler und Verkäufer akzeptieren sie, obwohl sie nur Schaulustige sind. Aber beim Besichtigungstermin entsteht so der Eindruck, als gäbe es viele Interessenten, und der Preis steigt.«

»Fürchterlich«, meinte Elina, und es schauderte sie bei dem Gedanken, dass fremde Leute bei ihr hereinstiefeln könnten, um sich neugierig umzusehen.

»Was meinst du?«, fragte Susanne. »Was hältst du von dem Haus?«

»Etwas eng, oder? Nur sechs Zimmer. Wo soll ich da wohnen?«

»Im Keller natürlich!«

Susanne hatte sich entschieden. »Oder nicht?«, sagte sie zu Johan. »Sollen wir uns nicht noch andere ansehen?«, erwiderte er. »Das ist schließlich das erste Haus, das wir besichtigen.« Susanne sah ihn mitleidig an. »Ich habe den Überblick«, meinte sie. »Etwas Besseres taucht nicht auf. Verlass dich auf mich, Liebling!«

Sie küsste ihn leicht auf die Wange. Er lächelte und schüttelte den Kopf. Elina sah Susanne an. Ihre Freundin war in ihrem Element. Sie sah es schon vor sich, wie sie mit der Geschicklichkeit einer Anwältin in die Preisverhandlung eintreten würde. Die anderen würden keine Chance haben.

Susanne trat auf den Makler zu, der mit einem Block in der Hand in der Diele stand. Sie reichte ihm ihre Visitenkarte. »Ich bin interessiert«, sagte sie. »Wir können uns jederzeit handelseinig werden. Rufen Sie mich bitte heute Nachmittag an, dann gebe ich ein Gebot ab.«

»Das ist nett«, sagte der Makler, »aber es gibt noch weitere Interessenten.«

»Schon möglich«, sagte Susanne. »Wie gesagt. Rufen Sie mich heute Nachmittag an.«

Sie waren zu Hause bei Susanne und Johan, als der Makler anrief. Elina lag auf dem Fußboden, und Emilie saß auf ihrer Brust und drückte ihr einen Stoffhasen ins Gesicht. »Hase Kuss«, sagte Emilie, und Elina schmatzte mit den Lippen.

»Ich habe 100 000 unter dem Ausgangspreis geboten«, sagte Susanne, als sie vom Telefon zurückkam. »Jetzt müssen wir abwarten.«

Um halb acht war Elina wieder zu Hause. Sie war gegangen, als Emilie, etwas später als sonst, ins Bett musste. Sie fühlte sich recht wohl, und das lag nicht nur an den zwei Gläsern Wein, die sie getrunken hatte. Sie schaute auf ihren Computer und überlegte, ob sie Martin antworten sollte. Die Widrigkeiten des nächsten Tages erschienen ihr ganz weit weg.

25. KAPITEL

John Rosén ließ sich sämtliche Informationen immer wieder durch den Kopf gehen. Er suchte nach anderen Erklärungen. Er zweifelte sein eigenes Urteilsvermögen an und kam dann zu dem Schluss, dass sie Recht hatte. Er überlegte, was zu tun sei, und entschied sich dafür, es drauf ankommen zu lassen.

Er ging zu Kärnlund ins Büro und erklärte sich. Er verließ sich darauf, dass Kärnlund ihn verstehen und auf seiner Seite sein würde. Dass er einem letzten Kampf, falls erforderlich, nicht ausweichen würde.

»Nach der Acht-Uhr-Besprechung«, sagte Kärnlund. »Bei mir. Ich lasse alle kommen, die die Informationen beurteilen können.«

Elina trug ein dunkelbeiges Kostüm. Niemand sollte ihr wegen ihrer Kleidung etwas anhaben können. Sei wie Susanne, dachte sie.

Die Acht-Uhr-Besprechung verlief wie immer. Elina ging davon aus, dass Jönsson sie fragen würde, wie die Ermittlung der Kellereinbrüche voranschreite. Nur zur Kontrolle. Sie hatte sich darauf vorbereitet, ihm den »Hering« hinzuwerfen. Aber Jönsson überging sie bei den Berichten, die alle, die am Tisch saßen, erstatteten. Er schaute sie nicht einmal an.

Gemeinsam mit John Rosén ging sie nach der Besprechung zu Kärnlunds Büro. Es war fünf vor neun. Sie waren die Ersten und warteten auf Kärnlund, der ihnen wenig später wegen seines Übergewichts keuchend die Tür aufschloss. Dann kam Jönsson.

»Wir müssen noch auf Bäckman warten«, sagte Kärnlund, nachdem sie sich gesetzt hatten.

»Bäckman?«, sagte Elina.

»Ich weiß, worum es geht«, erwiderte Kärnlund. »Ich will hören, was die andere Seite zu sagen hat.«

Axel Bäckman erschien Punkt neun. Er nickte Rosén und Elina freundlich zu und nahm neben Jönsson auf dem einzigen freien Stuhl Platz.

»Elina?«, sagte Kärnlund.

Sie trug die gesamte Geschichte mit allen Details einschließlich ihrer eigenen Schlüsse und Ansichten vor. Nur ihren eigenen Versuch, Jönsson an der Nase herumzuführen und ihre Überlegungen zur Sicherheitspolizei überging sie.

»Wiik hat mich die letzten Tage auf dem Laufenden gehalten«, sagte Rosén. »Wir haben über die Sache ständig Rücksprache gehalten.«

Elina warf Rosén einen dankbaren Blick zu. Er übernahm unaufgefordert die Verantwortung.

Jönsson starrte Rosén an und dann Elina. »Ich wäre auch dankbar gewesen, wenn man mich unterrichtet hätte«, sagte er.

»Alles ging so schnell«, meinte Rosén.

»Das bedeutet, dass wir die Ermittlung wieder aufnehmen müssen«, sagte Kärnlund. »Es ist vollkommen offensichtlich, dass ein Zusammenhang zwischen den Mordopfern und der Schleuserbande besteht und dass es zumindest zwei denkbare Mordmotive gibt. Aber ich will erst noch hören, was Bäckman zu sagen hat.«

Axel Bäckman lächelte Elina an.

»Gut gemacht«, sagte er. »Wir, also die Kollegen von der Sicherheitspolizei und ich, wussten natürlich, dass Qourir bei dieser Frau in Liepaja angerufen hatte. Wir maßen dieser Tatsache kein besonderes Gewicht bei, weil wir nicht wussten, wer sie war. Dass hat Wiik jetzt geklärt. Wie gesagt, gut gemacht!«

Er breitete die Hände aus und machte eine kleine Pause.

»Leider muss ich eure Begeisterung etwas dämpfen«, fuhr er fort. »Es geht hier um zwei Dinge. Kärnlund hat Recht, dass ein Zusammenhang zwischen den Opfern und den Schleusern besteht. Aber das muss nicht bedeuten, dass die Schleuser auch die Morde verübt haben. Es kann auch viel einfacher sein.«

»Wie meinst du das?«, fragte Rosén.

»Folgendermaßen: Wir wissen, dass Jamal und Qourir Kontakte zu Terroristen im Nahen Osten unterhielten. Das ist keine Vermutung, sondern wird sowohl von Dokumenten als auch von Zeugenaussagen untermauert. Alle Erfahrung der letzten fünfzehn Jahre spricht dafür, dass die Terrorsympathisanten im Ausland Geld auf illegalem Weg beschaffen. Am weitesten verbreitet ist Rauschgiftschmuggel. In letzter Zeit hat sich der Menschenschmuggel jedoch als eine immer lukrativere Branche erwiesen. Die Kontakte von Jamal und Qourir zur Schleuserbande könnten sozusagen Teil ihrer übrigen Betätigungen gewesen sein.«

Jönsson nickte. »So könnte es auch gewesen sein«, meinte er. »Es braucht gar nichts mit den Morden zu tun zu haben.«

»Ihr vergesst dabei nur eines«, wandte Elina ein. »Es gab einen privaten Grund für diesen Kontakt. Sayed.«

»Okay«, räumte Kärnlund ein. »Es gibt zwei denkbare Erklärungen für den Zusammenhang zwischen den Schleusern und den Mordopfern. Unsere Aufgabe besteht jetzt darin, herauszufinden, welche dieser Erklärungen die richtige ist. Wir eröffnen die Ermittlung wieder. Die Mordgruppe kümmert sich darum. John übernimmt natürlich die Verantwortung. Elina macht mit den Sachen weiter, mit denen sie angefangen hat. Ihr erstattet Jönsson Bericht. Er fasst die zentralen Beschlüsse. Diese Sache könnte sich in die Länge ziehen. Aber wir fangen jetzt an. Das entscheide ich.«

Auf dem Gang wandte sich Jönsson an Rosén. »Wir nehmen uns noch Henrik Svalberg. Wiik wird Hilfe brauchen.«

»Gut«, erwiderte Rosén. »Bitte ihn, so bald wie möglich bei mir vorbeizuschauen.«

Elina verzog den Mund. Klar, dass sie ihr einen Mann zur Seite stellten. Als Frau würde sie wohl kaum damit fertig werden! Aber Jönsson hatte natürlich Recht, allerdings auf eine andere Weise als er dachte. Es waren durchaus noch zwei Hände und ein Kopf nötig.

Sie versammelten sich im Büro von John Rosén. Svalberg, Rosén und Elina. Nur Erik Enquist fehlte, sonst wäre die Mordgruppe komplett gewesen. Elina fühlte sich rehabilitiert.

»Das lief ja einwandfrei«, meinte Rosén. »Elina, du übernimmst den Befehl, zumindest jetzt zu Anfang. Du bist schon so weit gekommen, dann wirst du auch noch weiter kommen.«

Henrik Svalberg nickte. Elina warf ihnen einen dankbaren Blick zu, sie war froh, mit zwei Leuten arbeiten zu dürfen, die sich wie Erwachsene benahmen.

»Das hier wird nicht leicht«, sagte sie. »Wir haben sehr viel von der grundlegenden Arbeit bereits beim letzten Mal erledigt, ohne dass das irgendwohin geführt hätte. Ich schlage vor, dass wir die Arbeit folgendermaßen aufteilen: Henrik kümmert sich um Ahmed Qourir. Seine Telefonanrufe habe ich bis ins Jahr 1999 überprüft, das brauchst du also nicht noch einmal machen. Erkundige dich aber bei der Sicherheitspolizei, ob sie noch mehr Informationen über seine Telefonate haben.«

»Falls sie uns die überlassen wollen«, meinte Svalberg.

»Genau«, sagte Elina. »Weiterhin glaube ich, dass wir uns um Qourirs Finanzen kümmern sollten.«

»*Follow the money*«, sagte Rosén.

»Brauchbarer Grundsatz, nicht wahr?«, meinte Elina. »Ich habe viel über Qourirs Rolle nachgedacht. Er könnte zur Schleuserbande gehört haben. Vielleicht war er ja ihr Kontaktmann in Schweden.«

»Dieser Gedanke ist mir auch schon gekommen«, warf Rosén ein. »Sprich weiter.«

»Vielleicht besaß die Bande hier in Schweden oder im Ausland noch weitere Mitglieder. Beim Schmuggel geht es letztlich immer um Geld. Wir müssen Unterlagen durchforsten. Bankanweisungen, Postanweisungen, Ein- und Auszahlungen auf Konten, alles. Wer weiß, was wir finden.«

Sie wandte sich an Rosén.

»Du hast letzten Freitag etwas Wichtiges gesagt. Dass Sayeds Tod und die Vorfälle auf dem Boot das Motiv ausmachen könnten. Dass vielleicht noch mehr Menschen an Bord waren. Flüchtlinge, die ebenfalls Angehörige haben. Vielleicht finden wir ja jemanden, der mehr weiß. Kannst du dich darum kümmern, John?«

Es war ihr unwohl dabei, das wie einen Befehl klingen zu lassen. John Rosén war so bescheiden gewesen, ihr die Leitung zu überlassen, aber das war noch lange kein Grund, zu weit zu gehen.

»Ich kann nachschauen, ob es irgendwelche Vermisstenmeldungen gibt, die zeitlich und örtlich passen könnten. Wann genau, glauben wir, dass Sayed verschwunden ist?«

»Ich habe nicht so viele Anhaltspunkte. Qourir rief Katarina Diedermans Mutter am 4. Januar 2001 an. Die Schleuser verließen Lettland am 28. Januar.«

Sie dachte nach.

»Und dann hatte sich noch dieser Mann vom Roten Kreuz, hieß er nicht Karl-Erik Ehn, eine Notiz über ein Gespräch mit Jamal gemacht. Ruf ihn an, dann erfährst du das genaue Datum. An diesem Tag muss Sayed definitiv verschwunden gewesen sein. Aber vermutlich war es irgendwann im Januar 2001.«

»Und du?«, fragte Svalberg.

»Ich suche nach dem Ehepaar Diederman und nach Gregors Nikolajew. Die estnische Polizei hat ihren lettischen Kollegen nicht geholfen, aber vielleicht ist sie ja bereit, uns zu helfen.«

»Man kann auf fünf Arten aus Estland ausreisen«, meinte Rosén. »Die erste ist die am wenigsten wahrscheinliche. Und zwar zurück nach Lettland. Die zweite wäre der Landweg nach Russland.«

»Der Eigentümer des Boots, der Mistral, stammte aus Sankt Petersburg«, meinte Elina.

»Stimmt«, meinte John. »Dort könnten sie hingefahren sein. Die dritte Möglichkeit ist die Fähre nach Helsinki, die vierte die Fähre nach Stockholm, die letzte ein Flug, und zwar irgendwohin auf der Welt.«

»Wenn sie jetzt hinter den Morden an Jamal, Annika und Ahmed Qourir steckten, dann sind sie nach Stockholm gefahren«, meinte Elina. »Und zwar irgendwie. Und zumindest einer von ihnen war in diesem Fall vor zwei Monaten immer noch hier. Einer der Männer, das verrät uns das Video.«

Sie schaute aus dem Fenster.

»Vielleicht ist er immer noch da. Irgendwo da draußen.«

DRITTER TEIL

Die Unsichtbaren

26. KAPITEL

Er saß mit gesenktem Kopf in seinem Zimmer und schaute auf seine Knie und seine großen Füße. Mit den Ellbogen auf den Knien beugte er sich vor und faltete die Hände. Nicht, um zu beten, aber wäre er religiös gewesen, so hätte er um etwas Glück gebetet. Bislang war ihm vieles geglückt, aber dann war doch alles vollkommen schief gelaufen. Drei Tote, mein Gott, was hatte er getan?

Es hätte nicht passieren müssen, wenn man ihn nicht gezwungen hätte, mit Amateuren zu arbeiten. Diese Frau und ihr verdammter Mann. Er sah sie vor sich. Sie hatte geflirtet. Okay, an ihrer Figur war nichts auszusetzen gewesen, nur hatte sie leider nichts im Kopf gehabt! Und erst der Mann, er war noch schlimmer. Als alles schiefgegangen war, waren sie in Panik geraten. Er fragte sich, wo sie jetzt wohl waren.

Und die anderen – waren die so viel besser? Sie waren ihm nützlich gewesen, das musste er zugeben. Aber wenn alle sich so professionell wie er selbst verhalten hätten, dann wäre alles anders gekommen.

Er erhob sich und schaute aus dem Fenster. Er dachte über die Fehler nach, die er selbst begangen hatte. Wie sie ihn zu fassen kriegen könnten. Die DV-Kamera natürlich. Wie hatte er die nur übersehen können? Das Video war ein Schock gewesen, es hätte ihm fast die Luft abgeschnürt. Zum Glück waren nur seine Waden zu sehen, aber es war schlimm genug gewesen, dass ganz Schweden die Bilder im Fernsehen hatte anschauen können. Vielleicht würde ihn jemand erkennen, obwohl es ihm unwahrscheinlich vorkam. Im Übrigen war er vorsichtig gewesen, hatte versucht, an alles zu denken, die Spuren zu verwischen. Aber irgendwas übersah man immer. Irgendwas blieb liegen. Niemand lief herum, ohne Spuren zu hinterlassen.

Es war nur eine Frage der Zeit, bis sie auf das kleine Zeichen stießen, das ihnen die richtige Richtung wies. Es konnte der Polizei gelingen, wenn sie nur wollte. Das wusste er.

Er musste planen. Verschiedene Auswege. War es erst einmal so weit, dann gab es kein Zurück. Er würde sich die Möglichkeiten, die es gab, zunutze machen. Auch wenn dazu ein viertes Opfer nötig sein sollte.

27. KAPITEL

Elina überlegte, ob sie nach Estland fahren sollte. Vor Ort zu sein war immer von Vorteil, egal worum es ging. Die Chancen, dass man ihr eine solche Reise genehmigen würde, schätzte sie jedoch gering ein, aber fragen kostete nichts.

Vorher waren jedoch noch einige Routinemaßnahmen zu erledigen. Falls diese ein Resultat zeitigten, dann war die Reise unnötig.

Sie ließ sich die Telefonnummer von der Zentrale des Reichskriminalamtes geben. Zwei Nullen und dann eine ganze Reihe Ziffern. Der Mann, der am anderen Ende an den Apparat ging, klang jung. Sie nannte ihren Namen und brachte ihr Anliegen vor.

»Ich hoffe, dass Sie mir helfen können«, sagte sie.

»Ich will einen Versuch unternehmen. Es müsste gehen. Sie müssen wissen, dass Kenneth, mein Vorgänger und Verbindungsmann hier in Tallinn, und ich dieselben Erfahrungen gemacht haben. Der estnischen Polizei ist es wichtig, uns behilflich zu sein. Sie sind an einem guten Verhältnis zu uns interessiert. Könnten Sie vielleicht präzisieren, welche Angaben Sie benötigen?«

»Die drei sind mit dem Zug am 28. Januar 2001 nach Estland eingereist. Ich will wissen, ob der Grenzpolizei Angaben über ihre Ausreise vorliegen. Falls das nicht der Fall ist, hätte ich gerne die Passagierlisten der Fähren und Flüge nach Finnland und Schweden.«

»Das ist schließlich schon drei Jahre her. Für die Passagierlisten bräuchten wir eine eigene Fähre, wenn wir alle beschaffen sollen.«

»Dann machen wir es folgendermaßen: Versuchen Sie die Listen für die Woche nach dem 28. Januar 2001 zu besorgen und dazu noch die Listen für die Woche vor dem Mord, also die Tage zwischen dem 21. und 28. September dieses Jahres.«

»Gut. Das ist etwas humaner. Ich lasse von mir hören, sobald ich etwas in Erfahrung gebracht habe.«

»Rufen Sie mich doch bitte heute im Laufe des Tages noch einmal an, ganz gleichgültig, wie weit Sie bis dahin sind. Ich hätte gerne gewusst, ob es überhaupt möglich ist.«

Er lachte.

»Sie wollen mich unter Druck setzen, nicht wahr? Damit ich sofort anfange?«

Sie wollte das schon abstreiten, aber er kam ihr zuvor.

»Keine Sorge«, sagte er. »Ich fange an, sobald wir aufgelegt haben. Und dann rufe ich Sie spätestens um drei Uhr auf Ihrem Handy an.«

»Danke«, sagte Elina und legte auf.

So einfach war das. Elina wünschte sich, dass sie immer jemand anderen bitten könnte, die Drecksarbeit zu machen. *It's a dirty job, so somebody else should do it,* dachte sie.

Sie hatte diesen Gedanken kaum zu Ende gedacht, da klingelte ihr Telefon.

»Mein Name ist Mohammed Hussein.«

Dann wurde es am anderen Ende still.

»Ja?«, sagte Elina. »Womit kann ich Ihnen helfen?«

»Ich Nachbar von ... Sie wissen schon.«

Er sprach sehr gebrochenes Schwedisch. Es fiel Elina schwer zu verstehen, was er sagte. Vor allen Dingen verstand

sie nicht, was er meinte. Es klang, als hätte er einen Satz ein-
geübt, aber als wäre es ihm nicht gelungen, ihn richtig aus-
zusprechen.

»Haben Sie Nachbar gesagt? Der Nachbar von wem?«

»Er, Jamal.«

Sie wurde hellwach.

»Wohnen Sie in der Stigbergsgatan?«

»Ja. Klar.«

»Sie wollen mir etwas erzählen. Ist das so?«

»Ja. Erzählen.«

»Mohammed Hussein, das war doch Ihr Name?«

»Ja.«

Sie schrieb seinen Namen auf.

»Wohnen Sie im selben Haus wie Jamal?«

»Ja.«

»Sind Sie jetzt zu Hause?«

»Ja.«

Sie warf einen Blick auf das Display und schrieb die Nummer auf dasselbe Papier wie den Namen.

»Welche Sprache sprechen Sie?«

»Arabisch. Irak.«

»Ich komme sofort zu Ihnen, wenn ich einen Dolmetscher
gefunden habe. Okay?«

»Okay.«

»Warten Sie in Ihrer Wohnung auf mich. Gehen Sie nir-
gendwohin.«

»Nein.«

Elina brauchte vierzig Minuten, um eine Dolmetscherin
aufzutreiben, die direkt in die Stigbergsgatan kommen konnte. Sie gab ihr die Adresse und bat sie, vor dem Haus zu warten. Ehe sie sich auf den Weg machte, suchte sie noch die
Vernehmungen der Nachbarn heraus. Sie selbst hatte sie zusammen mit Svalberg durchgeführt. Sie hatten mit allen gesprochen außer mit Mohammed Hussein, der in der Wohnung

unter Jamal wohnte. Sie hatte zweimal bei ihm geklingelt, und Svalberg war einmal bei ihm gewesen. Den letzten Versuch hatten sie zwei Wochen nach den Morden an Jamal und Annika unternommen. Sie hatten ihm Visitenkarten in den Briefkasten geworfen, die offenbar erst jetzt ein Resultat zeitigten. Sie fragte sich, wieso.

Sie suchte Mohammed Hussein im Melderegister. Er hatte erst am 23. November, also erst vor gut einer Woche, eine Aufenthaltsgenehmigung erhalten.

Vielleicht hat er sich vorher nicht getraut, mit uns zu sprechen, dachte sie. Wir haben unser Land so organisiert, dass gewisse Menschen Angst vor dem Arm des Gesetzes haben.

Sie schickte Rosén eine E-Mail, um ihm zu sagen, wohin sie unterwegs war. Dann nahm sie ihren eigenen Wagen. Für das Ausfüllen eines Dienstwagenformulars fehlte ihr die Zeit. Außerdem hatte sie sich von John anstecken lassen: Dieser fuhr am liebsten in seinem eigenen Wagen.

Die Dolmetscherin stellte sich als Mira vor. Sie schien Mitte zwanzig zu sein und sprach Schwedisch, als stamme sie aus Västerås. Elina konnte es nicht lassen. Sie musste auf ihr langes braunschwarzes Haar starren, als sie hinter ihr die Treppe hinauf ging.

Mohammed Hussein öffnete langsam die Tür. Elina fand, dass er verschreckt wirkte oder zumindest unsicher. Sie entschied sich, mit der Frage, warum er sich nicht bereits früher gemeldet habe, noch zu warten, damit er sich nicht angeklagt fühlen würde. Es war besser, mit seiner Zeugenaussage zu beginnen.

Die Dolmetscherin stellte sich vor und erklärte auf Arabisch und Schwedisch, dass sie genau übersetzen würde, was er sagte, und zwar wörtlich, ohne den Versuch zu unternehmen, das Gesagte zu deuten.

Profi, dachte Elina. Die muss ich mir merken. Festplatte.

Sie zog einen Notizblock aus der Tasche, und Hussein deutete ins Zimmer. Es war ebenso spartanisch wie die Wohnung von Jamal. Die Möbel in dem einzigen Zimmer beschränkten sich auf ein Bett und einen durchgesessenen Sessel, dazwischen ein kleiner Couchtisch. Hussein setzte sich auf das Bett und Mira neben ihn. Elina nahm auf dem Sessel Platz. Sie legte den Block auf den Tisch.

»Erzählen Sie«, sagte Elina. »Was wissen Sie über Jamal?«

Mohammed Hussein rutschte verlegen hin und her. Dann sah er der Dolmetscherin in die Augen und begann zu sprechen. Mira ließ ihn ungefähr fünf Sätze sagen, dann hob sie die Hand, um ihn zu unterbrechen.

»Er sagt Folgendes: Ich weiß, dass Jamal an einem Sonntag ermordet wurde. Ich erinnere mich nicht an das Datum, aber das wissen Sie vermutlich. In der Nacht lag ich in meinem Bett. Es war an diesem Sonntag, das weiß ich sicher.«

Sie machte mit dem Zeigefinger eine kreisende Bewegung, um ihm zu bedeuten fortzufahren. Dann dolmetschte sie weiter.

»Ich konnte nicht schlafen, weil ich mir Sorgen um die Zukunft machte. Mitten in der Nacht hörte ich, dass jemand in Jamals Wohnung herumging. Mir kam das seltsam vor, da Jamal nie so spät auf war. Es war nach zwei.«

Mohammed Hussein fuhr mit Hilfe der Dolmetscherin fort:

»Er ging recht lange dort oben auf und ab. Dann hörte ich jemanden auf der Treppe. Ich stand auf und schaute durch das Loch.«

Mira unterbrach sich.

»Ich glaube, er meint den Spion. Soll ich ihn fragen?«

»Bitte«, erwiderte Elina.

Die Dolmetscherin fragte, und Mohammed Hussein stand auf, ging zur Wohnungstür und zeigte auf den Spion. Elina nickte. Die Dolmetscherin fuhr fort.

»Es war dunkel draußen, aber ich sah ihn, als er die Treppe herunterkam. Er ging an meiner Tür vorbei, ohne mich anzusehen.«

»Wie sah er aus?«, fragte Elina.

»Recht groß. Älter als ich. Vielleicht vierzig oder fünfzig. Kein ganz kurzes Haar, aber auch nicht lang.«

»Sein Gesicht, erinnern Sie sich an Einzelheiten?«

»Nein, er sah durchschnittlich aus.«

»Kleider?«

»Ich erinnere mich nicht. Vielleicht eine Jacke.«

Elina versuchte, ihm weitere Einzelheiten zu entlocken, aber das ging nicht.

»Würden Sie ihn wiedererkennen, wenn Sie ihn noch einmal sehen würden?«

»Vielleicht. Aber auf der Treppe war es dunkel.«

»Warum haben Sie das nicht schon früher erzählt? Wir haben Sie mehrfach aufgesucht.«

»Nicht zu Hause«, sagte Mohammed Hussein auf Schwedisch.

»Und die Visitenkarte?«

Er wirkte besorgt. Sie erhielt keine Antwort.

»Na gut«, sagte Elina. »Es war gut, dass Sie dann schließlich doch von sich haben hören lassen. Vielen Dank.«

Er lächelte schwach. Das Unstete verschwand aus seinem Blick.

»Mir wäre es recht, wenn Sie morgen um neun auf die Wache kommen könnten, um sich ein paar Fotos anzusehen. Mira, können Sie dann?«

»Ich arbeite eigentlich, aber es wird schon gehen.«

Sie gaben Mohammed Hussein die Hand und ließen ihn in seiner Wohnung zurück.

Um drei Uhr rief der Verbindungsmann aus Tallinn wie versprochen an.

»Alles fertig«, sagte er. »Ich habe die Informationen.«

»Wirklich?«, erwiderte Elina und hörte selbst, wie kindisch das klang.

»Doch. Es war einfacher als ich und meine estnischen Kollegen geglaubt hatten. Von allen dreien ist die Ausreise festgehalten. Am 29. Januar 2001 sind sie mit der Fähre nach Helsinki gefahren.«

»Fantastisch, vielen Dank!«

»Keine Ursache. Dort müssen Sie aber schon selbst weitersuchen. Das wird wohl schwieriger. Innerhalb des Schengen-Gebietes gibt es keine Passkontrollen. Mit dem Auto können sie nach Schweden oder Norwegen eingereist sein, ohne dass jemand davon Notiz genommen hat.«

»Aber von den Flügen und Fähren müsste es ja wohl Passagierlisten geben?«

»Durchaus, das weiß ich. Seit dem Untergang der Estonia haben sie es damit überall sehr genau genommen. Fragen Sie nach, das würde ich an Ihrer Stelle tun.«

»Danke für diesen Rat. Und danke für Ihre Hilfe.«

Sie ging zu John Rosén ins Büro und erzählte ihm, was sie erfahren hatte.

»Ausgezeichnet«, sagte er. »Jetzt haben wir einen Zeugen. Es muss der Mörder gewesen sein oder möglicherweise ein Komplize, der in Jamals Wohnung war. Hast du gesagt, Zeugengegenüberstellung um neun Uhr? Das wird etwas schwierig. Mit Jakob Diederman haben wir keine Probleme, aber von Gregors Nikolajew haben wir nur das Foto in Uniform.«

»Wir müssen eben weitere Fotos von uniformierten Männern auftreiben«, meinte Elina. »Ich kümmere mich darum. Wie ist es bei dir und Svalberg gelaufen?«

»Bislang nichts. Wir legen die Leinen aus. Es kann ein paar Tage dauern, bis jemand anbeißt.«

28. KAPITEL

Die Empfangsdame bat Elina, nach unten zu kommen, nachdem sie mit gewisser Mühe verstanden hatte, zu wem Mohammed Hussein wollte. Elina holte ihn am Empfang ab. Obwohl er fast so groß war wie sie, fand sie, dass er klein wirkte. Sie fragte sich, ob er schon im Irak so klein ausgesehen hatte, oder ob er und andere Flüchtlinge in den Augen ihrer Umgebung schrumpften, wenn sie hierherkamen, sich der Willkür anderer ausgesetzt sahen und die Kontrolle über ihr Leben verloren.

»Hallo, willkommen«, sagte sie und lächelte. Mohammed Hussein nahm die Hand, die sie ihm entgegenhielt. Sie sah, dass ihm unbehaglich zumute war. »Wir warten nur noch eben auf Mira.«

Die Dolmetscherin ließ auf sich warten. Elina versuchte, mit Hussein eine einfache Unterhaltung zu führen, damit er sich etwas entspannte, aber es ging zäh. Zehn Minuten später erschien Mira, an deren Nachnamen Elina sich nicht erinnern konnte. Sie war ganz außer Atem und entschuldigte sich für die Verspätung. Elina erwiderte, das mache nichts.

Elina führte die beiden die Treppe hinauf in ihr Büro. Auf dem Schreibtisch hatte sie die Fotos von Männern ausgebreitet, die den beiden Verdächtigen möglichst ähnlich sahen. Fünf Männer in Uniform, einer von ihnen war Gregors Nikolajew, ein anderer war ein russischer Offizier, bei den drei übrigen handelte es sich um schwedische Polizisten. Sechs Fotos von Männern in Zivil: Jakob Diederman, zwei Polizisten und drei Personen aus der Verbrecherkartei. Mohammed Hussein sah sich die Fotos lange an. Dann sah er auf und sagte ein paar Worte zu Mira auf Arabisch.

»Es ist schwer«, übersetzte Mira.

Er betrachtete die Fotos erneut. Dann legte er den Finger auf einen der Männer in Zivil.

»Vielleicht der. Aber ich weiß es nicht«, ließ er die Dolmetscherin übersetzen.

»Sie müssen sich nicht genötigt fühlen, jemanden wiederzuerkennen«, meinte Elina.

Er hatte auf einen von Erik Enquists Kollegen aus Hallstahammar gedeutet, einen fünfzigjährigen Inspektor mit weder zu kurzem noch zu langem Haar.

Mohammed Hussein schüttelte den Kopf.

»Warum haben Sie auf diesen Mann gezeigt?«, fragte Elina.

Er verzog etwas den Mund. »Gewisse Ähnlichkeit. Das Haar und so. Aber vermutlich ist er es nicht.«

Elina verwünschte insgeheim, dass sich Gregors Nikolajew mit Uniformmütze hatte fotografieren lassen. Nicht einmal sie wusste, wie seine Frisur aussah.

»Dann danken wir Ihnen«, sagte sie. »Ich bringe Sie nach unten. Rufen Sie mich an, wenn Ihnen noch etwas einfällt.«

Er stand auf. Mira griff nach ihrer Handtasche, um mit ihnen nach draußen zu gehen.

»Können Sie noch einen Augenblick bleiben, Mira?«, bat Elina. »Ich würde mich gerne noch etwas mit Ihnen unterhalten.«

Die junge Frau wirkte erstaunt, nahm aber wieder Platz. Elina begleitete Mohammed Hussein die Treppe hinunter. Nach ein paar Minuten war sie wieder in ihrem Büro.

»Ich möchte Ihnen für Ihre ausgezeichnete Arbeit danken«, sagte sie. »Es gibt nicht so viele Dolmetscher für das Arabische, die fließend Schwedisch sprechen.«

»Ich kam hierher, als ich ein Jahr alt war. Die meisten anderen Araber in Schweden sind erst seit den Neunzigern hier, sie sind also nicht hier aufgewachsen. Wir stammen aus Jordanien, aber ich bin in London zur Welt gekommen. Mein Vater hat dort Medizin studiert. Dann hat er in Västerås als Chirurg angefangen.«

»Was für eine Arbeit haben Sie?«

»Das Dolmetschen ist für mich nur ein Nebenverdienst. Eigentlich arbeite ich im Krankenhaus, als Pflegehelferin, aber nach Neujahr fange ich mit dem Medizinstudium an, in Stockholm am Karolinska Institutet.«

»Gratuliere«, sagte Elina. »Darf ich Sie noch etwas ganz anderes fragen?«

»Natürlich.«

»Viele Menschen aus dem Nahen Osten kommen mit Hilfe von Schleusern hierher. Ich habe gerade mit einem Fall zu tun, bei dem es genau darum geht.«

»Ich dachte, Sie versuchen, diesen Mord aufzuklären, über den wir mit ihm gesprochen haben.« Sie deutete mit dem Kopf zur Tür, durch die Mohammed Hussein verschwunden war.

»Schon«, sagte Elina und verstummte einen Augenblick. Aufgewecktes Mädchen, dachte sie. Es kann nicht schaden, ihr etwas mehr zu erzählen. »Wir haben den Verdacht, dass ein Zusammenhang besteht. Meine Frage lautet also, ob Sie jemanden kennen … vielleicht einen Landsmann …«

»Einen Araber, der alles über Menschenschmuggel weiß? Der Ihnen ein paar Namen geben könnte? Einige Insiderinformationen?«

»Sie könnten Polizistin werden«, meinte Elina. »Oder Hellseherin.«

Mira lachte verlegen. Elina zog die Brauen hoch. War die Frage so falsch gewesen?

»Dieser Jamal wurde doch zusammen mit diesem Mädchen erschlagen. Hieß sie Anna?«

»Annika.«

»Es geht also nur darum, diesen Mord aufzuklären? Um sonst nichts?«

»Es geht mir nicht darum, Menschenschmugglern das Handwerk zu legen oder Leuten, die mit ihrer Hilfe nach Schweden gekommen sind, falls Sie das meinen.«

Mira kratzte sich an der Nase.

»Ich müsste kurz telefonieren«, sagte sie.

»Bitte. Da steht mein Telefon.«

»Sie müssen aber solange rausgehen und versprechen, nicht zu lauschen.«

Elina erhob sich, legte die Ermittlungsakten auf einen Stapel und schloss sie im Schrank hinter sich ein. »Bitte schön«, sagte sie und ging zur Tür.

»Im Übrigen sind wir schwedische Staatsbürger«, sagte Mira. »Meine Eltern, meine Geschwister und ich.«

»Entschuldigen Sie, so hatte ich das mit Landsleuten nicht gemeint ...«

»Ich verstehe schon, wie Sie es meinten. Ich bin auch Araberin. Meine Familie und ich haben eine doppelte Staatsbürgerschaft. Das verleiht uns eine doppelte Sicherheit. Für uns ist das gut, aber viele werden dadurch zu halben Menschen. Sie wissen nicht mehr, wer sie sind.«

Elina schloss vorsichtig die Tür und ging den Gang hinunter, um nicht zu hören, was in ihrem Büro gesprochen wurde. Sie musste so lange warten, dass sie schon fast ungeduldig wurde. Schließlich ging die Tür auf und Mira streckte den Kopf heraus: »Ich bin jetzt fertig.«

Elina kehrte in ihr Büro zurück und schloss die Tür hinter sich. Die beiden Frauen nahmen einander gegenüber Platz.

»Es verhält sich folgendermaßen«, sagte Mira und schaute Elina in die Augen, ohne zu blinzeln. »Mein Vater und ich arbeiten für eine Organisation. In unserer Freizeit geben wir Flüchtlingen, die sich in Schweden verstecken, medizinische

Hilfe. Wir versorgen also Leute, die nicht einfach ins Krankenhaus gehen können, aber trotzdem ärztliche Hilfe benötigen. So ein Leben tut niemandem gut. Andere Mitglieder dieser Organisation verstecken diese Flüchtlinge, wir helfen ihnen wie gesagt medizinisch. Ich habe schon Kinder in Sommerhäusern entbunden.«

Elina wurde von einer unfreiwilligen Bewunderung für die Frau erfüllt, die vor ihr saß. Sie wollte nicht gegen irgendwelche Gesetze verstoßen, aber das war genau, was sie tat. Elina erschien ihr Schreibtisch wie eine Demarkationslinie in einem Krieg, der schon lange sinnlos geworden war.

»Ich habe mit meinem Vater telefoniert«, fuhr Mira fort. »Er hat aus Gründen, die Sie sicher verstehen können, gezögert.«

Aus denselben Gründen wie die Frau, die Jamal versteckt hat, dachte Elina, sagte aber nichts.

»Aber ich habe ihn überredet. Ich habe gesagt, Sie seien cool.«

Elina lächelte. Sie wurde etwas verlegen.

»Wenn Sie wollen, können wir ein paar von den Leuten treffen, die sich verstecken. Ich weiß nicht, was Sie für Fragen haben, aber ich kann mitfahren und dolmetschen. Ich brauche Ihnen die Bedingungen doch wohl nicht zu erklären? Oder?«

»Ich glaube, ich habe Sie verstanden«, erwiderte Elina. »Mir wäre es jedoch lieber, wenn Sie sie klar und deutlich formulieren würden, damit es anschließend keine Missverständnisse gibt.«

»Ganz einfach. Sie versprechen, nie preiszugeben, wen Sie getroffen haben und wo. Das gilt auch, falls eine dieser Personen irgendwann einmal von Ihnen festgenommen werden sollte.«

»Okay«, erwiderte Elina. »Ich gebe Ihnen mein Ehrenwort. Was ist aber, wenn jemand von ihnen etwas weiß, was für einen eventuellen Prozess wichtig sein könnte? Falls ich will, dass jemand von ihnen in den Zeugenstand tritt?«

Mira lächelte breit.

»Ebenso einfach. Dann müssen Sie dafür sorgen, dass diese Person erst eine Aufenthaltsgenehmigung erhält.«

Elina öffnete den Mund, aber Mira unterbrach sie sofort:

»Das ist leider nicht verhandelbar. Keine der Personen, die Sie treffen werden, darf Ihretwegen irgendeinen Nachteil haben. Versprechen Sie mir das, sonst wird nichts draus.«

Elina nickte. Es gab nichts zu verlieren.

»Sprechen Sie es deutlich aus«, sagte Mira. »Versprechen Sie es.«

»Ich verspreche es.«

»Außerdem müssen Sie meine Dolmetscherdienste bezahlen. Die Organisation benötigt Geld.«

Elina lachte. Dass die Polizei jetzt auch noch das Verstecken von Flüchtlingen mitfinanzieren würde, war wirklich zum Lachen. Sie erklärte sich jedoch sofort ohne Vorbehalte damit einverstanden. Das war ein kleiner Schritt über die Demarkationslinie.

»Es wird jedoch etwas dauern«, meinte Mira. »Wir müssen erst die Leute verständigen, die die Flüchtlinge verstecken, und anschließend diejenigen, mit denen Sie sprechen sollen. Vielleicht klappt es erst nächste Woche. Ich rufe Sie an.«

Sie gaben sich die Hand. Elina begleitete Mira zum Haupteingang des Präsidiums, dann sah sie ihr nach, wie sie die Västgötagatan hinunter verschwand. Das dunkle Haar fiel ihr offen über den Rücken.

29. KAPITEL

Zwei Schritte vor und ein Schritt zurück.«

»Nicht zurück. Du trittst auf der Stelle.«

John Rosén und Elina spielten mit den Worten.

»Dass wir einen Zeugen gefunden haben und dass du herausgefunden hast, dass sie nach Helsinki gefahren sind, sind die zwei Schritte vor«, meinte John. »Dass die Fährgesellschaften nach Schweden keine Passagierlisten mehr hatten, ist noch lange kein Schritt zurück. Was die drei angeht, befinden wir uns immer noch in Finnland.«

Es war ein neuer Tag, ein neuer Tag winziger Ameisenschritte in die eine oder andere Richtung. Rosén warf einen Kugelschreiber in die Luft und fing ihn nach zwei Umdrehungen auf.

»Das Ergebnis der Anfrage hinsichtlich der Vermisstenmeldungen wird noch auf sich warten lassen. Aber ich glaube, dass bei Svalberg heute die Rückmeldungen von den Banken eingehen.«

»Und was tun wir?«

»Abwarten. Nachdenken. Ich habe übrigens das gesamte Aktenmaterial von der Sicherheitspolizei angefordert.«

»Und?«

»Negativ. Ich bekomme eine Zusammenfassung. Sie behaupten, um jeden Preis ihre Informanten schützen zu müssen. Sonst könnte es die gesamte Organisation gefährden. Das müsse man langfristig betrachten, behaupten sie.«

»Scheiße«, sagte Elina. »Die Polizei kann sich nicht mal auf die Polizei verlassen. Hast du je darüber nachgedacht, dir eine andere Arbeit zu suchen?«

Rosén warf seinen Stift erneut in die Luft.

»Häufiger, als du ahnst. Du kennst ja meinen Hintergrund.«

»Ich dachte, dass es dir deswegen besonders wichtig sei.«

»Der einzige Zigeuner bei der Polizei. Das führt zu ständigen Konflikten. Seine Herkunft wird man nicht los. Viele von denen, die ich eingebuchtet habe, gehören zu meinen Leuten. Sie sind in den Gefängnissen ganz klar überrepräsentiert.«

»Woher weißt du das?«

»Elina, das ist eine geheime Welt. Ich weiß, wer sie sind. Ich erkenne sie an den Nachnamen und oft an der Kombination der Vornamen. Und selbst wenn sie ganz gewöhnliche Namen wie Karlsson oder Johansson tragen, weiß ich es. Kleinigkeiten. Die Art zu denken oder sich auszudrücken.«

»Auch hier? In Västerås?«

»Nein, hier gibt es nicht so viele. Ich dachte mehr an Göteborg.«

»Willst du zurück?«

Er wiegte den Kopf.

»Ja, ich glaube schon. Oder nach Norrköping zu meinen Söhnen. Ich glaube nicht, dass ich sonderlich lange hier bleibe. Vielleicht wechsle ich auch den Beruf, obwohl es dafür fast schon zu spät ist.«

»Ich habe in Erfahrung gebracht, wie viele Flüchtlinge in Schweden versteckt werden. Weißt du, wie viele?«

»Nein.«

»Über siebentausend. Sie sind hierher gekommen, ihr Asylantrag ist abgelehnt worden, man hat sie aber nicht rauswerfen können, weil sie unauffindbar waren. Das ganze Land ist voll von Leuten, die in heimlichen Welten leben. Ihr, sie, vielleicht noch andere, von denen ich nicht einmal etwas weiß.«

»Und du?«, fragte Rosén. »Hast du auch darüber nachgedacht aufzuhören?«

»Aufhören nicht, aber mich zu verändern vielleicht. Das mit der Mordgruppe war eine positive Veränderung. Aber jetzt mit Jönsson als Chef bin ich mir da nicht mehr so sicher. Ich will nicht ständig darum kämpfen müssen, mich entfalten zu dürfen. Als müsste man sich dafür entschuldigen, gute Arbeit zu leisten.«

»Eigentlich ist Jönsson ganz okay. Aber er stößt oft an seine Grenzen. In allem. Als Polizist, als Mensch, in seiner Fantasie. Er verlässt die ausgetretenen Pfade nicht. Alles andere findet er unsicher. Dort kann er sich nicht orientieren und verliert die Kontrolle, und das ist das Schlimmste, was einem Chef, der keine richtige menschliche Reife besitzt, passieren kann. Außerdem ist er leicht zu beeindrucken. Beispielsweise von diesen Hanseln der Sicherheitspolizei aus Stockholm. Das kriegt er nicht in den Griff. Deswegen verhält er sich auch so. Er versucht, die Kontrolle zu behalten, indem er dich unterbuttert.«

»Was kann man tun? Was soll ich tun?«

»Auf deinem Standpunkt beharren. Ich bin schließlich auch noch dein Chef. Sturheit führt zu Ergebnissen. Aber Eigensinn schafft Ärger, und Ergebnisse schaffen einem Neider, besonders dann, wenn du alles im Alleingang machst. Du musst akzeptieren, dass ich einige andere Rücksichten zu nehmen habe und gelegentlich diplomatisch denke.«

»Ich will nur gute Arbeit leisten. Das ist alles. Warum wäre ich sonst hier? Das Salär ist schließlich nicht so bombig.«

Sie erhob sich und begann auf und ab zu gehen.

»Weißt du, John, ich verstehe durchaus, was du sagst. Und ich weiß auch, dass du einiges einstecken musst, um mir den Rücken zu decken. Wie unlängst. Das weiß ich zu schätzen. Ich weiß, dass du zu mir stehst. Aber ich werde nicht zu Kreuze kriechen, um meine Arbeit erledigen zu dürfen. Wenn Jönsson oder die Sicherheitspolizei oder irgendein eifersüchtiger Kollege mir Steine in den Weg legen, dann können sie mich mal. Ich höre lieber auf, als mich mit solchen Lächerlichkeiten abzugeben.«

»Werd jetzt nur nicht stur.«

»Gestern habe ich eine junge Frau namens Mira getroffen. Sie organisiert für mich ein Treffen mit den untergetauchten Flüchtlingen. Wie alt wird sie wohl gewesen sein? Fünfundzwanzig, nicht älter. Ich habe mich wie eine Drittklässlerin gefühlt, als ich mich mit ihr unterhalten habe. Sie unternimmt Dinge, weil sie sie für wichtig hält, und nicht, weil es ihr um sich selbst geht.«

»Alle haben private Motive. Nicht zuletzt Selbstbestätigung.«

»Okay. Aber ist es falsch, dass einen das, was man tut, mit Zufriedenheit erfüllt? Dass man nach einem Sinn fürs Leben sucht? In diesem Falle wäre alles, was man tut, egoistisch. Wer freut sich nicht, wenn alles so kommt, wie man gehofft hat? Aber niemand wird dadurch reich, dass er unentgeltlich verängstigten Menschen beisteht, die sich in eisigen Sommerhäusern verstecken.«

John Rosén sah ihr in die Augen.

»Irgendwas passiert, nicht wahr? Mit dir?«

»Ich weiß nicht, John. Ich weiß nicht. Ich bin wahrscheinlich einfach nur ungeduldig. Und dieser Fall – der ist auch etwas anderes. Anders als die anderen. Irgendwie nicht zu greifen. Dunkel. Alle diese Menschen. Dieser Fall hat etwas, was ich nicht verstehe. Ich kann in diese Welt nicht eindringen. Ich versuche, alles in meine Raster einzuordnen. Die Wege Sayeds, die Morde, wie alles logisch zusammenhängt. Die Schleuser sind die Täter, davon bin ich überzeugt. Es ging um Geld, oder sie befürchteten aufzufliegen. Aber ich weiß nicht … meine Raster wirken zu beschränkt. Da gibt es noch etwas anderes. Diese Ermittlung führt mich an Orte, die mir fremd sind. Das macht mir Angst.«

Sie hatte jetzt John Roséns ganze Aufmerksamkeit.

»Ich versuche, dies in Worte zu kleiden. Aber es gelingt mir nicht. Es fing bereits an, als ich das Video sah, das Annika aufgenommen hatte. Ich hatte da bereits so ein merkwürdiges Gefühl. Und dann das mit der Sicherheitspolizei … wieso verhalten die sich so? Wieso zeigen die das Video im Fernsehen, halten unbekannte Quellen geheim, halten uns außen vor? Das erinnert an Parallelhandlungen. Ich spiele nach einem Drehbuch, aber hinter den Kulissen geschieht etwas ganz anderes. Und jetzt werde ich die Versteckten, die Unsichtbaren treffen. Das ist, als würde ich in die Unterwelt hinabsteigen.«

Elina setzte sich wieder. Schweigend saßen sie sich gegenüber. Sie wurden aus ihren Gedanken gerissen, als es an der Tür klopfte. John erhob sich und öffnete. Henrik Svalberg stürmte herein. In der Hand hielt er zwei Papiere.

»Was haltet ihr davon?«, sagte er und wedelte mit ihnen. John streckte die Hand aus, aber Elina kam ihm zuvor. Sie griff nach einem der beiden Papiere, betrachtete sie und versuchte sich einen Reim daraus zu machen.

»Das ist die Kopie eines Bankwechsels«, sagte Svalberg. »Ich habe ihn von der Nordbanken. Sie haben ihn nach einer endlosen Sucherei gefunden.«

Elina stand auf und legte den Bankwechsel vor John Rosén auf den Schreibtisch. Beide lasen.

»Ausgestellt am 6. August 2001«, sagte Elina. »50 000 Kronen. An Katarina Danielowa. Wer ist das?«

»Ich weiß nicht«, erwiderte Svalberg. »Aber der Aussteller ist Ahmed Qourir.« Er reichte John Rosén das andere Blatt. »Das steht hier.«

John Rosén stieß einen leisen Pfiff aus.

»Glaubst du ...«, sagte Elina.

»Warum nicht«, meinte Svalberg. »Die Initialen und der Vorname stimmen überein. Das ist einfacher so.«

»Katarina Diederman«, sagte John Rosén. Er rollte mit seinem Bürostuhl rückwärts und schaltete seinen Computer ein. »Mal sehen, was wir finden«, murmelte er.

Die beiden anderen stellten sich hinter ihn, aber er scheuchte sie weg. »Lasst mich nur machen«, sagte er. »Setzt euch.«

Elina fand, dass es unendlich lange dauerte. Schließlich schaute John Rosén auf.

»Hört zu. Katarina Danielowa, geboren 1968, erhielt am 5. April 2001 eine Aufenthaltsgenehmigung. Estnische Staatsbürgerin. Am selben Tag erhielt Jakob Danielow ebenfalls eine Aufenthaltsgenehmigung. Er ist 1964 geboren und auch estnischer Staatsbürger.«

»Das sind sie«, rief Elina. »Sie haben ihre Identität geändert.«

»Vermutlich fällt das einem Schleuser, der über gute Kontakte zu Urkundenfälschern verfügt, nicht sonderlich schwer«, meinte Svalberg.

»Hat die Migrationsbehörde die Angaben nicht in Estland überprüft?«, fragte Elina. »Diese Menschen kann es doch wohl kaum in Wirklichkeit gegeben haben?«

»Die Kontrollen sind vielleicht nicht so genau«, meinte Svalberg. »Wir müssen das überprüfen.«

»Wo sind sie jetzt?« Elina wandte sich an John Rosén.

»Die letzte bekannte Adresse ist die Stavangergatan in Stockholm. Das liegt in Kista, oder?«

»Ja«, sagte Elina. »Und weiter?«

»Abgemeldet am 7. Februar 2002. Alle beide.«

»Verdammt«, sagte Elina. »Sie sind ins Ausland verzogen.«

»Zumindest auf dem Papier«, meinte Rosén. »Aber jetzt haben wir immerhin einen Namen.«

»Wenn sie sich nicht eine weitere Identität zugelegt haben, dann schon«, sagte Svalberg.

»Ihr zwei sucht alles heraus, was es über diese beiden Namen in schwedischen Datenbanken gibt«, sagte Rosén. »Es könnte auch sein, dass sich Gregors Nikolajew ein Beispiel an den Eheleuten Diederman genommen hat und irgendwo als Gregors N. auftaucht.«

Er wandte sich wieder seinem Computer zu und gab den Namen Gregors ein. »Gehört nicht gerade zu den zehn beliebtesten Jungennamen«, meinte er. »Kein einziger Treffer. Also Niete. Wir müssen alle Balten überprüfen, die im Frühjahr 2001 eine Aufenthaltsgenehmigung erhalten haben. Vielleicht kommt uns ja irgendein Name verdächtig vor.«

»50 000«, meinte Svalberg. »Warum?«

»Ich finde, das passt«, sagte Elina. »Ahmed Qourir war der schwedische Kontaktmann der Bande. Ihr Kassierer. Das glaube ich. Es könnte sich um die Zahlung oder Anzahlung von Reisekosten handeln, die bei Qourir eingegangen war und die er dann an Katarina Diederman auszahlte.«

»Das scheint mir eine große Summe«, meinte Rosén. »Wird nicht immer im Voraus gezahlt?«

»Vielleicht gibt es ja Leute, die anschreiben lassen.«

John Rosén erhob sich. »Ich berichte Jönsson«, sagte er und blinzelte Elina zu. »Es ist Zeit für etwas Diplomatie.«

Um fünf Uhr schaltete Elina ihren Computer aus. Sie stand bereits mit ihrer Umhängetasche in der Tür, als das Telefon klingelte.

»Morgen Abend um sieben. Ich hole Sie mit dem Auto ab.«

Es war Mira. Nur noch ein Tag bis zum Ausflug in den Untergrund.

30. KAPITEL

Es dauerte, bis die Dokumente eintrafen. Unnötig lange, fanden sowohl Elina als auch Svalberg. Aber jetzt spuckte das Fax sie aus.

Es war bereits Nachmittag. Elina war den ganzen Morgen nervös gewesen. Es hatte sich wie ein mentaler Wetterumschwung angefühlt. Ihr Körper sandte Warnsignale aus. Etwas Neues zog auf.

Sie griffen sich den Stapel Papier und gingen in Elinas Büro.

»Nimm du die Papiere, die Jakob Danielow betreffen«, sagte Elina, »dann nehme ich die über Katarina.«

Fotos lagen den Unterlagen keine bei. »Schade«, meinte Svalberg. »Sonst wäre die Sache klar gewesen.«

Keine Auffälligkeiten, alles sah aus wie eine Routineangelegenheit. Schweigend lasen sie eine Seite nach der anderen.

»Schau mal«, sagte Elina. »›Identität zufriedenstellend dokumentiert‹, steht da. Wir müssen den Sachbearbeiter anrufen und fragen, wie genau das zugegangen ist.«

»Wer ist eigentlich der Sachbearbeiter?«, fragte Svalberg. »Wo steht der Name?«

Beide blätterten in ihren Papieren.

»Ich habe auf der vorletzten Seite einen Namen gefunden«, sagte Svalberg.«

Elina blätterte, schob ihr Gesicht näher an das Papier heran und ließ den Blick dann fassungslos sinken.

»Steht bei dir derselbe Name wie bei mir?«, fragte sie langsam.

»Ich weiß nicht. Woher soll ich das wissen? Bei mir heißt der Sachbearbeiter Yngve Carlström.«

»Bei mir auch. Mein Gott.«

»Das ist doch der, den wir vernommen haben. Ich meine, du.«

»Kann das Zufall sein?«

Sie griff zum Telefon.

»John? Kannst du eben rüberkommen? Svalberg ist schon da.«

John Rosén klopfte, wartete auf das Herein von Elina und lehnte sich dann in den Türrahmen. Elina erzählte.

»Das kann Zufall sein«, meinte Rosén. »Muss aber nicht.«

»Carlström hat der Länstidningen die Informationen über Jamal zugespielt«, sagte Elina. »Im Endeffekt hatte Jamal ihm seine Aufenthaltsgenehmigung zu verdanken. Und jetzt zeigt es sich, dass er auch den Leuten, von denen wir annehmen, dass sie Jamal ermordet haben, eine Aufenthaltsgenehmigung verschafft hat.«

»Fand sich seine Unterschrift auf Jamals Papieren?«, fragte Rosén.

»Nein. Aber seine Abteilung hat Jamals Antrag bearbeitet.«

»Bist du dir sicher, dass er der Informant der Länstidningen war?«

»Nein. Ich konnte schließlich nicht direkt danach fragen. Weder ihn noch Agnes Khaled, also die Person, die die Artikel damals geschrieben hat.«

»Lässt sich das überprüfen? Diskret?«

Elina dachte nach.

»Ich glaube, das Einzige, was wir tun können, ist zu überprüfen, ob Parallelen auftauchen. Agnes Khaled hat über sechs solcher Fälle geschrieben. In vieren hatte sie Erfolg.«

»Suche alle Unterlagen heraus, die es über diese sechs Fälle gibt. Die Artikel und die Akten der Migrationsbehörde, alles. Aber lass uns vorsichtig sein. Wir wollen nicht, dass Carlström davon erfährt.«

»Die Artikel können wir nur von der Länstidningen bekommen«, meinte Elina.

»Bestell sie dir«, sagte Rosén. »Auch wenn sie davon erfährt, weiß sie immer noch nicht, warum. Svalberg, bestell du sie. Das macht die Sache noch weniger durchsichtig. Wenn wir die Namen von den anderen fünf Flüchtlingen wissen, dann spreche ich mit dem Sicherheitchef der Migrationsbehörde. Er soll mir die Akten heraussuchen.«

»Ich frage mich wirklich, was wir entdecken werden«, meinte Elina.

Um fünf vor sieben ging Elina den kurzen Weg von zu Hause ins Präsidium. Sie hatte gerade eine lange E-Mail an ihren Vater geschrieben. Über den Fall hatte sie kaum etwas berichtet, sondern mehr über ihre Gedanken während der letzten Tage.

Mira wartete auf dem Parkplatz.

»Ich fahre«, sagte sie und setzte sich ans Steuer.

Sie fuhr den Bergslagsvägen Richtung Norden und bog dann in den Salavägen ein. Die Landschaft war platt, lehmschwarze Äcker, dazwischen wie Inseln Bäume mit kahlen Ästen. Es lag kein Schnee. Der Himmel war gelbbraun, die Wolken hingen tief. Vereinzelte Fahrzeuge, ein paar Häuser mit erleuchteten Fenstern. Keine Menschen.

Nach etwa dreißig Kilometern bog Mira in einen Forstweg in einen Tannenwald ein. Der Wagen rumpelte durch Schlaglöcher, die der letzte Frost hinterlassen hatte und die nicht aufgefüllt worden waren. Sie fuhren an einem dunklen, kleinen Haus vorbei. Elina fragte sich, wer dort wohl einmal gewohnt hatte. Sie gelangten immer tiefer in den Wald, der Weg teilte sich und wurde noch schlechter und schmaler. Die Wolken rissen auf, und ein paar Sterne funkelten in der Lücke. Es ging den Hang hinunter, und etwa fünfzig Meter vom Weg entfernt stand eine Häuslerkate. Etwas weiter in den Wald hinein stand ein größeres Gebäude, vielleicht hatte es früher einmal als Stall gedient. Mira bog zur Häuslerkate ein. Eine Petroleumlampe brannte in einem Fenster.

»Er war der Einzige, der mit Ihnen sprechen wollte«, sagte Mira. »Ich werde Ihnen seinen Namen nicht verraten, aber er kam vor sechzehn Monaten aus dem Nahen Osten. Seit neun Monaten hält er sich versteckt.«

Die Haustür quietschte, und sie kamen in eine kleine Diele. »Behalten Sie die Schuhe an«, sagte Mira, »der Fußboden ist kalt.«

Das Haus bestand nur aus einer Kammer und einer Küche. Ein Petroleumofen glühte neben dem ungemachten Bett. Ein Mann trat aus einer dunklen Ecke. Er war jung, hatte dunkles, welliges Haar und große Augen, mit denen er blinzelnd in das Licht der Petroleumlampe am Fenster schaute. Er gab ihnen die Hand, ohne etwas zu sagen.

»Das hier ist nur vorübergehend«, meinte Mira. »Über den Winter kann er nicht hierbleiben. Es gibt keinen elektrischen Strom.«

Elina sah sich nach einem Platz zum Sitzen um. Mira holte zwei Stühle aus der Küche, in der sie gleichzeitig eine Tasche mit Lebensmitteln abstellte. Der Mann setzte sich aufs Bett. Mira und er unterhielten sich in einer Sprache, die Elina nicht verstand. Langsam, als würde er jedes Wort auf die Goldwaage legen, begann er seine Geschichte zu erzählen. In seinem Heimatland war er an der Universität politisch aktiv gewesen und gehörte außerdem einer Minderheit an. Seinen Bruder hatte man festgenommen, daraufhin hatte man nie wieder etwas von ihm gehört. Schleuser hatten ihn über die Türkei außer Landes gebracht. Seine Eltern hatten das Gold der Familie verkauft, um seine Flucht bezahlen zu können. Im Kofferraum eines Autos war er über die Grenze geflohen, dann weiter mit dem Bus und in langen Fußwanderungen über das Gebirge. Von Polen aus hatten sie ein Boot genommen. Alle Ausweise hatten sie ins Meer geworfen. Er hatte alles wahrheitsgetreu erzählt, als er nach Schweden gekommen war. Trotzdem sollte er abgeschoben werden. Dann hatte man ihm dabei geholfen, sich zu verstecken.

»Eine recht typische Geschichte«, sagte Mira. »Es geht ihm nicht gut. Er ist deprimiert. Wir versuchen, ihn bei Laune zu halten, aber das ist schwer.«

»Wie hießen die Leute, die Sie hierher geschmuggelt haben?«, fragte Elina.

»Ich habe ihn bereits gefragt«, sagte Mira. »Wie die Leute in seinem Dorf hießen, weiß er. Aber die Namen der anderen kennt er nicht. Er hat 8000 Dollar bezahlt. Die Tickets sind teuer geworden. Aber er hat Ihnen etwas anderes zu erzählen. Etwas, was Sie vielleicht interessieren wird.«

Sie nickte dem Mann zu und sagte ein paar Worte auf Arabisch. Er begann erneut zu sprechen. Es schien ihn körperlich anzustrengen.

»Er sagt Folgendes«, übersetzte Mira. »Etwa einen Monat nachdem er sich versteckt hatte, kam sein Anwalt zu ihm. Der Anwalt erzählte ihm, ein Mann habe ihn angerufen. Er habe angeboten, ihm zu helfen. Er könne Informationen beschaffen, die bewirken würden, dass er …«

Sie deutete mit dem Kinn auf den Flüchtling auf dem Bett.

» … eine Aufenthaltsgenehmigung erhält. Das würde aber viel Geld kosten.«

»Was geschah dann?«, fragte Elina.

»Nichts. Es verlief im Sand. Wir wissen beide nicht, warum.«

»Erfuhr er, wie das hätte ablaufen sollen?«

Mira übersetzte. Der Mann schüttelte den Kopf.

»Sie müssen mir die Telefonnummer seines Anwalts geben«, sagte Elina an Mira gewandt.

»Damit würde ich seine Identität preisgeben.«

»Was spielt das für eine Rolle? Ich habe versprochen, ihn nicht den Behörden auszuliefern.«

»Okay. Ich verrate Ihnen seinen Vornamen. Yousef. Ich gebe Ihnen später den Namen des Anwalts. Zufrieden?«

Sie blieben noch eine Stunde. Elina lauschte der leisen Unterhaltung Yousefs und Miras, ohne zu fragen, worüber sie sich unterhielten. Als sie das Häuschen verließen, drehte sich Elina noch einmal in der Dunkelheit um. Yousefs Gesicht war gerade noch im schwachen Licht im Fenster zu erkennen.

Der Anwalt hatte seine Kanzlei in Köping. Um neun habe er einen Termin am Amtsgericht, aber falls ihn Kriminalinspektorin Wiik vorher aufsuchen wolle, sei das kein Problem.

Er hatte eine Brille, trug einen Anzug und schien um die vierzig zu sein.

»Was kann ich für Sie tun?«

Elina erzählte, was sie erfahren hatte. Er schwieg einen Augenblick.

»Wissen Sie«, sagte er dann. »Das war das erste Mal, dass ich so ein Angebot erhalten habe. Dass jemand Informationen verkaufen wollte. Ich habe natürlich abgelehnt. In so etwas kann ich mich als Anwalt nicht reinziehen lassen. Aber ich habe meinem Mandanten, also Yousef, davon erzählt, da er vielleicht wusste, um welche Informationen es sich handeln könnte. In diesem Fall hätte ich versucht, sie selbst zu beschaffen. Aber er war ebenso unwissend wie ich.«

»Woher wusste dieser Mann, dass Yousef Hilfe brauchte?«

Der Anwalt lachte. »Genau diese Frage habe ich mir auch gestellt. Ich habe das auch den Mann gefragt. Ich weiß es einfach, hat er erwidert. Das Ganze war sehr merkwürdig.«

»Wer war das? Hat er einen Namen genannt?«

»Nein. Aber er war Ausländer. Er schien aus dem Nahen Osten zu stammen.«

»Haben Sie ihn später noch einmal gesehen?«

»Nein, ich habe seinen Vorschlag so kategorisch zurückgewiesen, dass er sich nicht nochmals gemeldet hat.«

Elina beugte sich zu ihrer Tasche hinunter, die neben ihrem Stuhl stand.

»Ich habe ein paar Fotos. Kennen Sie eine dieser Personen?«

Sie legte fünfzehn Fotos nebeneinander vor den Anwalt hin. Dieser setzte eine Lesebrille auf.

»Ich werde alt«, meinte er und lächelte.

Er sah sich jedes Foto genau an.

»Das war er«, sagte er und deutete auf eines der Fotos in der Mitte. Elina blieb sitzen. »Wie sicher sind Sie sich?«, fragte sie. »Ganz sicher«, erwiderte er. Elina streckte die Hand aus und nahm das Foto, auf das er gedeutet hatte. Erst als sie das Foto vor dem Gesicht hatte, senkte sie den Blick.

Es war Ahmed Qourir.

31. KAPITEL

Vor Henrik Svalberg lagen 42 Artikel. Ausdrucke aus dem Textarchiv. Alle hatte Agnes Khaled geschrieben. Er las sie in chronologischer Reihenfolge. Die interessanten Angaben unterstrich er sich. Kurz bevor Elina aus Köping zurückkam, war er fertig.

»Jetzt habe ich alle Namen«, sagte er. »Jetzt kann Rosén ohne Schwierigkeiten ihre Akten anfordern.«

»Darf ich sie auch lesen?«, fragte Elina mit möglichst neutraler Stimme. Sie wollte nicht, dass Svalberg merkte, dass sie einfach nur überprüfen wollte, ob er etwas übersehen hatte. »Ich nehm die Artikel mit zu mir. Besprechung anschließend? Ich habe viel zu erzählen.«

Svalberg nickte. Er war der Einzige im Dezernat, der ohne weiteres akzeptierte, dass sie immer ihren eigenen Kopf durchsetzte. Dass sie nicht immer alles sofort erzählte und nach ihrer eigenen Vorstellung vorging, obwohl sie zusammenarbeiteten. Es kümmerte ihn auch nicht, dass er manchmal nach ihrer Pfeife tanzen musste. Eines schönen Tages würde sie ihm dafür ein Diplom geben.

Bei der Lektüre der Artikel sah Elina ein, dass sie nicht die Erste war, die sich in diesen Untergrund begeben hatte. Agnes Khaled war in dieser Hölle richtiggehend zu Hause. Sie kleidete das, was Elina am Vorabend gesehen hatte, in Worte. Worte verzweifelter, verängstigter und trauriger Menschen.

Und an der Oberfläche eine andere Wirklichkeit. Regeln, Vorschriften, Paragraphen auf dem Papier. Menschen mit einem festen Einkommen, Menschen mit Macht über andere. Menschen, denen die Welt gehörte. Hörten sie die Proteste?

»Die Erde gehört uns allen«, hatte Agnes Khaled einen zweiunddreißigjährigen Ingenieur zitiert, der an der technischen Fakultät der Universität Bagdad studiert hatte und jetzt in einem Haus im Wald in Mittelschweden saß. »Sie gehört den Menschen und den Tieren. Dürfen die Fische nicht in allen Meeren schwimmen? Wer hat das Recht zu bestimmen, dass ich nicht wohnen darf, wo ich will? Warum darf ein Land ein Gefängnis sein? Nicht nur in den Augen seines Herrschers, sondern auch in denen der Welt?«

Die Namen der Männer waren genannt, manchmal auch die ihrer Frauen und Kinder. Im Textarchiv fehlten die Fotos, aber Elina konnte sich die Bilder vorstellen. Kinder, die sich in die Arme ihrer Eltern flüchteten. Kinder, die nichts verstanden. Kinder, die spielen und glücklich sein wollten. Kinder, die keine Kinder sein durften.

Sie ging die Texte systematisch durch. Sie suchte nicht nur nach den Namen, die Svalberg bereits aufgelistet hatte, sondern auch nach neuen Informationen aus Agnes Khaleds Feder. Elina versuchte, ein Muster zu entdecken.

In drei Fällen hatte Agnes Khaled selbst die neuen Umstände entdeckt. Wie das zugegangen war, blieb unerwähnt. Eine Quelle wurde nicht genannt. In einem der Fälle, und zwar in dem Jamals, handelte es sich um eine Enthüllung. Agnes Khaled konnte zeigen, dass Dokumente existierten, die die Migrationsbehörde nicht berücksichtigt hatte. In den zwei letzten Fällen fand Elina keine neuen Informationen, alles war bereits vorher bekannt gewesen. Agnes Khaled schien nur über diese Fälle geschrieben zu haben, weil sie die Entscheidungen für inhuman hielt. In beiden Fällen ging es darum, dass die Migrationsbehörde Familien trennen wollte, ein

Elternteil und eines der Kinder hätten bleiben dürfen. Den anderen Elternteil und die übrigen Kinder hatte man ins Heimatland zurückschicken wollen.

Sie schrieb auf, worin die neuen Informationen in jedem einzelnen Fall bestanden. Das Gespräch mit dem Anwalt ging ihr noch durch den Kopf. Ahmed Qourir hatte versucht, Informationen zu verkaufen. Woher erhielt er die?

Sie schaltete ihren Computer ein und ordnete ihre Gedanken, indem sie alles niederschrieb, was sie wusste. Qourir hatte Kontakt zu Katarina Diederman gehabt. Das Ehepaar Diederman hatte von Yngve Carlström unter falschem Namen in Schweden eine Aufenthaltsgenehmigung erhalten. Yngve Carlström war in Sachen Jamal der Informant der Länstidningen gewesen. Wahrscheinlich war er auch in den anderen Fällen, über die Agnes Khaled geschrieben hatte, die Quelle gewesen. Der Kreis schloss sich.

Elina erhob sich und begab sich zu John Roséns Büro. Auf dem Weg bat sie Henrik Svalberg, sich ihr anzuschließen.

»Yngve Carlström ist also nicht nur ein gewissenhafter Mann, dem das Schicksal der Flüchtlinge am Herzen liegt«, sagte Rosén, nachdem sie die Zusammenhänge erläutert hatte, »er verdient sich auch noch etwas dazu, indem er Informationen weiterbefördert.«

»Kann schon sein«, erwiderte Elina. »Vielleicht war ja Ahmed Qourir sein Strohmann.«

»Und die Informationen an die Länstidningen?«

»Wer weiß, wie das abgelaufen ist«, meinte Elina. »Vielleicht war da ja auch Geld im Spiel.«

»Können wir nicht die Leute fragen, die aufgrund der Artikel bleiben durften?«, meinte Svalberg. »Drei von denen müssten noch in Schweden sein. Schließlich kennen wir ihre Namen.«

»Ich bezweifle, dass sie uns in dieser Sache reinen Wein einschenken«, erwiderte Elina. »Damit würden sie riskieren, dass ihr Fall noch einmal überprüft wird und dass man sie ausweist. Wir sollten auf jeden Fall noch damit warten, bis wir uns die Akten gründlich angesehen haben.«

»Falls es sich erweisen sollte«, meinte Rosén, »dass Yngve Carlström bei der Migrationsbehörde auch mit den anderen Fällen zu tun hatte, über die die Länstidningen geschrieben hat, wird er zum Mordverdächtigen oder zumindest zum Mitschuldigen.«

»Ich finde, das ist er bereits«, meinte Svalberg. »Ich finde, wir sollten ihn beschatten lassen.«

Rosén sah Elina an. »Das finde ich auch«, meinte sie. »Vielleicht führt er uns ja zu den Diedermans oder zu Gregors Nikolajew.«

»Wir müssen zusehen, dass man uns noch Enquist zuteilt«, sagte Rosén. »Ich werde mit Jönsson darüber sprechen. Ihr drei müsst euch die Überwachung teilen.«

»Ich kann ein paar Extraschichten übernehmen«, meinte Elina. »Carlström wohnt vermutlich in der Gegend von Stockholm. Schließlich arbeitet er dort. Meine Eltern wohnen in Märsta. Ich kann bei ihnen übernachten.«

»Wir sollten damit anfangen, ihn in seiner Freizeit zu beschatten«, meinte Rosén. »Beim Mittagessen und abends. Nach einer Woche können wir dann entscheiden, ob wir die Überwachung verstärken. Lasst uns Montag oder Dienstag anfangen. Spätestens Montag müssten wir die Akten über die fünf anderen Flüchtlingsfälle erhalten.«

»Ich überlege«, sagte Elina, als würde sie laut nachdenken, »ob ich wegen dieser Sache mit Agnes Khaled Kontakt aufnehmen soll.«

»Um sie zu fragen, ob Carlström ihr Informant ist?«, wollte Rosén wissen. »Das geht nicht. Das wäre ein Vergehen, und auch wenn wir irgendeinen Vorwand finden, wird sie uns diese Frage nicht beantworten.«

Es war Freitag Nachmittag, der 5. Dezember. Elina war zum ersten Mal seit langer Zeit wieder guter Dinge. Sie fragte sich, ob das daran lag, dass die Ermittlung Fortschritte machte, und zwar auf eine Art und Weise, die niemand hatte erwarten können. Jönsson hatte gegen die Überwachung von Carlström nichts einzuwenden gehabt. Elina entschloss sich, ihm noch einmal eine Chance zu geben. Sie dachte an Martins Brief. Daran, was er eigentlich wollte. Sie sah vor sich, wie er mit seinen großen, braungebrannten Händen mitten in der Nacht an sie schrieb. Sie sah seine Augen mit den schwarzen Wimpern. Fast meinte sie, seinen Geruch wahrzunehmen. Innerlich verfluchte sie ihre Schwäche.

Heute Abend wollte sie ins Kino gehen, in die Frühvorstellung. Zusammen mit Nadia. Anschließend wollten sie noch in eine Kneipe. Dort würden sie sich dann bis spätabends unterhalten. Elina zog ihre Jacke an und schaltete das Licht in ihrem Büro aus. Als sie den Haupteingang des Präsidiums hinter sich ließ, schneite es leicht. Sie schaute blinzelnd in den Himmel und ging dann auf ihr Auto zu.

Er stand ein Stück weiter die Källgatan hinunter. Er betrachtete Elinas Rücken, als sie auf den Parkplatz zuging. Sie stellte die größte Bedrohung dar, das wusste er. Wenn ihm jemand auf die Schliche kam, dann sie. Er musste sie bremsen, ehe es zu weit ging. Er wollte aber keine unnötigen Risiken eingehen. Er musste im richtigen Augenblick zuschlagen.

Er sah ihr nach, bis ihr Auto in Richtung Ringleden verschwand.

32. KAPITEL

Susanne rief bereits um Viertel vor neun an. Elina streckte die Hand nach dem Wecker aus, bis ihr klar wurde, dass es das Telefon war, das klingelte. Die Flasche Wein, die sie am Abend zuvor getrunken hatte, brachte sich in Erinnerung.

»Gebongt!«, hörte sie Susanne am anderen Ende. Ganz zweifellos war ihre Freundin fitter als sie.

»Was ist gebongt?«

»Das mit dem Haus! Heute unterschreiben wir.«

»Gratuliere«, sagte Elina mit belegter Stimme.

Susanne nannte den Kaufpreis. Elina rang ein wenig nach Luft.

»Man gönnt sich ja sonst nichts ... Wann zieht ihr ein?«

Susanne lachte.

»Der Umzug ist am 1. April. Wir warten mit dem Verkauf der Wohnung bis nach Neujahr. Kommst du morgen eigentlich zum Adventskaffee?«

Elina versprach es und ließ ihren Kopf dann wieder aufs Kissen sinken. Sie schaute sich in ihrer Wohnung um. Vielleicht sollte sie ja auch umziehen? Etwas in ihrem Leben verändern? Vielleicht sollte sie ja nach Stockholm zurückkehren? Aber wer würde ihr dort Nadia und Susanne ersetzen?

Das Leben in Västerås war im Grunde gar nicht so schlecht. Sie stand auf und stellte sich unter die Dusche. Anschließend kam sie zu dem Schluss, dass ihr Kopf nicht mit ins Dojo wollte, obwohl ihr Körper sich dorthin sehnte. Stattdessen setzte sie sich an ihren Computer und schrieb einen langen Brief. An Martin.

Sie las das Geschriebene noch einmal durch. War das voreilig? Sie legte den Brief in einem Ordner mit der Bezeichnung *Privat* ab. Die Entscheidung, ob sie ihn abschickte, konnte warten.

33. KAPITEL

Die Akten landeten kurz vor dem Mittagessen auf dem Schreibtisch von John Rosén. Er ging sie zusammen mit Elina und Henrik Svalberg durch.

»Damit wäre das erledigt«, sagte Rosén nach der letzten Akte. »Sämtliche Fälle sind von Yngve Carlströms Abteilung bearbeitet worden. Er hatte Einblick in alle Fälle oder hätte zumindest die Möglichkeit gehabt. Jetzt steht er wirklich auf unserer Liste der Verdächtigen.«

»Ich kann heute schon anfangen, ihn zu überwachen«, meinte Elina. Sie schaute auf die Uhr. »Viertel nach eins. Ich kann dann noch schnell nach Hause fahren und ein paar Kleider zusammenpacken und bin dann um vier vor der Migrationsbehörde.«

»Machen wir«, sagte Rosén.

Das Auto, in dem sie saß, war unauffällig. Ein grüner Saab 9000 aus den späten Neunzigern. Im Unterschied zu ihrem schwarzen Cabrio kein Wagen, der auffiel. Die Sonne war eine gute Stunde zuvor untergegangen, und die Straße wurde nur noch von den Laternen erhellt. Menschen begannen allmählich aus dem Gebäude zu strömen. Deren Arbeitstag war zu Ende. Sie kümmerten sie nicht. Sie hatte die Augen auf seinen Wagen gerichtet. Er würde ihn wohl kaum über Nacht dort stehen lassen.

Sie sah ihn bereits von weitem. Er war größer, als sie ihn in Erinnerung hatte. Vielleicht weil sie bei ihrem letzten Treffen gesessen hatten, oder weil sie sich in seiner Größe getäuscht hatte, weil er so unansehnlich war. Er ging etwas vornübergebeugt. Brauner Mantel, Brille, kurze Nase. Keine Mütze, abgetragene Kleidung. Er zog einen Autoschlüssel aus der Tasche und öffnete mit einem Knopfdruck die Zentralverriegelung.

Sie schob den Hebel der Automatik auf Drive und folgte ihm. Er nahm den Weg, mit dem sie gerechnet hatte, die kürzeste Strecke zur Ankdammsgatan in Solna. Elina fragte sich, warum er überhaupt das Auto zur Arbeit nahm, denn er wohnte nur ein paar Häuserblocks entfernt. Aber manchmal tat sie das schließlich auch, um ihr Auto rasch zur Hand zu haben.

Carlström fuhr an seinem Haus vorbei und hielt vor einem Lebensmittelladen etwas weiter die Straße entlang. Kurz darauf trat er mit einer Tüte in der Hand wieder auf die Straße. Er fuhr zurück und stellte seinen Wagen auf dem für ihn reservierten Parkplatz vor dem Haus ab. Er ging auf die Haustür zu. Öffnete sie. Seine Wohnung lag im siebten Stockwerk.

Elina zählte die Sekunden. Nach etwa einer Minute ging das Licht in seiner Wohnung an. Carlström schien direkt nach oben gegangen zu sein.

Es war fünf nach halb sechs. Vier Stunden und vierzig Minuten später ging das Licht aus. Elina wartete noch zehn Minuten, dann ließ sie den Motor an. Ihre Eltern wussten, dass sie kommen würde, obwohl es spät werden konnte.

34. KAPITEL

Spreche ich mit Henrik Svalberg?«

Die Stimme am anderen Ende klang bekannt, Svalberg konnte sie jedoch nicht richtig einordnen. Also antwortete er einfach nur: »Ja.«

»Hier ist Lennart Lilja, der Vater von Annika.«

Svalberg nickte schweigend.

»Darf ich fragen, wie es Ihnen und Ihrer Frau geht?«, sagte er.

»Danke. Wir leben von einem Tag zum nächsten.«

Es wurde still.

»Ich will Sie ein paar Sachen fragen, die Ihre Ermittlungen betreffen«, sagte Lennart Lilja. »Mir wäre es sehr recht, wenn Sie zu uns nach Hause kommen könnten. Ich habe keine große Lust, das Präsidium aufzusuchen.«

Svalberg schaute auf die Uhr.

»Das verstehe ich«, sagte er. »Ich könnte sofort kommen. Die Adresse habe ich.«

»Bis später.«

Svalberg parkte auf der Straße vor dem Einfamilienhaus. Die Einfahrt war leer, das Auto der Familie stand nicht dort. Lennart Lilja öffnete, noch ehe Svalberg klingeln konnte.

»Disa ist bei unserem Sohn Gustav«, sagte er. »Sie ist oft dort. Wir sind also allein.«

Svalberg zog sich in der Diele die Schuhe aus. Er warf einen Blick ins Wohnzimmer. Die Blumen auf den Fensterbänken mussten gegossen werden. Auf der Terrasse standen noch die Gartenmöbel. Vor einem Foto von Annika auf dem Regal stand eine brennende Kerze.

Sie setzten sich an den Küchentisch. Lennart Lilja war magerer geworden. Er sah älter aus.

»Es war schwerer, als ich es mir hätte vorstellen können«, sagte er. »Alle Eltern denken des Öfteren daran, wie es wäre, ein Kind zu verlieren. Während sie heranwachsen, macht man sich ständig Sorgen. In der Zeitung liest man davon, was anderen zustößt. Aber niemand kann verstehen, wie es ist, wenn es einem nicht selbst passiert ist. Für Disa ist es noch schlimmer. Sie hätte fast nicht bei der Beerdigung dabei sein können. Sie nimmt Medikamente. Wir haben beide noch nicht wieder angefangen zu arbeiten.«

Er verstummte. Henrik Svalberg wartete.

»Vielleicht wäre es uns ja leichter gefallen, wenn der Mord aufgeklärt worden wäre«, meinte Lennart Lilja mit einer gewissen Schärfe in der Stimme. »Die Erklärung, die wir erhalten haben, können wir einfach nicht glauben. Und wenn es so ist, warum ist es dann unmöglich, den Mörder zu finden?«

Henrik Svalberg zögerte.

»Herr Lilja«, sagte er nach einer Weile, »die Ermittlung ist wieder eröffnet worden. Aus Rücksicht auf Sie haben wir noch nichts gesagt, weil wir erste Fortschritte abwarten wollten.«

Lennart Lilja starrte Svalberg an.

»Was für Rücksichten?«

»Vielleicht verfehlte. Aber jedes Mal, wenn man sich mit Angehörigen in Verbindung setzt, reißt man Wunden wieder auf. Wir wollten einen handfesten Anlass haben, wieder mit Ihnen Kontakt aufzunehmen. Den habe ich jetzt durch Ihren Anruf erhalten.«

226

»Was ist passiert? Warum hat man die Ermittlung wieder aufgenommen?«

»Wir glauben, dass eine Verbindung zu Jamals Cousin besteht, also dem jungen Mann, der vor bald drei Jahren verschwand.«

»Wie kann das sein?«

»Der Cousin sollte nach Schweden geschmuggelt werden. Wir haben eine Verbindung zwischen den Schleusern und dem dritten Mordopfer, Ahmed Qourir, entdeckt.«

»Das verstehe ich nicht.«

»Dort schließt sich der Kreis. Von den Schleusern über Sayed zu Jamal, der Kontakt zu Qourir hatte. Und Qourir hatte Kontakt zu den Schleusern.«

»Waren Jamal und Annika in etwas Ungesetzliches verwickelt?«

»Nein, nein, so meinte ich das nicht. Jamal wollte in Erfahrung bringen, was Sayed zugestoßen sein könnte. Das ist seine Rolle in dieser Verkettung. Und Annika – sie kannte Jamal.«

Lennart Lilja schloss lange die Augen. Er begann zu sprechen, ehe er sie wieder öffnete.

»Ich verstehe. Ich glaube, ich verstehe. Und diese andere Theorie über die Terroristen?«

»Das eine muss das andere nicht unbedingt ausschließen. Aber wir wollen uns Gewissheit verschaffen.«

»Wir auch«, sagte Lennart Lilja.

Henrik Svalberg räusperte sich.

»Wir haben uns … schon einmal mit Ihrer Frau und Ihnen unterhalten. Damals wussten wir noch nicht, was wir heute wissen, also über Sayed. Darf ich Ihnen jetzt einige weitere Fragen stellen?«

»Gewiss, wenn es Ihnen weiterhilft.«

»Was wussten Sie über Jamals Cousin und über dessen Verschwinden?«

»Fast nichts. Aber Annika hat erzählt, dass Jamal versucht hat herauszufinden, was ihm zugestoßen sein könnte. Das ist vermutlich alles, was ich weiß.«

»Was hat Annika genau gesagt?«

Lennart Lilja schüttelte den Kopf.

»Daran erinnere ich mich nicht. Sie erzählte einfach nur davon.«

»Wie haben Sie reagiert?«

»Ich habe gesagt, er solle sich an die Polizei wenden. Obwohl ...«

»Obwohl was?«

»Jamal wollte das nicht.«

»Er wollte das nicht? Hat Annika gesagt, warum?«

»Ja, wenn ich jetzt nachdenke, hat sie das in der Tat getan. Jamal glaubte nicht, dass die Polizei ihm helfen würde.«

»Warum?«

»Das weiß ich nicht. Sie sagte einfach: ›Jamal glaubt nicht, dass die Polizei ihm helfen will.‹«

Elina saß in ihrem Wagen, als Yngve Carlström mit drei weiteren Personen aus dem Bürohaus trat. Kollegen, dachte sie. Sie gingen in Richtung Fußgängerzone die Straße entlang. Elina ließ ihnen etwas Vorsprung und stieg dann aus dem Auto. Sie folgte ihnen auf dem Bürgersteig auf der anderen Straßenseite. Nach ein paar hundert Metern betraten sie ein Restaurant.

Elina schaute auf die Uhr. Fünf nach halb zwölf. Wenn sie die ganze Mittagspause dort verbrachten, dann war sie für die Kälte zu dünn gekleidet. Sie sah sich nach einem Laden um, entdeckte aber keinen. Stattdessen ging sie zu ihrem Wagen zurück und parkte in der Nähe des Restaurants.

Nach vierzig Minuten kam das Quartett wieder aus dem Restaurant und ging auf direktem Weg zurück zum Arbeitsplatz.

Das erste Antwortfax traf nachmittags um Viertel vor zwei ein. Die deutsche Polizei teilte mit, drei Angehörige einer afghanischen Familie mit Angehörigen in Frankfurt seien seit Januar 2001 vermisst gemeldet.

John Rosén arbeitete sich mit seinem Schuldeutsch durch den Text. Soweit er verstand, war Moskau als letzter bekannter Aufenthaltsort angegeben.

Das war alles.

Eine knappe Stunde später kam das nächste Fax von der deutschen Polizei, dieses Mal aus Stralsund. Rosén schaute auf einer Landkarte nach, wo Stralsund lag: an der Ostsee, nicht weit von der polnischen Grenze gegenüber von Rügen, wo die Fähre nach Sassnitz anlegte. Dieses Mal war sein Schuldeutsch nicht ausreichend. Er schickte eine E-Mail an alle im Präsidium, er suche jemanden mit Deutschkenntnissen. Sieben Minuten später rief eine Assistentin von der Spurensicherung an. Sie hatte einen schwedischen Vornamen und einen deutschklingenden Nachnamen. Er nahm das Fax und ging sofort zu ihr.

»Sie schreiben, dass am 13. April eine männliche Leiche im Wasser an der Nordspitze Rügens gefunden wurde. Sie sei stark verwest gewesen. Bei der Obduktion habe man eine Kugel, Kaliber 357, rechtsseitig in der Brust des Toten gefunden. Bei der Obduktion habe nicht geklärt werden können, ob die Schusswunde tödlich gewesen oder ob der Tote ertrunken sei. Der Versuch, den Toten anhand des Zahnstatus zu identifizieren, sei in Ermangelung von Vergleichsobjekten gescheitert. Andere Identifizierungsmethoden ...«

Sie schaute auf. »Hier steht allerdings nicht, welche.«

»Übersetzen Sie weiter.«

»Andere Identifizierungsmethoden hätten den Schluss nahegelegt, dass der Mann aus dem Fernen Osten stamme. Der Vorfall sei als Mord rubriziert worden. Die Ermittlungen habe man in Ermangelung von Spuren auf Eis gelegt.«

Sie reichte Rosén das Fax zurück.

»Das ist alles, was in dem Fax steht«, sagte sie, »plus Unterschrift und einer Telefonnummer, falls Sie mit ihnen reden wollen.«

Um Viertel vor fünf kam Yngve Carlström aus dem Bürohaus. Dieses Mal fuhr er direkt nach Hause, ohne noch in den Lebensmittelladen zu gehen. Fünf vor elf ging das Licht im Fenster aus. Sieben Minuten nach elf fuhr Elina von dort weg.

35. KAPITEL

Am Mittwoch hatte Elina ihre dritte Schicht. Sie war es bereits leid. Stundenlang in der Winterdunkelheit in einem Auto herumzusitzen gehörte nicht gerade zu ihren Lieblingsbeschäftigungen. Aber es war ihre vorletzte Schicht, am Freitag würde man sie ablösen.

Der Tag verlief wie der vergangene. Carlström ging mit zwei Kollegen zum Mittagessen. Elina glaubte, mit denselben wie am Vortag. Am Nachmittag direkt nach Hause, ohne einzukaufen.

Sie wartete auf der Straße vor der Haustür. Die Lampe im Fenster ging bereits um zwanzig vor zehn aus. Um zehn vor zehn ließ Elina den Motor an und parkte aus. Ein letzter Blick hoch zum Fenster im siebten Stock. Ein Blick auf die Haustür, die in diesem Augenblick geöffnet wurde. Ein Mann in Mantel trat ins Freie. Er ging auf den Parkplatz zu. Aus der Entfernung sah sie, dass es Yngve Carlström war. Endlich tut sich was, dachte Elina. Wohin bist du unterwegs? Er stieg in seinen Wagen und setzte zurück. Dann fuhr er in Richtung Stadt davon. Elina folgte ihm auf dem Frösundaleden mit zwei Fahrzeugen zwischen seinem und ihrem Wagen. Wäre sie eine Minute früher gefahren, dann hätte sie ihn verfehlt. Jetzt wollte sie ihn nicht im Verkehr aus den Augen verlieren.

An dem Bonnier-Haus in der Torsgatan vorbei fuhr er ins Zentrum, bog dann aber nach Kungsholmen ab. Es war wenig

Verkehr. Kurz vor der Kreuzung zur St. Eriksgatan näherte sich Elina ihm. Jetzt war nur noch ein Fahrzeug zwischen ihr und Carlström. Sie war sich bewusst, dass sie es möglicherweise nicht über Grün schaffte, falls er nach links abbog. Sie rutschte gerade noch bei Gelb durch. Carlström fuhr Richtung Süden über die Västerbron. Von dort ging es die Hornsgatan entlang wieder Richtung Stadt. Sie versuchte sich einen Reim darauf zu machen, wohin er wollte, wollte ihm gewissermaßen in Gedanken zuvorkommen. Aber seine Routenwahl ergab keinen Sinn.

Der Verkehr wurde etwas dichter, Elina verringerte den Abstand. Er fuhr in den Tunnel des Söderleden. Bei der Abfahrt Globen fuhr er raus, nur um wieder auf den Söderleden einzubiegen, dieses Mal in entgegengesetzter Richtung, zurück nach Norden. Sie verfolgte ihn durch die ganze Stadt, bei Norrtull auf die E4, dann nach Solna. Eine Stunde und zehn Minuten, nachdem er von zu Hause weggefahren war, war er wieder zurück, ohne ein einziges Mal angehalten zu haben.

Elina überlegte, ob er sie wohl entdeckt und deswegen nicht bis zu seinem Ziel gefahren war. In diesem Fall wäre er auf dem Weg weiter nach Süden gewesen, da er bei Globen kehrtgemacht hatte. Sie fragte sich, wen oder was es dort wohl gab. Sie glaubte jedoch nicht, dass er sie gesehen hatte. Sie war vorsichtig gewesen. Aber sollte er Verdacht geschöpft haben, dann war ihm ihr Auto natürlich aufgefallen. Es war unmöglich, jemanden, der wusste, dass er verfolgt wurde, unbemerkt zu beschatten, solange man nur ein Fahrzeug zur Verfügung hatte.

Am Morgen danach rief sie John Rosén zu Hause an und erzählte ihm, was vorgefallen war.

»Vielleicht hat er dich entdeckt«, meinte Rosén. »In diesem Fall hatte er etwas vor, von dem du nichts erfahren solltest.

Oder er ist einfach spazieren gefahren. Ich mache das auch manchmal.«

»Oder er ist nervös«, sagte Elina. »Er konnte nicht schlafen oder stillsitzen. Wie auch immer, ich werde ihn auch heute den ganzen Tag beschatten. Ich sitze bereits vor seiner Wohnung.«

»Enquist übernimmt das Wochenende. Er hat sich freiwillig gemeldet. Fand wohl, dass Svalberg das Wochenende mit der Familie verbringen soll. Sein Sohn kränkelt, glaube ich.«

»Ich spreche heute Nachmittag mit Erik wegen der Übergabe.«

Sie schaute auf die Haustür.

»Wenn er pünktlich bei der Arbeit sein will, muss er jetzt das Haus verlassen.«

Sie schaltete ihr Handy aus und schaute zum siebten Stockwerk hinauf. Ein steter Menschenstrom verließ das große Haus. Wo war Carlström? Er schien nicht der Typ zu sein, der verschlief.

Und wenn er sich heute Nacht dünngemacht hat, überlegte Elina, als ich bei Mama und Papa übernachtet habe? Wenn er mich gestern Abend entdeckt hat und zurückgefahren ist, dann seine Tasche gepackt hat und abgewartet hat, bis ich weg war? Sie schaute auf den Parkplatz. Sein Auto stand noch dort.

Zwei Stunden später rief sie Svalberg an.

»Ruf die Migrationsbehörde an und frage nach Carlström. Lass dir eine gute Ausrede einfallen, falls du ihn selbst am Apparat hast.«

Siebzehn Minuten später vibrierte ihr Handy.

»Entschuldige, dass es etwas gedauert hat«, sagte Svalberg. »Es war gar nicht leicht, zur Zentrale durchzukommen. Aber Carlström war nicht dort, und bei seiner Durchwahl gab es auch keine Mitteilung. Die Frau von der Zentrale meinte, das sei überhaupt nicht seine Art.«

»Etwas stimmt nicht«, meinte Elina. »Ich muss nachsehen.«

Sie stieg aus ihrem Wagen, trat in einen Zeitungskiosk und bat darum, das Telefon benutzten zu dürfen, weil sie nicht wollte, dass ihre Handynummer auf seinem Display auftauchte. Sie wählte seine Nummer. Er ging nicht an den Apparat. Sie trat auf die Straße und sah sich um. Was sie suchte, gab es nicht. Sie setzte sich in den Wagen und fuhr weg. In Solna Zentrum fand sie ein Fotogeschäft. Sie zeigte ihren Ausweis und erhielt, worum sie bat. Dann fuhr sie zur Ankdammsgatan zurück. Mit dem Fahrstuhl im Haus gegenüber fuhr sie in den siebten Stock und überlegte sich, welches die richtige Seite war. Sie klingelte an einer der Türen, niemand öffnete. Sie klingelte an der nächsten. Dasselbe. Sie schellte an einer dritten. Ein älterer Mann öffnete und lächelte, als er die junge Frau vor sich sah. Sie wies sich aus und erklärte, dass sie gerne einen Augenblick bei ihm aus dem Fenster schauen würde. Er ließ sie in die Wohnung. Sie schaute aus dem Fenster und versuchte, sich an der Hauswand gegenüber zu orientieren. Sie zählte die Stockwerke von unten, dann die Fenster von links, dann hielt sie das Fernglas vor die Augen und stellte die Schärfe ein. Zielte. Ihr stockte der Atem. Sie gab dem Mann die Hand und bedankte sich. Rannte runter auf die Straße. Zog ihr Handy aus der Tasche und wählte 112.

»Hier ist Kriminalinspektorin Elina Wiik von der Polizei Västerås. Schicken Sie einen Krankenwagen zur Ankdammsgatan 42 in Solna. Wir müssen in eine Wohnung im siebten Stock, Carlström.«

Sie rannte auf die Haustür zu, fand die Telefonnummer des Hausmeisterdienstes und rief dort an. Ein Mann antwortete, er könne in zehn Minuten dort sein. Der Krankenwagen war schneller. Elina und die beiden weißgekleideten Sanitäter fuhren mit dem Fahrstuhl in den siebten Stock. Eine Minute später trat der Mann vom Hausmeisterservice aus dem Lift und schloss die Wohnungstür auf. Elina und die Sanitäter traten ein.

An einem Haken an der Decke hing ein Seil. An dem Seil hing Yngve Carlström.

36. KAPITEL

Erkki Määttä traf als Letzter ein. Er kam direkt aus Solna. Die anderen hatten sich bei John Rosén versammelt. Elina, Erik Enquist, Henrik Svalberg und Rosén selbst, die gesamte Mordgruppe. Egon Jönsson war ebenfalls anwesend. Es gab nicht genug Sitzgelegenheiten für alle, Enquist und Jönsson standen. Määttä erhielt ebenfalls einen Stehplatz.

»Er hat einiges hinterlassen«, meinte Määttä als Eröffnungsbemerkung. »Wir haben 546 000 Kronen in der Matratze gefunden.«

»Bildlich gesprochen, natürlich?«, fragte Rosén.

»Nein, buchstäblich. Das Geld lag in der Matratze. Allerdings nicht eingenäht, mittlerweile gibt es schließlich Reißverschlüsse.«

»546 Riesen«, meinte Enquist.

»Es war Selbstmord, oder?«, wollte Svalberg wissen.

»Die Tür war abgeschlossen, nichts deutete auf einen Kampf hin, und auf dem Fußboden unter ihm lag ein umgestoßener Stuhl«, meinte Määttä. »Nichts deutet auf einen Mord hin.«

»Aber kein Abschiedsbrief«, meinte Elina. »Hätte er so nicht einiges erklären können, bevor er sich umbrachte, wenn ich mal etwas zynisch sein darf?«

»Sein Büro ist versiegelt«, sagte Rosén. »Die Kollegen von der Spurensicherung aus Stockholm filzen es gerade. Morgen fahren Svalberg und Enquist hin und gehen seine Papiere durch. Das wird dauern. Auf zwei Fragen benötigen wir eine Antwort. Einmal, ob er wirklich Informationen über Flüchtlinge verkaufte. Das Geld in der Matratze legt es nahe, was zur Folge hat, dass wir eine ganze Menge Fälle, die er bearbeitet hat, analysieren müssen. Zum anderen, ob Yngve Carlström unser Mörder ist.«

»Er könnte es sein«, meinte Määttä. »Er hat Schuhgröße 45. Ich habe das überprüft. Ihr erinnert euch doch? Der Mörder hatte Schuhgröße 45 oder 46.«

»Es gibt eine Methode, eine schnelle Antwort auf diese erste Frage zu erhalten«, meinte Elina. »Ich kann mit Agnes Khaled sprechen. Schließlich gilt jetzt keine Diskretion mehr, was die Informanten betrifft, oder gilt die auch für tote Zuträger?«

Diese Frage konnte niemand beantworten.

»Frag sie halt so schnell wie möglich«, sagte Rosén.

Weniger als eine halbe Stunde später war Agnes Khaled im Präsidium. Elina hatte diesen Treffpunkt vorgeschlagen, um zu unterstreichen, dass es sich um eine formale Zeugenvernehmung und nicht um eine normale Unterhaltung handelte. Sie hatte nicht erwähnt, worum es genau ging, nur dass es mit dem Mord an Jamal und Annika zusammenhing.

Sie saßen in Elinas Büro. Agnes Khaleds Wangen waren gerötet.

»Was Neues?«, fragte sie.

»Das kann man sagen«, erwiderte Elina. »Yngve Carlström ist tot.«

Agnes Khaled öffnete den Mund, aber ihr Unterkiefer schien sich zu verhaken, noch bevor sie ein Wort über die Lippen gebracht hatte.

»Er hat sich das Leben genommen. Wir glauben auch zu wissen, warum. Jetzt brauchen wir Ihre Hilfe, und zwar schnell. Darf ich direkt zur Sache kommen?«

»Ich weiß nicht, ob das etwas mit mir zu tun hat«, meinte Agnes Khaled, »aber kommen Sie nur zur Sache, dann sehen wir weiter.«

»Bei meinen Fragen geht es um die Informationen, die er Ihnen möglicherweise gegeben hat. Es geht also um das Pressegeheimnis. Ich will ehrlich sein, ich weiß nicht, ob dieser Schutz auch noch gilt, wenn der Informant verstorben ist. Folgendermaßen verhält es sich: Wir glauben, dass der Tod Yngve Carlströms mit den Morden an Jamal, Annika und Ahmed Qourir zu tun hat. Ich will nicht weiter erläutern, warum, aber wir haben für diese Annahme gute Gründe. Etwas kann ich Ihnen jedoch gleich sagen. Wir gehen der Frage nach, ob Carlström Informationen über Flüchtlinge verkauft hat, die dazu führten, dass diese eine Aufenthaltsgenehmigung erhielten. Wir wissen nicht, um welche Informationen es sich dabei handelte oder woher diese stammten, aber wir glauben, dass er Geld damit verdiente, seine Stellung als Sachbearbeiter für Flüchtlingsfragen bei der Migrationsbehörde zu missbrauchen. Und in diesem Zusammenhang tauchen Sie auf.«

»Ich fasse es nicht«, sagte Agnes Khaled. »Ich muss das erst einmal verarbeiten. Aber eines kann ich Ihnen direkt sagen. Bei meinen Artikeln über Flüchtlinge ist es nie um Geld gegangen, ganz gleichgültig, wie meine Kontakte zu Carlström ausgesehen haben könnten.«

Elina sah sie durchdringend an. Sie ließ ihr etwas Zeit, das Gehörte zu überdenken.

»Woher wissen Sie das?«, fragte Elina dann.

»Was?«

»Dass es nicht um Geld ging?«

»Wollen Sie damit andeuten, dass ich … es einfach …?«

»Dass Sie einfach nicht wussten, dass es um Geld ging. Allerdings. Genau das deute ich an.«

»Aber wie? Sie müssen schon entschuldigen, aber ich verstehe das nicht.«

»Vielleicht gelangte ja Geld aus den Händen Ihrer Flüchtlinge zu Carlström.«

»Warum?«

Elina lehnte sich zurück.

»Können wir noch einmal von vorn anfangen?«, fragte sie.
»Um das hier zu klären, muss ich erst wissen, ob Carlström
bei den sechs Fällen, über die Sie geschrieben haben, Ihr Informant war. Und ich muss wissen, welche Informationen er
Ihnen genau gegeben hat.«

»Warum ist das so wichtig?«

»Ganz einfach. Dann können wir ein Puzzle legen. Wenn
er Ihnen Informationen geliefert hat, die zu diesem Zeitpunkt
noch nicht in den Akten der Flüchtlinge standen, dann ist die
Sache klar. Dann hat er diese Informationen zurückgehalten,
statt sie für die Entscheidung zu verwenden.«

»Mein Gott«, sagte Agnes Khaled. Sie stand auf und schüttelte den Kopf. »Ich muss meinen Chef anrufen.«

»Bitte«, sagte Elina und deutete auf das Telefon.

»Ich nehme lieber mein Handy. Wo kann ich ungestört sprechen?«

»Ich gehe raus und warte ganz hinten im Gang. Sie können
mir Bescheid geben, wenn Sie fertig sind.«

Elina schloss ihren Schrank ab und ging nach draußen. Das
kam ihr vor wie ein Déjà-vu.

Fünfundzwanzig Minuten später streckte Agnes Khaled ihren Kopf aus der Tür. Sie entschuldigte sich nicht dafür, dass
es so lange gedauert hatte. Sie nahmen wieder in Elinas Büro
Platz.

»Mein Chef hat mit dem Juristen der Zeitung geredet. Nach
seiner Einschätzung können wir Ihnen die Informationen geben, weil Carlström tot ist und weil es um ein Kapitalverbre-
chen geht.«

»Gut.«

»Außerdem ...«

»Außerdem?«

»Will ich wissen, ob man mich betrogen hat.«

Das möchte ich auch gerne wissen, dachte Elina.

»Carlström war mein Informant«, sagte Agnes Khaled und es schien ihr richtiggehend Mühe zu bereiten, sich dazu zu bekennen. »Damit ich weiß, welche Informationen er mir genau gegeben hat, muss ich mir die Artikel noch einmal ansehen.«

Elina drehte sich um, schloss den Schrank auf und nahm die Ausdrucke heraus.

»Hier«, sagte sie. »Sie können gleich anfangen.«

»Sie vergeuden wirklich keine Zeit«, erwiderte Agnes Khaled.

Um Viertel nach sechs waren sie alle Artikel durchgegangen. Elina verfügte jetzt über eine Liste von insgesamt neun Informationen, die Yngve Carlström Agnes Khaled in vier der sechs Fälle zugespielt hatte. In Jamals Fall hatte es sich nur um eine einzige Information gehandelt, die jedoch entscheidend gewesen war. Er hatte ihr den Steckbrief der israelischen Polizei gegeben.

In den letzten beiden Fällen hatte Carlström der Länstidningen nur einen Tipp gegeben und keine neuen Informationen.

Als sie alle Artikel durchgegangen war, wirkte Agnes Khaled sehr erschöpft. Zum ersten Mal, seit Elina ihr vor einem Jahr begegnet war, zeigte sie Schwäche.

»Er wirkte so überzeugend«, sagte sie. »Bescheiden und seriös. Er war auch nicht übermäßig aufgebracht. Keine großen Worte, er drückte sich angemessen aus.«

»Haben Sie vielen Dank«, sagte Elina.

»Aber wie ist es zugegangen?«, fragte Agnes Khaled.

»Ich stelle es mir folgendermaßen vor«, sagte Elina. »Er hat den Flüchtlingen ein Angebot gemacht, das sie nicht ablehnen konnten. Gegen ein Honorar, das vielleicht erst fällig wurde, wenn es mit der Aufenthaltsgenehmigung geklappt hatte, sorgte er dafür, dass die richtigen Informationen auftauchten. Entweder in den Akten seiner Behörde oder in den Medien.«

»Und ich habe mich ausnutzen lassen«, meinte Agnes Khaled. »Pfui Teufel.«

»Haben Sie sich nie darüber gewundert, dass er über Informationen verfügte, die den Anwälten dieser Flüchtlinge fehlten?«

Agnes Khaled seufzte.

»Dieser Gedanke kam mir auch in den Sinn. Aber Carlström hat jedes Mal gesagt, dass ich es selbst überprüfen und meine eigenen Recherchen anstellen müsse, dass es den anderen in seiner Behörde vollkommen egal sei, ob die Verfahren zum Abschluss kämen. Er nutzte meinen journalistischen Instinkt aus, das ist vollkommen offensichtlich. Der Fehler war, dass ich nicht kritisch genug war. Ich habe das getan, was ein Journalist einfach nicht tun darf. Ich habe die kritische Überprüfung meiner Quelle unterlassen.«

Elina hatte plötzlich das Gefühl, die Frau, die vor ihr saß, trösten zu müssen.

»Falls die Informationen stimmen, dann hat sich Ihr Einsatz irgendwie doch gelohnt«, meinte sie. »Wir wissen beide, dass solche Informationen mehr Effekt haben, wenn sich die Medien ihrer annehmen. Nur die Umstände dieses Falles sind irgendwie verwerflich.«

»Falls sie zutreffen. Und wenn dem so ist, dann habe ich mich ausnutzen lassen. Daran ist nichts zu ändern.«

»Das wissen wir noch nicht sicher. Wir kennen noch nicht alle Fakten.«

»Ich gehe jetzt«, sagte Agnes Khaled und erhob sich.

Elina begleitete sie zum Empfang. Auf dem Rückweg schaute sie noch im Büro von John Rosén vorbei. Dieser war jedoch schon gegangen. Die anderen hatten ebenfalls Feierabend gemacht, und sie tat das nun auch.

Auf dem Heimweg kaufte sie ein Fertigessen. Seit drei Tagen war sie nicht mehr zu Hause gewesen. Während sie aß, las sie ihre E-Mails. Eine Antwort ihres Vaters, sonst nichts. Sie entschloss sich, den Brief, den sie an Martin geschrieben, aber noch nicht abgeschickt hatte, noch einmal zu lesen. Statt in dem Ordner mit den Dokumenten zu suchen, öffnete sie die zuletzt verwendeten Dokumente im Hauptmenü. Die letzten zehn Dokumente tauchten auf einer Liste auf.

Sie wollte gerade den Brief an Martin öffnen, da verschluckte sie sich fast. Der Brief an Martin war an dritter Stelle auf der Liste. Darüber stand die E-Mail an ihren Vater. Ganz oben fand sich ein Dokument mit dem Namen »Schlag zu«, das war ihr Karate-Trainingskalender.

Habe ich mir die E-Mail etwa schon angeschaut?, überlegte sie. Sie zermarterte sich das Hirn. Vielleicht hatte sie dort am Samstag etwas eingetragen, als sie erst ins Dojo hatte gehen wollen und es dann doch nicht getan hatte? Aber das letzte Mal, dass sie in dieser Datei etwas gespeichert hatte, war der Samstag davor gewesen. Ich hatte Samstagmorgen einen Kater gehabt, rief sie sich ins Gedächtnis. Hatte ich mich auch an den Computer gesetzt?

Sie schaute sich in ihrer Wohnung um. Alles war wie immer. Die Vorhänge hingen wie immer. Die Möbel standen auf ihren normalen Plätzen. Es roch vertraut. Nur das Gefühl war anders.

37. KAPITEL

Kann das möglich sein?«

John Rosén sah sie zweifelnd an.

»Bist du dir sicher mit den Dateien?«

»Nein«, erwiderte Elina. »Sicher bin ich mir nicht, aber ich glaube trotzdem, dass es so ist.«

Sie saßen am Freitagmorgen um Viertel vor acht in Roséns Zimmer.

»Aber warum?«, fragte Rosén. »Wer sollte bei dir einbrechen, um deine Festplatte zu durchsuchen?«

»Vielleicht nicht nur die. Vielleicht die ganze Wohnung.«

Es schauderte sie bei diesem Gedanken. Sie verdrängte ihn.

»Vielleicht habe ich es mir ja doch nur eingebildet«, sagte sie leise.

»Ich weiß nicht, was wir in dieser Sache tun könnten. Sollen wir Määttä bitten, deine Wohnung zu durchsuchen? Vielleicht findet er ja was?«

»Nein. Aber ich werde einige Maßnahmen ergreifen, wie man so schön sagt. Damit ich merke, wenn es wieder passiert. Haare im Türspalt und so.«

»Wir sollten ernst bleiben, Elina. Wer, warum?«

Elina knetete ihre Hände.

»Eine Sache bereitet mir Kopfzerbrechen, John. Vielleicht klingt das ja verrückt, aber trotzdem. Ich traue der Sicherheitspolizei in dieser Angelegenheit nicht recht über den Weg.«

»Inwiefern?«

»Sie haben den Fall ungewöhnlich schnell als eine Terroristengeschichte abgetan. Jemand sei nach Schweden eingereist und dann wieder ausgereist. Vielleicht eine Aktion eines israelischen Kommandos, vielleicht eine interne Abrechnung innerhalb einer palästinensischen Organisation. Dann wurde Geheimhaltung angeordnet. Entweder wissen sie sehr viel mehr, oder sie haben etwas zu verbergen.«

»Du denkst also, glaubst also, dass sich die Sicherheitspolizei über unsere Ermittlung auf dem Laufenden hält? Damit wir ihrem Geheimnis nicht zu nahe kommen? Dass jemand in deiner Wohnung war, um zu sehen, ob du deine Überlegungen am Computer oder auf einem Blatt Papier niedergeschrieben hast? So etwas?«

Elina zuckte mit den Achseln.

»Es kam mir einfach in den Sinn. Aber ich finde das selbst etwas an den Haaren herbeigezogen.«

»Was könnte die Sicherheitspolizei zu verbergen haben? Eine Verbindung zu Schleusern? Grenzwertige Kontakte zu einem der Mordopfer, ich denke da natürlich an Jamal oder Qourir? Vielleicht war Qourir ja ein V-Mann der Sicherheitspolizei? Oder er hat die Flüchtlinge irgendwie anders bespitzelt? Vielleicht war er ja der Diener zweier Herren?«

»Daran glaube ich nicht recht, schließlich geht es um Mord. Dass schwedische Polizisten eine Mordermittlung sabotieren, bloß weil sie …, das kann ich mir irgendwie nicht vorstellen.«

»Vielleicht lässt man sich ja beeinflussen«, meinte Rosén, »und wählt dann den bequemsten Weg. Man redet sich was ein und unterdrückt die Zweifel.«

Rosén stand auf und ging ans Fenster. Es war immer noch dunkel, und es schneite leicht.

»Svalberg hat mit Annikas Vater gesprochen«, sagte er.

»Laut Lennart Lilja wollte Jamal wegen Sayeds Verschwinden nicht die Polizei verständigen. Laut Lilja glaubte Jamal nicht daran, dass die Polizei ihm helfen würde.«

»Hat er erklärt, warum?«

»Nein.«

»Vielleicht war das ja nur das Misstrauen eines Flüchtlings uns gegenüber?«

»Vielleicht. Aber vielleicht wusste Jamal ja etwas. Über die Dinge, die wir soeben besprochen haben.«

»Das spielt alles keine Rolle«, meinte Elina. »Im Augenblick bleibt uns nichts anderes übrig, als unsere Spur zu verfolgen. Wir müssen Yngve Carlström überprüfen, so gut es geht. Ich meine, alles. Seine Papiere, Telefone, Konten, Reisen, alles. Wir müssen davon ausgehen, dass er der Mörder war. Vielleicht war er es ja auch.«

John Rosén nickte und setzte sich wieder.

»Ehe wir auf andere Dinge zu sprechen kommen«, meinte er. »Macht dir die Geschichte mit der Wohnung zu schaffen? Beunruhigt sie dich?«

»Die Sache ist mir ein wenig unheimlich. Der Gedanke, dass jemand bei mir eingebrochen ist. Ich habe zwar physisch keine Angst. Aber das ist …, irgendwie macht mich das unsicher. Meine Wohnungstür sollte eigentlich mein Schutz vor der Umwelt sein. Ich verstehe langsam, wie sich Leute fühlen, bei denen eingebrochen worden ist.«

»Ruf mich an, falls was passiert. Egal wann.«

»Mach ich. Danke.«

John Rosén drehte sich zum Schrank hinter sich um. Er nahm einige Papiere heraus und schob sie Elina über den Schreibtisch.

»Die sind gekommen, während du Carlström beschattet hast. Drei verschwundene Afghanen und eine angetriebene Wasserleiche mit Schussverletzung. Deutsche Polizei. Der Zeitraum stimmt.«

Elina schnappte sich die Papiere.

»Könnte das der tote Sayed sein?«

»Wohl kaum. Laut Expressübersetzung handelt es sich um einen Toten aus dem Fernen Osten. Vietnam, Kambodscha, Thailand, irgendwo da her.«

Sie versuchte zu lesen, aber ihr Schuldeutsch war noch schlechter als das von John Rosén.

»Wir warten noch etwas ab, ob weitere Rückmeldungen eintreffen«, meinte Rosén. »Beispielsweise aus Deutschland. Dann muss jemand hinfahren. Jemand, der Deutsch spricht.«

»Vielleicht finden wir ja dort unser Motiv?«, meinte Elina. »Die Sache, die auf See passiert ist.«

»Jetzt müssen wir erst einmal abwarten, was Enquist und Svalberg über Carlström herausfinden.«

Er deutete mit seinem Kugelschreiber auf Elina.

»Wir beide versuchen, das Ehepaar Diederman und Gregors Nikolajew aufzutreiben. Wir müssen sie endlich finden.«

Nachmittags, kurz vor fünf Uhr, steckte Erkki Määttä seinen Kopf durch Elinas Tür.

»Svalberg und Enquist sind zurück«, sagte er. »Wir wollten das Wochenende mit einem Bier in der Stadt einläuten. Hast du Lust mitzukommen?«

»Ich dachte, das Baby von Henrik sei krank?«, meinte Elina.

»Dem geht es offenbar wieder besser.«

»Gerne. Jetzt sofort?«

Sie gingen zu Bill & Bob am Bondtorget. Enquist trank nur alkoholfreies Bier, Määttä, Svalberg und Elina richtiges. Enquist musste noch mit dem Auto nach Hallstahammar fahren. Er zündete sich eine Zigarette an und bot den anderen auch eine an. Diese lehnten ab.

»Ich habe aufgehört, als Minette schwanger wurde«, sagte Svalberg.

»Ich habe seit meiner Schulzeit nicht mehr geraucht«, meinte Elina.

»Ich habe vor zwei Jahren aufgehört«, bemerkte Määttä. »Damals habe ich eingesehen, dass alles, was Spaß macht, gefährlich ist.«

»Ach?«, meinte Svalberg. »Skifahren aber nicht.«

»Könnte aber gefährlich sein. Man kann stürzen.«

»Ich nicht.«

»Aber ich.«

Määttä hielt einen kleinen Finger hoch, der schief war.

»Eigentlich furchtbar«, sagte er. »Liegt man zu viel in der Sonne, dann stirbt man vielleicht an Krebs. Sonnt man sich zu wenig, dann bekommt man Depressionen, und es wird einem die Lichttherapie verschrieben. Hat man zu viele Affären, dann bekommt man eine Menge unaussprechlicher Krankheiten. Hat man zu wenig Sex, dann weiß man nicht, wo einem der Kopf steht und sieht sich außerdem zur Selbstbefleckung gezwungen. Trinkt man zu viel, dann macht die Leber schlapp. Trinkt man zu wenig, dann bekommt man ein Blutgerinnsel und wird außerdem ein schrecklicher Langweiler.«

»Und was soll man tun?«, fragte Elina.

»Alles mit Maßen. Skål!«

Alle hoben ihre Gläser.

»Und arbeitet man zu viel, dann ist man gestresst«, sagte Enquist. »Arbeitet man zu wenig, dann ist man auch gestresst. Das Leben ist ein einziger Balanceakt.«

»Am besten arbeitet man überhaupt nicht«, meinte Svalberg. »Apropos Arbeit. Carlström hat zu viel gearbeitet, und zwar zwei Schichten. Eine für die Migrationsbehörde und eine für sich.«

»Ach tatsächlich?«, fragte Elina. »Seid ihr sicher?«

»Wir haben mit diesen vier Fällen angefangen, über die die Länstidningen geschrieben hat. Das war am einfachsten. Einige dieser neuen Informationen standen auch in den Akten, die meisten tauchten dort jedoch nicht auf. Er spielte der Zeitung Informationen zu, die nur ihm zugänglich waren.«

»Wo hatte er die her? Also diese Informationen?«

Svalberg breitete die Hände aus.

»Keine Ahnung. Das finden wir vielleicht heraus, wenn wir uns intensiver mit ihm beschäftigen. Sobald wir wissen, mit wem er telefoniert hat, beispielsweise. Aber ich glaube, dass das schwierig wird. Er scheint recht schlau gewesen zu sein. Wenn er von der Arbeit aus telefoniert hat, dann immer über die Zentrale, und diese Gespräche lassen sich nicht zurückverfolgen.«

»Außerdem kamen die Informationen vielleicht auch über seine ›normalen‹ Kanäle«, meinte Enquist. »Einige kamen zu den Akten, andere sortierte er aus.«

»Nächste Woche werde ich die vier vernehmen, von denen wir wissen, dass Carlström mit ihrer Aufenthaltsgenehmigung getrickst hat«, meinte Svalberg. »Ich werde sie fragen, ob sie ihm etwas unter dem Tisch zugeschoben haben.«

»Drei«, sagte Elina. »Jamal ist tot.«

»Sorry. Ich meinte natürlich drei. Aber man muss es geschickt anfangen. Es könnte schwer werden, sie zum Reden zu bringen.«

38. KAPITEL

Auf Elinas Vorschlag hin hatte Henrik Svalberg Mira gebeten zu dolmetschen. Diese hatte sich aber erst nach dem Mittagessen freinehmen können. Svalberg parkte seinen Wagen vor einem der Hochhäuser in Hammarby.

»Was glauben Sie?«, fragte Svalberg, »soll ich eine andere Taktik verwenden als normalerweise? Sie kennen diese Menschen besser als ich.«

»Sie haben wahnsinnige Angst«, erwiderte Mira, »dass man sie abschiebt. Ich glaube, es spielt keine Rolle, welche Taktik Sie verwenden. Niemand wird antworten wollen.«

»Ich habe versucht, ihnen deutlich zu machen, dass wir ihnen nicht am Zeug flicken wollen.«

»Das spielt keine Rolle. Wenn sie dafür bezahlt haben, dass man ihnen mit ihrer Aufenthaltsgenehmigung hilft, dann wäre es viel zu riskant, das zuzugeben. Jedenfalls vermute ich, dass sie so denken.«

»Können Sie sie nicht irgendwie vom Gegenteil überzeugen?«

Mira sah Henrik Svalberg an, als sei dieser schwer von Begriff. Vermutlich stimmte das in diesem Fall auch.

»Ich bin selbst nicht ganz überzeugt«, meinte sie. »Sie behaupten, dass das für sie keine Konsequenzen haben wird. Aber wie wollen Sie das wissen? Sie sitzen schließlich nicht in der Ausländerbehörde.«

Sie stieg aus dem Auto und ging auf die Haustür zu. Er trottete hinter ihr her. Die Fassade war mit Graffiti beschmiert, und die ganze Gegend bedrückte Svalberg. Zuletzt war er in Hammarby gewesen, um ein paar Dealer festzunehmen. Mira drehte sich zu ihm um, ehe sie eintrat.

»Ich habe nur vor, das zu übersetzen, was Sie sagen. Wörtlich. Sonst nichts.«

Svalberg seufzte. Auf zwei aussichtslose Kandidaten würde vermutlich ein dritter folgen. Die beiden Ersten hatten den Mund nicht aufgemacht. Von Zahlungen für Informationen wollten sie nichts gewusst haben. Es blieb nur noch eine Chance. Eine letzte.

Der Mann wohnte in einer Einzimmerwohnung im zweiten Stock. Syrer. Aufenthaltsgenehmigung seit 1999. Svalberg klingelte. Die Tür wurde von einem Mann in Pantoffeln geöffnet. Mira stellte Svalberg und sich vor. Der Mann trat zur Seite und ließ sie eintreten. Die Wohnung war gemütlicher als die von Jamal. Teppich auf dem Boden. Vorhänge. Es schien auch eine Frau dort zu wohnen. Sie nahmen auf der Couch Platz.

»Es verhält sich folgendermaßen«, meinte Svalberg. »Wir haben eine große Geldsumme bei einer Person gefunden, die wir nicht für den rechtmäßigen Eigentümer halten. Wir glauben, dass ein Teil dieses Geldes Ihnen gehört. Ich würde Ihnen gerne ein paar Fragen stellen, um das zu klären.«

Langsam wandte sich Mira Svalberg zu statt dem Wohnungsinhaber.

»Übersetzen Sie«, sagte Svalberg, »genau, was ich gesagt habe.«

Mira schüttelte leicht den Kopf, kam Svalbergs Aufforderung jedoch nach. Der Mann hörte zu, reagierte aber nicht.

»Wir glauben, dass dieser Mann in den Besitz des Geldes gelangte, indem er Sie und andere erpresste«, fuhr Svalberg fort. »Er ließ sich für die Informationen bezahlen, die Ihren

Antrag auf Aufenthaltsgenehmigung in Schweden betrafen. Für so etwas sollen Sie nicht zahlen müssen.«

»Kann ich mein Geld zurückbekommen?«, fragte der Mann auf Schwedisch.

»Die Möglichkeit besteht«, erwiderte Svalberg wahrheitsgemäß. »Aber dazu müssen wir feststellen können, dass es sich wirklich um Ihr Geld handelt. Könnten Sie wohl so freundlich sein, mir zu erzählen, wie es zu dieser … Zahlung kam?«

Der Mann sah Mira an. »Es geht besser auf Arabisch«, sagte er. »Ich übersetze«, meinte Mira.

»Es geschah an jenem Tag, als ich die Entscheidung erhielt, dass ich nicht bleiben darf. Ich wohnte in einem Flüchtlingsquartier. Dieser Mann kam zu mir und sagte, ich solle abgeschoben werden. Nein, erwiderte ich, das stimmt nicht. Davon habe ich nichts gehört. Ruf deinen Anwalt an, sagte er. Das tat ich dann. Der Anwalt sagte, er würde das überprüfen. Eine halbe Stunde später rief er zurück und sagte, es stimme. Ich sollte abgeschoben werden.«

»Was geschah dann?«, fragte Svalberg.

»Der Anwalt meinte, dass er weiter nichts unternehmen könne. Er sagte, er habe alles versucht. Ich brach in Tränen aus. Ich war am Ende. Doch dann sagte dieser Mann zu mir, er könne mir helfen. Erst müsse ich mich jedoch verstecken, sagte er. Dann würde er dafür sorgen, dass ich bleiben dürfe. Wie das?, fragte ich. Das wollte er mir nicht sagen. Nur dass es Geld kosten würde. 60 000 Kronen. Die habe ich nicht, sagte ich. Du brauchst erst zu zahlen, wenn alles okay ist, entgegnete er. Dann kannst du es ein Jahr lang abbezahlen. Was sollte ich tun?«

Er hielt kurz inne und fuhr dann fort.

»Dann ging alles sehr schnell. Die Zeitung berichtete über meinen Fall. Alles, was sie schrieben, war wahr. Die Probleme, die ich in meinem Heimatland gehabt hatte. Die Zeitung hatte Zeugen gefunden. Das hatten sie wirklich gut gemacht. Daraufhin wurde mir die Aufenthaltsgenehmigung erteilt. Der Mann tauchte wieder auf und behauptete, er habe das veranlasst. Das war die Zeitung, sagte ich. Nein, sagte er, ich. Er hätte die Zeugen gefunden. Ruf an und frage, sagte er zu mir. Wenn ich nicht zahlen würde, würde ich in Schwierigkeiten geraten. Bitte?, sagte ich. Darfst du etwa nicht bleiben?, sagte er. Wenn er dafür sorgen könne, dann würde er auch dafür sorgen können, dass sie mich auswiesen. Was blieb mir also anderes übrig? Er bekam sein Geld. Aber es dauerte anderthalb Jahre, bis ich die Summe abbezahlt hatte. Ich fand es nicht in Ordnung. Schließlich hatte ich ein Anrecht darauf hierzubleiben.«

Svalberg nahm einen Ordner mit zwanzig Fotos aus seiner Tasche. Yngve Carlström, Ahmed Qourir, Jamal Al-Sharif, Jakob Diederman, Gregors Nikolajew und fünfzehn Personen, die nicht das Geringste mit dem Fall zu tun hatten.

Der Mann blätterte in dem Ordner. Beim zwölften Foto hielt er inne.

»Der war es.«

Er deutete auf Ahmed Qourir.

»Es ist klar, wie es funktioniert hat«, meinte John Rosén. »Yngve Carlström ließ sich für Informationen bezahlen, die dazu führten, dass die Flüchtlinge bleiben durften. Ahmed Qourir war sein Strohmann. Wenn nötig, benutzte Carlström die Medien, um eine Pressekampagne in Gang zu setzen. Mit Journalisten zu reden war ungefährlich, das Pressegeheimnis ist unerschütterlich.«

Sie saßen in der Kantine des Präsidiums. Weihnachtskochwurst mit Wurzelgemüsebrei und Senf.

»Jamal war einer dieser Fälle. Vielleicht wollte er deswegen direkt nach Erteilung der Aufenthaltsgenehmigung einen Kredit über 70 000 Kronen aufnehmen. Um Carlström und Qourir abfinden zu können.«

»Der Preis ist höher«, meinte Svalberg. »Der andere Mann hat nur 60 000 gezahlt.«

»Wo bekam Carlström alle Informationen her?«, fragte Elina. »Das ist mir nicht ganz klar. Ich finde, wir müssen den Ursprung jeder einzelnen Information, die er verkaufte, klären, um ganz sicher zu sein.«

»Warum?«, fragte Svalberg.

»Es könnten weitere Leute bei der Migrationsbehörde in diese Sache verwickelt sein.«

»Okay«, meinte Rosén. »Aber das ist eigentlich mehr eine Frage für die interne Ermittlung der Behörde. Wir müssen uns auf anderes konzentrieren.«

»Beispielsweise auf die Motive für den Mord«, meinte Elina, »und wer der Mörder gewesen sein könnte. Von Herrn und Frau Diederman und Gregors Nikolajew fehlt noch jede Spur. Wenn Carlström nicht der Mörder war, dann müssen sie die Taten begangen haben. Aber sie sind weg.«

»Wir haben noch nicht nach ihnen fahnden lassen«, sagte Rosén. »Die Letten haben sie schon einmal zur Fahndung ausgeschrieben, vielleicht sollten wir das jetzt ebenfalls tun.«

»Unter ihrem richtigen Namen und mit den Diederman-Decknamen«, meinte Elina. »Die Sache ist jedoch etwas heikel. Sollen wir sie wegen Mordverdachtes suchen lassen? Wir können Katarina Diedermans Alter ego Katarina Danielowa nur nachweisen, dass sie einen Bankwechsel von Ahmed Qourir entgegengenommen hat.«

»Wie wäre es mit Flüchtlingsschmuggel, Betrug sowie Besitz wichtiger Informationen in drei Mordfällen?«, meinte Svalberg. »Wir müssen uns eine gute Formulierung einfallen lassen. Hauptsache, wir erwischen sie.«

»Ich lasse mir etwas einfallen«, meinte Rosén. »Kärnlund und Jönsson sollen es dann absegnen.«

Elinas Handy klingelte.

»Hier ist Agnes Khaled«, sagte die Stimme am anderen

Ende. »Könnten Sie in die Redaktion kommen? Zu einer Besprechung?«

»Wann?«

»Wir richten uns nach Ihnen. Gleich, wenn Sie es einrichten können. Uns wäre es wichtig.«

»Okay. Soll ich am Empfang Bescheid sagen?«

»Ja. Ich hole Sie ab.«

»Sie warten«, sagte Agnes Khaled. Sie hatte vor dem Haupteingang der Länstidningen gewartet, als Elina eintraf.

»Wer?«

»Die Chefredakteurin und der Chef vom Dienst.«

Agnes Khaled stellte Elina der Chefredakteurin und dem Chef vom Dienst vor, nachdem sie ein riesiges Büro betreten hatten.

»Wir möchten uns zuallererst dafür bedanken, dass Sie uns auf ein Problem in unserer journalistischen Arbeit aufmerksam gemacht haben«, sagte die Chefredakteurin, nachdem sie Platz genommen hatten. »Es stellt sich jetzt die Frage, in welcher Form wir über diese Angelegenheit berichten sollen. Wir müssen natürlich darüber berichten. Das sind wir unseren Lesern schuldig, auch wenn es vielleicht ein schlechtes Licht auf unser Blatt wirft. Wenn ich das richtig verstanden habe, dann verdächtigen Sie unseren Informanten Yngve Carlström, bei einigen Artikeln seine Stellung bei der Migrationsbehörde missbraucht zu haben. Ist das korrekt?«

»Ja.«

»Und dafür auch seine Kontakte zur Länstidningen eingesetzt zu haben?«

»Ja.«

»Kann die Polizei das beweisen?«

»Es handelt sich um einen schwerwiegenden Verdacht«, antwortete Elina. »Die Ermittlungen sind jedoch noch nicht abgeschlossen.«

»Können Sie es uns wissen lassen, wie die Ermittlungen vorangehen? Sie betreffen schließlich auch uns, sozusagen als Opfer einer Straftat.«

»Ich habe Agnes Khaled bereits über diverse Einzelheiten unterrichtet.«

»Mehr haben Sie nicht? In diesem Falle bin ich nicht ganz davon überzeugt, dass das, was Sie sagen, richtig ist.«

»Es gibt weitere Informationen, die in dieselbe Richtung gehen.«

»Könnten wir diese Informationen ebenfalls bekommen?«

»Das ist eigentlich eine Sache, die nur mein Chef entscheiden kann. Aber ich vermute, nicht. Teils, weil die Ermittlung wie gesagt noch nicht abgeschlossen ist, teils, weil es sich um ein schwereres Verbrechen handelt, nämlich die Morde an Jamal Al-Sharif und Annika Lilja. Ich kann Ihnen auch gleich sagen, dass unsere Ermittlungen der Geheimhaltung unterliegen. Mein Chef kann dementsprechend keine Einzelheiten an Sie weitergeben.«

»Das kann ich verstehen. Aber Sie müssen auch Verständnis für unser Dilemma haben. Wir müssen darüber schreiben, was schwer fällt, solange wir kein klares Bild haben. Außerdem muss ein Journalist über die Verdächtigungen schreiben, die gegen Carlström bestehen, unabhängig davon, was die Länstidningen bei dieser Sache für eine Rolle spielt. Ein Korruptionsskandal bei der Migrationsbehörde unserer Region ist natürlich eine Sensationsnachricht. Es muss sowohl der Polizei als auch uns von der Länstidningen daran liegen, dass die Informationen korrekt sind.«

»Ich verstehe Ihr Problem. Aber ich sehe nicht, wie wir Ihnen dabei behilflich sein können, es zu lösen.«

»Agnes?«, sagte der Chef vom Dienst, der bislang geschwiegen hatte.

»Wir haben Ihnen geholfen«, sagte Agnes Khaled, »indem ich Ihnen offengelegt habe, welche Rolle Yngve Carlström beim Zustandekommen meiner Artikel gespielt hat. Ich finde, Sie oder Ihre Dienststelle könnte uns jetzt auch etwas entgegenkommen. Ich verstehe, dass der Zusammenhang mit den Morden heikel ist, aber über das, was Carlström betrifft, könnten Sie uns doch ins Bild setzen. Damit wir nicht wieder was Falsches schreiben.«

»Das würde ich gerne«, sagte Elina, »aber es ist schwierig. Sie müssen schon auf Ihre eigenen Leute zurückgreifen.«

Niemand schien noch etwas zu sagen zu haben. Elina nahm ihre Tasche und hängte sie sich über die Schulter.

»Darf ich noch etwas sagen?«, meinte sie. Die Chefredakteurin nickte.

»Ich kenne mich ja mit dem Journalismus nicht aus, aber wenn wir Sie über den Stand unserer Ermittlungen informieren würden, dann wären Sie ganz von uns abhängig. Schließlich wüssten Sie dann nicht, was wir verschweigen. Genau wie damals, als Sie in die Hände von Yngve Carlström geraten sind.«

»Wir haben dasselbe Problem wie die Polizei«, meinte die Chefredakteurin. »Wir sehen oft nur einen Teil des Bildes. Aber Sie können warten, bis die Ermittlung abgeschlossen ist. Wir bringen eine Tageszeitung heraus. Wenn es um eine große, aktuelle Sache geht, müssen wir oft täglich das Wenige, was wir wissen, publizieren. Gelegentlich ergibt sich am Schluss, obwohl die Einzelinformationen richtig waren, ein ganz anderes Bild, weil es auch Dinge gab, die wir nicht gesehen haben.«

»Es gibt auch bei polizeilichen Ermittlungen tote Winkel«, meinte Elina, »falls Ihnen das ein Trost ist.«

39. KAPITEL

Am Dienstagmorgen, dem 16. Dezember, um zehn nach acht, traf ein Fax beim Kriminaldezernat ein. Zu Händen von Kriminalinspektor John Rosén. Drei Minuten später lag es vor ihm auf dem Tisch. Es war das erste Fax, das John Rosén je von der Royal Canadian Mounted Police in Toronto erhalten hatte.

Zwei aus dem Irak stammende Brüder waren von Verwandten in Toronto am 19. Februar 2001 vermisst gemeldet worden. Letzter bekannter Aufenthaltsort: Moskau, Dezember 2000.

Um Viertel vor elf kam das nächste Fax. Aus Berlin. Acht Angehörige einer Familie Aziz aus Herat in Afghanistan waren am 1. März 2001 von ihrer Familie vermisst gemeldet worden. Fünf Erwachsene und drei Kinder. Letzter bekannter Aufenthaltsort: Moskau, Januar 2001.

Drei Stunden und fünf Minuten später traf ein Fax von der Polizei in Brüssel ein. Ein Kambodschaner, wohnhaft in Waterloo in Belgien, hatte am 28. Februar 2001 seinen Bruder vermisst gemeldet. Letzter bekannter Aufenthaltsort: Pnom Penh, Kambodscha, September 2000.

Weitere fünf Minuten später saßen Elina, Svalberg und Enquist bei Rosén im Büro.

Er legte die Faxe nebeneinander auf seinen Schreibtisch. Sie nahmen die halbe Fläche ein.

»Letzte Woche drei«, sagte er und deutete auf eines der Papiere. »Dann noch mal zwei. Hier acht. Und dieser Kambodschaner. Das sind insgesamt vierzehn.«

»Mit Sayed sind es fünfzehn«, meinte Elina.

»Der Kambodschaner könnte der Erschossene aus Rügen sein«, meinte Enquist.

Es klopfte.

»Es ist noch eins eingetroffen«, sagte die Sekretärin und reichte ein Papier herein. John Rosén nahm es entgegen. Er las es schweigend.

»Hört zu«, sagte er dann. »Das ist von der Polizei in Newcastle. Sie haben einen Palästinenser vernommen, der offenbar dort wohnt. Er sagt …, lass mal sehen …, dass sein Bruder seit dem 22. Januar 2001 verschwunden sei. Die Brüder hatten zwei Tage zuvor miteinander telefoniert. Der Verschwundene erzählte, dass er mit einer Gruppe von Flüchtlingen ein Schiff nach Schweden nehmen wollte.«

John Rosén sah zu den anderen hoch und betrachtete einen nach dem anderen.

»Der Bruder rief aus Ventspils in Lettland an.«

Elina applaudierte. Svalberg erhob sich.

»Und das ist noch nicht alles«, meinte Rosén. »Der Bruder hat zu Protokoll gegeben, dass über dreißig Personen nach Schweden fahren wollten, aber dass das Wetter so schlecht war, dass man nicht wusste, ob es gehen würde. Er erzählte auch, dass es bei der Besatzung Streit um Geld gab. Und er sagte …«

John Rosén hielt kurz inne, um Luft zu holen.

» … dass er auf der Reise vornehmlich mit einer Person namens Sayed zu tun gehabt habe, der ebenfalls Palästinenser gewesen sei. In der Gruppe seien Leute aus Afghanistan gewesen, unter anderem ein netter Mann namens Aziz.«

Elina stand auf und betrachtete die Faxe, die auf dem Schreibtisch lagen. Dann nahm sie eines in die Hand.

»Das sind die, die nach Berlin wollten!« Sie schrie beinahe.

»Mein Gott«, sagte Erik Enquist. »Über dreißig Personen. Es werden sicher noch weitere Faxe eintreffen. Wisst ihr, was das bedeutet?«

Die anderen wandten sich ihm zu.

»Wenn Sie in unseren Gewässern umgekommen sind«, fuhr er fort, »dann ist das eine der größten Flüchtlingskatastrophen unserer Geschichte.«

»Oder vielleicht etwas noch Schlimmeres«, erwiderte Rosén. »Der Schuss. Der Tote in Rügen. Wir wissen nicht, was da auf See passiert ist, nur dass sie verschwunden sind. Vielleicht war es ja mehr als ein Unglück. Es kann alles sein, angefangen von einem gigantischen, tragischen Unglück bis hin zum Massenmord.«

»Das Boot, die Mistral, kehrte nach Lettland zurück«, sagte Elina. »Was geschah mit den Menschen an Bord?«

Niemand sagte etwas. Niemand wusste es. Mutmaßungen reichten nicht aus. In Elinas Kopf tauchte ein Bild auf. Von Kindern, die sich an ihren Eltern festklammerten. Von Sturm und Eiseskälte. Von Menschen, die verloren waren.

»Von den Schleusern noch keine Spur.«

John Rosén sagte das, ehe die Stille zu bedrückend wurde.

»Dass es so schwer werden würde, diese drei Leute aufzutreiben …«

»Das ist nicht so verwunderlich«, meinte Enquist. »Falls sie wieder die Namen geändert haben, weiß ich nicht, wie wir das überhaupt anstellen sollen. Dann haben wir nur noch ihre Fotos.«

»Und wenn sie jetzt immer noch in Schweden sind?«, meinte Elina. »Können wir sie irgendwie aus ihren Löchern locken? Können wir irgendwelche Informationen verbreiten, die sie zu einer Reaktion zwingen?«

»Entweder das«, meinte Rosén, »oder wir geben einen

Fahndungsaufruf an die Medien. Wir lassen die Fotos veröffentlichen und erklären, warum wir mit ihnen in Kontakt treten wollen.«

»Der Nachteil ist, dass sie dann wissen, was Sache ist«, meinte Elina. »Dann verlassen sie so schnell wie möglich das Land. Der Vorteil ist natürlich, dass jemand sie gesehen haben könnte und wir vielleicht erfahren, welche Namen sie im Augenblick verwenden und wo sie sich aufgehalten haben ..., also in letzter Zeit.«

»Was meint ihr?«, fragte Rosén. »Abstimmung? Wer dafür ist, dass wir die Fotos veröffentlichen, hebt die Hand.«

Langsam wanderten vier Hände in die Luft.

»Ich spreche mit den Verantwortlichen«, sagte Rosén. »Diese Aktion müssen wir von oberster Stelle absegnen lassen.«

»Und wenn sie Ja sagen, was machen wir dann?«, fragte Elina.

»Wir geben eine Pressekonferenz. Je mehr Leute wir erreichen, desto besser. Wir sagen dasselbe wie in der Fahndung.«

Rosén schaute auf seine Uhr.

»Heute ist es zu spät. Aber morgen Vormittag wäre vielleicht nicht schlecht. Mittwoch. Dann kommt es nachmittags im Radio, abends im Fernsehen, und am nächsten Morgen steht es in der Zeitung. Wenn wir das vor Weihnachten noch erledigen wollen, müssen wir es morgen durchziehen.«

»Du hast etwas vergessen«, meinte Svalberg. »Morgen Abend ist unsere Weihnachtsfeier. Kärnlund soll verabschiedet werden. Keiner von uns wird morgen Abend arbeiten und Hinweise entgegennehmen wollen. Und am Donnerstagmorgen sind wir wahrscheinlich alle nicht sonderlich fit.«

»Ich kann die Spielverderberin der Party sein«, meinte Elina. »Ich hatte ohnehin nicht vor, sonderlich viel zu trinken.«

Die anderen warfen ihr einen dankbaren Blick zu.

»*My hero*«, meinte Svalberg.

Elina räumte ihre Sachen zusammen und schloss alle wichtigen Schränke ab, ehe sie ging. Sie nahm ihre Tasche, machte das Licht aus und öffnete die Tür. Da klingelte das Telefon.

Wieso klingelt es eigentlich immer, wenn ich nach Hause will?, dachte sie und seufzte. Sie drehte sich um, setzte sich wieder in die Dunkelheit und griff zum Hörer.

»Hallo«, sagte eine Stimme. »Hier ist Bert-Ove Bengtsson. Erinnern Sie sich an mich?«

»Nein, nicht auf Anhieb«, erwiderte Elina. »Womit kann ich Ihnen helfen?«

»Es geht um den Kellereinbruch in der Malmabergsgatan. Sie haben sich auf der Baustelle mit mir unterhalten.«

»Ja, jetzt erinnere ich mich«, erwiderte Elina. »Wie gesagt, womit kann ich Ihnen helfen?«

»Ich wollte nur wissen, ob Sie mit Ihren Nachforschungen weitergekommen sind?«

»Wir hatten gerade sehr viel anderes um die Ohren«, meinte Elina. Sie merkte selbst, dass sie unnötig gereizt klang. Die Frage von Bert-Ove Bengtsson war berechtigt. »Wir hatten viel zu tun«, meinte sie beschwichtigend. »Leider müssen das immer diejenigen ausbaden, die von einer weniger schweren Straftat betroffen sind.«

»Ja, ich wollte mich auch nur mal erkundigen. Ich habe mir eigentlich auch keine größeren Hoffnungen gemacht. Glauben Sie, dass die Sache aufgeklärt wird?«

»Ja, davon gehe ich aus. Wir haben einen Verdächtigen.« Plötzlich erinnerte sie sich wieder an den »Hering« und ihre Stecknadeln.

»Gut. Sie können ja von sich hören lassen, falls sich etwas ergibt. Fröhliche Weihnachten, übrigens.«

»Ihnen auch.«

»Wissen Sie«, sagte Bert-Ove Bengtsson, gerade als sie auflegen wollte. »Mir ist da übrigens noch etwas eingefallen. Vielleicht hilft Ihnen das ja weiter, jetzt, wo Sie einen Verdächtigen haben.«

»Und zwar?«, fragte Elina und schaute auf die Uhr.

»Die Tür zu unseren Kellerabteilen war nicht aufgebrochen worden. Also die Tür zwischen Treppenhaus und Keller.«

»Vielleicht stand sie ja auf?«

»Sie schließt automatisch.«

»Na gut, vielen Dank für diese Auskunft.«

Sie griff zu einem Kugelschreiber und schrieb pflichtschuldig *Malmabergsgatan, keine Spuren eines Brecheisens* auf ihren Tischkalender, weil das das einzige Papier war, das sie in der Dunkelheit vor sich hatte.

»Also: Frohe Weihnachten.«

»Frohe Weihnachten.«

40. KAPITEL

Bei der Pressekonferenz war jeder Platz besetzt. In der Pressemitteilung, die der Bezirkspolizeichef unterzeichnet hatte, waren Fotos von Leuten angekündigt worden, die eines fast so schweren Vergehens wie Mord verdächtigt wurden. So jedenfalls wurde die Mitteilung von den Medien gedeutet, die davon ausgingen, dass die Gesuchten wichtige Informationen über die Morde an Jamal Al-Sharif, Annika Lilja und Ahmed Qourir besäßen.

An einem Tisch mit Mikrofonen saßen der Bezirkspolizeichef, John Rosén und Egon Jönsson. Jönsson wurde als neuer Chef des Kriminaldezernates vorgestellt, John Rosén als Leiter der Mordermittlung und der Bezirkspolizeichef als Bezirkspolizeichef. Seine Rolle bei der Pressekonferenz war allen unklar, einschließlich ihm selbst. Elina, die hinten im Saal in der offenen Tür stand, vermutete, dass der Bezirkspolizeichef der Veröffentlichung von Namen und Fotos der Verdächtigen eine Art höhere Legitimität verleihen sollte.

Egon Jönsson klopfte auf sein Mikrofon, obwohl er es selbst fünf Minuten zuvor getestet hatte.

»Wir suchen diese drei Personen.«

Mit einer Geste wie einst Hans Holmér, der Ermittler des Mordes an Olof Palme, hob er die Fotos dreier Personen in die Luft. Innerhalb eines Bruchteils einer Sekunde flammten etwa zehn Blitzlichter auf.

Morgen siehst du dich auf der Seite eins, Jönsson, dachte Elina und verzog den Mund.

»Die drei werden von uns, der lettischen Polizei und Interpol des großangelegten Flüchtlingsschmuggels verdächtigt. Wir würden sie auch gerne im Zusammenhang mit den Morden an Annika Lilja und Jamal Al-Sharif hier in Västerås und Ahmed Qourir in Stockholm vernehmen. Es ist von besonderer Wichtigkeit für uns zu erfahren, wo sich diese drei Personen im Augenblick aufhalten. Wir fordern die Öffentlichkeit auf, mit uns Kontakt aufzunehmen. Wir sind an allen Informationen interessiert, die diese drei Personen betreffen.«

Er las ihre Namen vor und die Decknamen, derer sie sich in Schweden bedient hatten.

»Was können die drei über die Morde wissen?«, fragte der Journalist von TV4, nachdem Jönsson geendet hatte. Elina sah, dass es derselbe war, der über den Videofilm berichtet hatte, nachdem dieser von der Sicherheitspolizei freigegeben worden war.

»Darüber kann ich mich aus ermittlungstechnischen Gründen nicht äußern«, sagte Jönsson.

»Die Sicherheitspolizei führt also erst ein Video vor und behauptet, die Morde seien von palästinensischen Terroristen begangen worden. Jetzt sagen Sie, dass es sich um lettische Menschenschmuggler handelt.«

»Das haben wir nicht behauptet«, unterbrach ihn Jönsson. »Wir möchten sie zu Informationszwecken vernehmen.«

»Wann haben Sie zuletzt die überregionalen Medien zu einer Pressekonferenz herbeizitiert, weil Sie irgendwelche Personen zu Informationszwecken vernehmen wollten?«

Der Sarkasmus des Reporters war nicht zu überhören.

Jönsson und Rosén sahen sich an. Der Bezirkspolizeichef griff ein. »Ich hoffe, dass Sie uns bei dieser Sache behilflich sein können«, sagte er.

»Natürlich«, sagte der TV4-Reporter. »Wenn Sie uns sagen, warum es auch dieses Mal wieder wichtig ist.«

Die Mordgruppe versammelte sich anschließend in Roséns Büro. Niemandem war nach feiern zumute.

»Sie werden die Fotos trotzdem zeigen«, sagte John Rosén. »Auch wenn die Berichterstattung etwas unfreundlich ausfallen dürfte.«

»Das war einmal zu viel«, meinte Enquist. »Journalisten haben nicht gerne das Gefühl, ausgenutzt zu werden.«

»Nein«, sagte Elina. »Da muss man nur Agnes Khaled fragen.«

»Uns trifft in dieser Sache keine Schuld«, meinte Henrik Svalberg. »Die Sicherheitspolizei hat das Vertrauen in die Polizei verspielt, als sie das Video zeigte. Das war ein Fehler.«

»Die Journalisten entscheiden selbst«, meinte Rosén. »Niemand zwingt sie zu verbreiten, was wir wollen.«

»Wie auch immer. Die Kollegen von der Sicherheitspolizei und nicht wir haben diesen Fehler begangen«, meinte Svalberg.

»Fehler?«, sagte Elina. »Vielleicht.«

Die Weihnachtsfeier sollte um sieben Uhr in der Kantine des Präsidiums beginnen. Um Viertel vor sechs stand Elina unter der Dusche. Die Kleider, die sie anziehen wollte, hatte sie schon auf dem Bett bereitgelegt. Schwarzer Rock, Schuhe mit Absätzen, ein smaragdgrünes Top und eine schwarze Jacke. Sie erhoffte sich nicht sonderlich viel von dem Fest. Im Jahr zuvor hatten ihr ein paar Kollegen von anderen Dezernaten etwas zu deutliche Avancen gemacht, als dass es am Tag darauf noch angenehm gewesen wäre. Außerdem hatte sie versprochen, nüchtern zu bleiben, falls jemand auf den Fahndungsaufruf in den Medien reagierte. Aber Kärnlund würde verabschiedet werden, und deswegen war sie gezwungen hinzugehen. Elina würde er fehlen.

Sie legte Make-up auf und machte sich fertig. Es war halb sieben, sie konnte sich Zeit lassen. Sie schaltete ihren Computer ein, um zu sehen, ob sie eine E-Mail bekommen hatte. Fast reflexmäßig schaute sie nach, welche Dokumente sie zuletzt geöffnet hatte. Die Reihenfolge stimmte. Dieses Mal gab es keinen Grund, Verdacht zu schöpfen.

Sie starrte auf den Computer. War wirklich jemand an jenem Tag in ihrer Wohnung gewesen? Sie dachte an die Ermittlung. Sie hatte versucht, gründlich zu sein. Aber was hatte sie eigentlich unternommen, um weiterzukommen? Sie hatte nach Zusammenhängen gesucht, nach Dingen, die die verschiedenen Menschen verbanden. Als sich der Kreis geschlossen hatte, hatte sie Bescheid gewusst. Da hatte sie die anderen dann überzeugen können. Der Zusammenhang war das Wichtige.

Ein neues Gefühl überwältigte sie. Sie hatte einen Zusammenhang übersehen. Einen klar ersichtlichen, unverhüllten Zusammenhang. Vor ihren Augen. Es war sogar davon die Rede gewesen. Er bestand ganz offensichtlich, sie hatte ihn bloß noch nicht unter die Lupe genommen. Aber worin bestand er? Die Lösung lag ihr wie eine Münze auf der Zunge. Wenn sie nur den Mund öffnete, so würde sie ihr funkelnd in den Schoß fallen.

Sie öffnete den Mund, als sei das wirklich möglich. Was? Wann? Es war so selbstverständlich gewesen, dass sie nicht einmal reagiert hatte. Aber sie bekam trotzdem nicht zu fassen, was es war.

Um Punkt sieben gab sie auf. Ihr Kopf entzog sich jeglichem Zwang. Sie zog einen Mantel über, nahm den Stoffbeutel mit den hochhackigen Schuhen und verließ ihre Wohnung.

Rote Tischdecken, ein Päckchen an jedem Platz, Girlanden an der Decke, ein Weihnachtsbaum in der Ecke und das Geräusch angeregter Unterhaltungen empfingen sie. Sie ging auf Henrik Svalberg zu, der mit einem Glas Wein in der Hand dastand.

»Nimmst du auch eins?«, fragte er.

»Ich trinke erst einen Schluck nach dem Essen. Telefonbereitschaft für die Hinweise, du weißt schon.«

»Es scheinen alle da zu sein.«

»Ich habe gehört, dass die Ordnungspolizei nur einen Notdienst hat. Eine Streife soll nach zehn am Bergslagsvägen Alkoholkontrollen durchführen. Vermutlich wird heute vielerorts gefeiert. Aber du hast schließlich nichts zu befürchten.«

Um Viertel vor acht setzten sich alle zu Tisch. Svalberg nahm neben ihr Platz. John Rosén ihnen schräg gegenüber. Axel Bäckman und ein weiterer Mann traten an den Tisch.

»Darf ich mich dazusetzen?«, fragte Bäckman.

»Natürlich«, erwiderte Rosén.

»Kennt Ihr Gunnar Pettersson schon?«, fragte Bäckman und deutete auf seinen Gefährten. »Er ist hier bei uns bei der Sicherheitspolizei. Gunnar und ich haben viele Jahre lang zusammengearbeitet.«

Die anderen nickten ihm zu. Sie kannten ihn vom Sehen, aber niemand hatte mit ihm beruflich zu tun gehabt.

»Ich war heute Nachmittag bei dir im Büro«, sagte Bäckman zu Elina, »aber du warst schon weg.«

»Ich bin etwas früher gegangen als sonst«, erwiderte Elina. »Worum ging es?«

»Ich wollte nur wissen, wie es mit den Ermittlungen aussieht.«

»Gut, finde ich. Es geht vorwärts, aber in einer anderen Richtung, als du zuerst dachtest.«

»Ihr glaubt also, dass diese Sache mit den Schleusern und dem verschwundenen Cousin zu tun hat?«

»Es hat ganz den Anschein«, meinte Rosén. »Du weißt doch, dass wir heute wegen der Fahndung nach den drei Schmugglern eine Pressekonferenz gegeben haben?«

»Ja, das habe ich gehört. Mal sehen, wer am Schluss Recht behält.«

Wir sollten das Thema wechseln, dachte Elina.

»Wo ist Kärnlund?«, wollte sie wissen.

»Er sitzt da drüben am Honoratiorentisch.«

Svalberg deutete auf einen Tisch, an dem auch der Bezirkspolizeichef saß.

Um halb zehn hatten sie gegessen. Der Bezirkspolizeichef stand auf und dankte allen für die gute Arbeit im vergangenen Jahr. Dann wandte er sich an Kärnlund.

»Und was dich betrifft, Oskar, habe ich dir für so viel mehr zu danken, nicht nur für die Arbeit eines Jahres, sondern für die Arbeit eines ganzen Lebens.«

Er beschrieb, was Oskar Kärnlund für das Kriminaldezernat bedeutete, und erzählte dann einige Anekdoten, die die meisten im Saal bereits kannten. Zum Schluss überreichte er ihm einen großen Blumenstrauß und ein Paket.

»Whisky«, sagte Rosén.

»Cognac«, meinte Axel Bäckman.

»Nein, etwas Dauerhafteres. Eine Bleikristallvase«, sagte Elina.

»Das Paket ist zu klein«, sagte Rosén. »Es muss eine Flasche sein.«

»Sollen wir wetten?«, erwiderte Elina.

»Okay.«

Elina zog eine Zehnkronenmünze aus der Tasche.

»Wappen, dann gewinne ich, Zahl, dann gewinnst du.«

Sie warf die Münze in die Luft, aber es gelang ihr nicht, sie aufzufangen. Sie fiel unter den Tisch. Sie beugte sich vor und suchte.

»Wappen«, sagte sie unter dem Tisch und verrenkte sich,

um wieder hochzukommen und knallte mit dem Kopf an die Tischkante.

»Au«, sagte Svalberg.

»Geht's?«, fragte Axel Bäckman.

»Alles okay?«, wollte Rosén wissen.

In diesem Augenblick entdeckte sie ihn. Den Zusammenhang. Der Groschen war gefallen. Verwirrt starrte sie die Männer an, die ihr gegenübersaßen.

»Ich glaube, es ist noch mal gutgegangen«, meinte sie.

Das kann einfach nicht möglich sein, dachte sie.

Alle applaudierten. Kärnlund bedankte sich für das Geschenk und die Blumen.

»Entschuldigt mich«, sagte Elina und erhob sich. »Ich muss noch eben etwas erledigen.«

Sie meinte, die Blicke im Rücken zu spüren, aber sie konnte nicht warten. Sie konnte nicht mehr still sitzen, sie zitterte bereits.

Sie rannte das letzte Stück, hatte Mühe, den Schlüssel ins Schloss zu stecken, machte Licht, schloss den Schrank hinter ihrem Schreibtisch auf und begann in dem Karton mit den Akten zu suchen. Endlich hatte sie die DV-Kassette gefunden. Sie atmete langsam und tief, um wieder etwas zur Ruhe zu kommen. Dann trat sie auf den Gang hinaus und ging ins Besprechungszimmer. Sie schloss die Tür hinter sich, machte aber kein Licht, sondern schob gleich die Kassette in das Abspielgerät.

Jamal ... Annika ... der Elch. Annika ruft Jamal. Die rennenden Füße von Annika. Annikas Keuchen, die Kamera über dem Sumpf.

Elina spulte das Band zurück. Sah es sich noch einmal an.

Vielleicht, dachte sie. Kann das sein?

Sie ließ den Film ganz zurücklaufen und spielte ihn ganz ab. Sie legte ihr Ohr an den Lautsprecher. Machte das Ganze noch einmal. Dann setzte sie sich auf einen Stuhl und vergrub das Gesicht in ihren Händen. Stand auf, ging auf und ab.

Mach jetzt keine Dummheiten, sagte sie zu sich. Denk stattdessen nach.

Sie ging in ihr Zimmer zurück und schloss die Kassette in ihren Schrank ein. Setzte sich. Sie hatte das Gefühl, die Wände würden auf sie zukommen, das Zimmer würde implodieren. Sie fixierte den Schmutzfleck an der Wand, als sei dieser ihre einzige, momentan existierende Konstante. Sie dachte angestrengt nach, ohne zu einem Ergebnis zu kommen.

Bert-Ove Bengtsson, dachte sie plötzlich. Bert-Ove Bengtsson. Sie schaute in ihren Kalender, der vor ihr auf dem Schreibtisch lag. *Malmabergsgatan, keine Spuren eines Brecheisens.* Plötzlich wusste sie, was sie zu tun hatte. Sie schaltete ihren Computer ein, klickte zum Melderegister weiter, trug einen Namen und eine Adresse ein und klickte auf Suchen. Keine Treffer. Sie griff zum Telefonhörer und erkundigte sich nach demselben Namen unter derselben Adresse. Unbekannt.

Sie saß regungslos da. Dann erhob sie sich, holte ihren Mantel aus der Garderobe vor der Kantine und trat auf die Straße. Die Källgatan entlang, dann nach links auf die Stora Gatan und den Oxbacken hinauf. Sie durchquerte den kleinen Park, gelangte auf die Lidmansgatan, öffnete die Fahrertür ihres Wagens und fuhr davon.

Sie parkte ihren Wagen in einer Querstraße der Malmabergsgatan und ging auf Bert-Ove Bengtssons Haustür zu. Ihr fiel ein, dass sie vergessen hatte, die Haustürcodes zu notieren. Sie rief die Zentrale im Präsidium an. Während sie wartete, schaute sie an der Fassade hoch. In jedem zweiten Fenster leuchteten Weihnachtssterne und elektrische Kerzen. Durch ein Fenster, das einen Spalt weit offen stand, hörte sie eine Kinderstimme. Auf der Straße war keine Menschenseele.

Elina erhielt sechs Türcodes und schrieb sie sich auf ihre Handfläche. Dann ging sie auf die Haustür von Bert-Ove

Bengtsson zu. Sie ging die vier Treppen hinauf und schaute auf die Namen sämtlicher Briefkästen. Daraufhin ging sie wieder auf die Straße und nahm sich den nächsten Treppenaufgang vor.

Er stand im Park gegenüber, versteckt hinter einem Baumstamm, und beobachtete sie. Aus dem einen Haus hinaus und hinein in das nächste. Er sah sie zwischen den einzelnen Stockwerken in den Fenstern des Treppenhauses.

Elina ging die vier Treppen hoch. Dann wieder hinunter. Er sah sie durch die Fenster. Sie kam wieder heraus, dann ging sie in den dritten Hauseingang. Die Treppen hinauf, wieder hinunter und nach draußen.

Jetzt sah er sie in den vierten Hauseingang laufen. Im Treppenhaus ging das Licht an. Er sah sie im Fenster zwischen dem ersten und dem zweiten Stock und zwischen dem zweiten und dem dritten. Im Fenster zwischen dem dritten und dem vierten Stock tauchte sie jedoch nicht auf.

Sie war im dritten Stock stehengeblieben. Jetzt wusste er, dass sie es wusste. Rasch trat er hinter dem Baum hervor.

Elina verließ das Haus und lief schräg über die Straße auf ihr Auto zu. Sie öffnete die Fahrertür und setzte sich ans Steuer. Sie zog ihr Handy aus der Tasche und wählte die Nummer von John Rosén.

Sie hatte nicht die Zeit zu reagieren, als sich der Arm um ihren Hals legte. Ihr Kopf wurde wie in einen Schraubstock an die Kopfstütze gepresst. Sie versuchte, Luft zu bekommen. Da spürte sie, wie etwas Kaltes an ihre Schläfe gedrückt wurde.

41. KAPITEL

Her mit dem Handy. Langsam.«

Elina streckte den Ellbogen aus. Eine Hand ergriff das Mobiltelefon.

»Die Verbindung kam nicht zustande. Gut.«

»Lass mich atmen«, fauchte sie.

Sie spürte, dass er seinen Griff etwas lockerte.

»Ich habe eine Pistole auf dich gerichtet.«

Es gelang ihr, den Kopf ein wenig zur Seite zu drehen und seinen Blick im Rückspiegel aufzufangen. Es waren Augen, die töten konnten.

»Mach keine Dummheiten«, keuchte sie. »Du kommst doch nicht davon.«

»Ich wusste, dass du mich schließlich finden würdest«, meinte er. »Aber sonst weiß es niemand. Ich werde meine Chancen nutzen.«

»Ich habe Rosén eine E-Mail geschickt, ehe ich herkam«, sagte sie. »Er weiß, dass ich glaube, dass du es warst.«

Sie merkte, dass er zögerte.

»Du lügst. Warum hättest du ihn dann jetzt anrufen sollen?«

Er drückte fester zu. Sie rang nach Luft.

»Um …« Sie keuchte und versuchte, klar zu denken. »Ich wollte ihm nur sagen, dass dein Name am Briefkasten stand.«

Sie sah, dass sich zwei Leute auf dem Bürgersteig näherten. Meine Chance, dachte sie.

»Wenn du hupst, dann erschieße ich dich und die beiden Passanten da vorn. Fahr los. Fahr ganz langsam aus der Parklücke. Wenn du tust, was ich sage, überlebst du.«

Elina schob den Hebel auf Drive und fuhr los.

»Folge jetzt meinen Anweisungen. Du fährst auf die Lugna Gatan und aus der Stadt hinaus. Ich werde dich irgendwo absetzen, von wo du so schnell nicht zurückfinden wirst. Dann könnt ihr mich nach besten Kräften suchen. Wenn du tust, was ich sage, wird dir und anderen nichts zustoßen. Es hängt ganz allein von dir ab.«

Sie fuhr langsam die Malmabergsgatan entlang und sah weder Autos noch Menschen. Sie passierte den ersten Kreisverkehr und fuhr auf den zweiten zu. Danach ging es nur noch geradeaus. Sie senkte die Hand und legte den Gang für sportliches Fahren ein.

Mitten im zweiten Kreisverkehr gab sie Vollgas. Als er von der Beschleunigung zurückgeworfen wurde, drückte sich sein Arm gegen ihren Hals. Rasch überschritt sie die 100.

»Langsamer!«, schrie er und drückte ihr die Pistole fest an den Kopf. Sie gab noch mehr Gas und überholte drei Autos.

»Langsamer.«

»Wenn du schießt, sterben wir beide«, schrie Elina.

Sie warf einen Blick aufs Armaturenbrett. Fünf nach zehn. Hoffentlich waren sie schon da.

Mit der Polizeikelle in der Hand trat der Polizist ein paar Schritte auf den leeren Bergslagsvägen. Sein Kollege hatte den Streifenwagen auf der Zufahrt zum Nordanby Gård so geparkt, dass er von der Straße aus nicht zu sehen war. Er schaute Richtung Süden zur Stadt hinunter, ohne ein einziges Fahrzeug zu sehen.

»Hier stehen wir, und die anderen schlagen sich den Bauch

voll«, sagte er. »Jammer nicht«, erwiderte sein Partner, »ich muss Heiligabend arbeiten, und zumindest das bleibt dir erspart.«

Der Polizist mit der Kelle seufzte. »Immerhin wird es ein ruhiger Abend.« Er drehte den Kopf herum und schaute den Bergslagsvägen in nördlicher Richtung hinunter. In diesem Augenblick schoss dreihundert Meter entfernt Elinas Wagen aus dem Kreisverkehr. Die Reifen quietschten. »Die spinnen!«, sagte er mit Nachdruck und hielt reflexmäßig die Polizeikelle hoch.

Elina fuhr mit 130 Sachen an der Streife vorbei. Mit der freien Hand drückte sie auf die Hupe. Beim nächsten Kreisverkehr fuhr sie eine ganze Runde, und zwar so schnell sie konnte, ohne sich zu überschlagen, und fuhr wieder zurück.

Der Motor heulte, die Hupe dröhnte. Sie sah, dass die Polizisten im Streifenwagen saßen und auf die Straße einbogen. Elina meinte auch zu sehen, dass einer von ihnen das Funkgerät in der Hand hielt.

»Bald haben wir sie alle hinter uns!«, sagte sie.

Im Rückspiegel sah sie das Blaulicht. Sie trat voll auf die Bremse, das Auto schleuderte eine halbe Umdrehung und landete mit dem Heck im Graben. Der Mann auf dem Rücksitz wurde nach vorne geworfen und verlor seine Pistole. In dem Moment, in dem der Wagen zum Stillstand kam, warf sich Elina aus der Fahrertür. Die beiden Polizisten hatten dreißig Meter entfernt angehalten und stiegen aus. Elina rannte auf sie zu und schrie:

»Zieht eure Waffen! Er hat eine Pistole!«

Die Polizisten gingen hinter den Türen in Deckung und zielten auf Elinas Auto. Elina rannte an ihnen vorbei und drehte sich dann erst um. Sie sah, dass eine der hinteren Türen geöffnet wurde, dann stieg eine große Gestalt aus. Er hielt die Arme ausgestreckt. Die Hände waren leer.

Die Polizisten gingen langsam auf ihn zu. Elina folgte ihnen, blieb aber einen halben Schritt hinter ihnen. Als sie näher kamen, machten die beiden Polizisten große Augen.

»Was soll das?«, fragte der eine. »Was machst du hier, Bäckman?«

Axel Bäckman verzog keine Miene.

42. KAPITEL

So hatte ich mir das Ende meiner Karriere nicht gerade vorgestellt«, meinte Kärnlund und schüttelte den Kopf.

»Bäckman, kaum zu glauben. Das ist wirklich ein Alptraum. Und Elina, Elina. Was hast du dir nur gedacht? Da einfach abends allein hinzufahren?«

»Ich bin vollkommen fertig, Kärnlund. Ich habe die ganze Nacht nicht geschlafen. Jetzt habe ich keine Kraft mehr.«

Sie ließ den Kopf hängen und fühlte sich den Tränen nahe. Dann stand sie auf und trat ans Fenster. Sie stellte sich so, dass die anderen ihr Gesicht nicht sehen konnten. Rosén, Jönsson, Enquist und Svalberg folgten ihr mit ihren Blicken. Es war Viertel nach sechs Uhr in der Früh. Das Chaos im Präsidium hatte sich wieder gelegt. Bäckman befand sich in Untersuchungshaft. Um acht Uhr würde ein Rechtsanwalt erscheinen.

»Was ist passiert?«, sagte Rosén leise. »Versuch zu erzählen.«

Elina setzte sich wieder. Schluckte. Ihr Hals tat weh. Am Kehlkopf hatte sie blaue Flecken.

»Ich will es versuchen. Es war, als würde alles auf einmal passieren. Irgendetwas löste sich in meinem Kopf. Wo soll ich anfangen?«

Letzteres war mehr eine rhetorische Frage.

»Wir haben uns doch alle überlegt, was es für Verbindungen gibt, nicht wahr? Zwischen den Schleusern und Sayed, zwischen Sayed und Jamal und zwischen Jamal und Ahmed Qourir, zwischen Qourir und Carlström und zwischen Carlström und den Schleusern. Wir dachten alle, dass wir den Kreis geschlossen hätten, haben aber eine Verbindung vergessen. Axel Bäckman. Bäckman hatte die erste Vernehmung mit Jamal nach seinem Antrag auf Asyl durchgeführt. Er war ein Kettenglied.«

»Wer hätte gedacht, dass er in diese Sache verwickelt ist?«, meinte Jönsson.

»Niemand natürlich«, erwiderte Elina. »Darum hat auch niemand von uns einen Gedanken daran verschwendet.«

»Aber was hat er eigentlich getan?«

»Ich glaube, dass er die Informationen beschaffte. Er war Carlströms Kompagnon, sozusagen der Privatdetektiv in der Firma. Vermutlich beschaffte er den israelischen Steckbrief, mit dem Jamal gesucht wurde und der nach dem Ausweisungsbeschluss auftauchte. Das glaube ich zumindest.«

Sie legte eine Pause ein, um Luft zu holen.

»Als ich draufkam, dass wir Bäckman vergessen hatten, ging mir plötzlich auf, was mir an dem Video aufgefallen war. Darauf sehen wir Bäckmans Beine und Füße. Er ist der rennende Mann mit der Axt. Irgendwie erkannte ich den Stil wieder. Das fiel mir in dem Augenblick auf, als ich seine Füße unter dem Tisch sah.«

»Bitte?«, sagte Kärnlund.

»Bei der Weihnachtsfeier.« Elina machte sich nicht die Mühe, weiter zu erläutern, weshalb sie Bäckmans Füße unter einem Tisch gesehen hatte.

»Eins ergab dann gewissermaßen das andere. Ich verließ die Feier und sah mir das Video noch einmal an. Ich konnte da einfach nicht mit Bäckman vor der Nase sitzenbleiben. Das hätte ich nie und nimmer geschafft. Und dann versuchte ich erneut zu hören, was gesagt wurde. Diese ks- und is-Laute. Ich weiß nicht recht, aber vielleicht sagt Jamal ja gar nicht Axt, sondern Axel. Jamal kannte ihn sicher noch von dieser Vernehmung. Und dieser is-Laut, vielleicht steckt der ja im Wort Polizist. Vielleicht sagt Jamal ja etwas in der Art: ›Ist das nicht Axel Bäckman? Was macht ein Polizist im Wald?‹ Das ist nur eine Vermutung, aber vielleicht war es ja so.«

»Und die Wohnung in der Malmabergsgatan?«, fragte Svalberg.

»Als ich Bäckman ins Auge gefasst hatte, machte ich einfach weiter. Bert-Ove Bengtsson, dem seine Axt gestohlen worden war, hatte ausgesagt, die Kellertür sei nicht aufgebrochen worden. Also hatte jemand die Axt gestohlen, der einen Schlüssel besaß.«

»Bäckmans Sohn wohnt in dem Haus«, sagte Rosén.

»Ich habe aber keinen Bäckman im Melderegister gefunden.«

»Er ist bei seiner Mutter gemeldet«, entgegnete Rosén. »Unter einer anderen Adresse. Aber der Bäckman auf dem Namensschild, das ist also der Sohn. Vermutlich hatte sein Vater einen Schlüssel.«

»Ich habe auch bei der Auskunft angerufen«, meinte Elina, »aber die hatten auch keinen Bäckman.«

»Er hat ein Handy, aber nicht bei Telia.«

»Daran habe ich nicht gedacht. Ich war ziemlich außer mir. Deswegen bin ich auch nur dorthin gefahren, um zu sehen, ob sein Name an einem der Briefkästen steht. Bäckman muss begriffen haben, was Sache ist, als ich die Treppen rauf- und runterging. Ich bin dann ja vor der Tür mit seinem Namen stehengeblieben und die Treppe nicht weiter hochgegangen.«

»Ich will dich ja nicht kritisieren«, sagte Rosén. »Aber ich saß ja auch in der Kantine. Warum hast du nichts zu mir gesagt? Das war wirklich extrem schwachsinnig.«

In Elina flammte plötzlich die Wut auf. Schwachsinnig? Sie hatte doch verdammt nochmal den Fall gelöst!

»Was hätte ich denn tun sollen, John? Er saß neben dir. Hätte ich sagen sollen, hör mal, rechts von dir sitzt ein dreifacher Mörder? Ein gewisser Axel Bäckman? Er ist außerdem noch Polizist! Ich hätte dich natürlich bitten können, mit mir nach draußen zu gehen. Aber wie leicht, glaubst du, ist es, einen Kollegen zu beschuldigen, ohne sich sicher zu sein? Schließlich war das nur eine Vermutung, ein Glücksspiel, was weiß ich …«

Sie senkte den Kopf und versuchte, nicht wieder in Tränen auszubrechen. Sie zitterte am ganzen Körper.

»Elina hat das ganz richtig gemacht«, meinte Kärnlund. »Und jetzt lassen wir sie ausruhen.«

»Ich begreife nicht, wieso Bäckman überhaupt dort war«, murmelte Elina. »Ich meine, in der Malmabergsgatan. Er konnte doch nicht wissen, was ich dachte.«

»Mal sehen, was er selbst sagt«, meldete sich Enquist zu Wort. »Bisher hat er beharrlich geschwiegen. Wir beginnen mit dem Verhör, wenn sein Anwalt eintrifft.«

»Er kommt um acht«, sagte Kärnlund. »Geh nach Hause und schlaf ein bisschen, Wiik. Wir können die einleitenden Fragen mit ihm klären, aber dann brauchen wir dich.«

»Dann bin ich kurz nach zehn wieder hier«, sagte Elina und erhob sich.

43. KAPITEL

Sein Körper wehrte sich. Er stemmte sich mit den Füßen gegen den Fußboden und vom Tisch weg. Die Arme hatte er vor der Brust verschränkt. Der Kopf war zurückgeworfen und etwas zur Seite geneigt. Seine Lippen waren verächtlich verzogen, die Augen starr geradeaus gerichtet – auf eines der Augenpaare auf der anderen Seite des Tisches. Hier saß ein Mann, der sich nicht kampflos geschlagen geben wollte.

John Rosén und Elina Wiik ließen sich Zeit, bauten das Tonband auf und legten umständlich Papier und Stifte vor sich auf den Tisch. Sie unterhielten sich leise und schauten auf die Uhr an der Wand. Rosén sah, dass es zwei Minuten nach vier war. Sie nickten sich zu und machten sich bereit.

Die erste Runde war nach zehn Minuten beendet gewesen, sie hatte von 8 Uhr 12 bis 8 Uhr 22 gedauert. Der Anwalt hatte erklärt, sein Mandant streite jegliche Verwicklung in die Morde ab. Sein Mandant gebe auch sonst keinerlei Straftat zu.

Anschließend hatte man Axel Bäckman wieder in seine Zelle gebracht, ohne ihm zu sagen, wann die nächste Vernehmung stattfinden würde.

Elina war um Viertel vor sieben nach Hause gegangen und hatte darauf verzichtet, ihren Wecker auf zehn Uhr zu stellen. Dann hatte sie bis etwa halb eins geschlafen. Sie war aufgestanden und hatte eine E-Mail an ihren Vater und Susanne geschrieben. Um Viertel nach zwei war sie wieder im Präsidium gewesen. Sie war direkt zu John Rosén gegangen. Er hatte sich für seine unbedachten Worte vom Morgen entschuldigt und sie für ihren Einsatz gelobt. Anschließend hatte sie zu Mittag gegessen, das Verhör zusammen mit John vorbereitet und ihre Finger geknetet.

John Rosén drückte auf Aufnahme.

»Axel Bäckman, verstehen Sie, was der Verdacht, der gegen Sie besteht, zu bedeuten hat?«

»Red keinen Schwachsinn.«

»Ein einfaches Ja oder Nein genügt.«

»Ja, verdammt.«

John Rosén wandte sich an Axel Bäckmans Anwalt.

»Haben Sie Gelegenheit gehabt, sich mit der Angelegenheit vertraut zu machen?«

»Ja. Das habe ich. Ich wäre Ihnen dankbar, wenn Sie jetzt mit der Vernehmung beginnen könnten.«

»Erzählen Sie uns, was Sie gestern Abend getan haben, Bäckman. Von dem Augenblick an, in dem Sie die Kantine verlassen haben, in der die jährliche Weihnachtsfeier der Polizei von Västerås stattfand.«

»Ich bin zur Wohnung meines Sohnes gefahren.«

»Weshalb?«

»Weil ich ihn treffen wollte.«

»Haben Sie ihn getroffen?«

»Nein. Als ich Inspektorin Wiik begegnete, habe ich es mir anders überlegt.«

»Weshalb?«

»Ich dachte, dass wir vielleicht zu dem Fest zurückfahren oder irgendwo ein Bier trinken gehen könnten.«

»Ein Bier?«

»Ja. Dann sind wir losgefahren.«

»Wie hat sie erklärt, dass sie sich in der Malmabergsgatan aufhielt?«

»Sie sagte was von der Ermittlung. Ich erinnere mich nicht mehr an den genauen Wortlaut.«

»Was ist dann passiert?«

»Wir sind wie gesagt losgefahren. Dann wurden wir ... von Kollegen auf dem Bergslagsvägen angehalten.«

»Was geschah im Auto?«

»Nichts.«

John Rosén lehnte sich zurück.

»Nichts?«

»Nein.«

»Wie erklären Sie die blauen Flecken an ihrem Hals?«

Elina neigte den Kopf zur Seite, damit er sie sehen konnte. Sie lächelte ihn an. Sie war nicht einmal aufgebracht. Er glaubte wohl, es sei schlau, alles abzustreiten. Dieser Strategie bedienten sich die Ganoven auch. Sie zwangen die Polizei dazu, jedes kleinste Detail zu beweisen, auch wenn es vielleicht nur darum ging, dass sie auf dem Klo gewesen waren. Aber seine Geschichte würde bald in sich zusammenfallen. Es würde ein Vergnügen sein, ihn fertig zu machen.

»Die muss sie schon vorher gehabt haben. Was weiß denn ich?«

Elina legte ein Papier vor ihn hin. Bäckman beugte sich vor.

»Ärztliches Attest.« Sie wandte sich an den Anwalt. »Finden Sie, dass ich Ihren Mandanten bitten soll vorzulesen, wann diese Verletzungen nach Ansicht des Arztes verursacht wurden und wie?«

»Das ist nicht nötig«, meinte der Anwalt, »wir können das alle lesen. Aber es wäre nett, wenn Sie heute noch irgendwann auf die eigentlichen Verdachtsmomente zu sprechen kämen.«

John Rosén und Elina sahen sich an und betrachteten dann den Anwalt.

»Falls Sie damit die Morde meinen, darauf kommen wir noch«, meinte John Rosén. »Zu gegebener Zeit. Wessen Pistole lag auf dem Boden von Elina Wiiks Wagen, als Sie, wie Sie sagten, von den Kollegen angehalten wurden?«

»Meine«, sagte Bäckman, »das weißt du bereits.«

»Weshalb lag sie da?«

Axel Bäckman kratzte sich an seiner schweißnassen Wange.

»Ich weiß es nicht«, erwiderte er.

»Sie wissen es nicht? Habe ich das wirklich richtig verstanden, dass Sie nicht wissen, weshalb Ihre Pistole auf dem Boden von Elina Wiiks Wagen lag?«

Axel Bäckman erwiderte nichts. John Rosén und Elina lehnten sich zurück. Beide sagten nichts.

»Dürfte ich mich wohl einen Augenblick mit meinem Mandanten beraten?«, fragte der Anwalt.

»Bitteschön«, antwortete Rosén. »Wir sehen uns morgen um acht Uhr wieder.«

Er drückte auf Stop.

44. KAPITEL

Der Anwalt rückte seinen tadellos gebundenen Schlipsknoten zurecht.

»Mein Mandant würde gerne sein Verhalten vorgestern Abend erklären«, sagte er.

»Ich hatte getrunken«, sagte Bäckman. »Auf der Feier. Als ich Elina Wiik vor der Wohnung meines Sohnes entdeckte, drehte ich durch. Ich versuchte mich ihr aufzudrängen. Das gebe ich zu. Deswegen lag die Pistole auch auf dem Boden.«

»Und das sagen Sie auf Anraten Ihres Anwalts aus?«, fragte John Rosén.

»Das ist die eigene Erklärung meines Mandanten, was sein Verhalten angeht«, meinte der Anwalt.

»Was genau versuchten Sie mit der Pistole zu erzwingen?«, fragte John Rosén.

»Ich weiß nicht«, erwiderte Axel Bäckman. »Du weißt schon, betrunken und dumm.«

»Nein, das weiß ich nicht. Vielleicht könnten Sie mir das näher erklären?«

»Ich will es versuchen. Ich …«

»Danke, das ist nicht nötig«, meinte Elina. »Wir brechen die Vernehmung hier und jetzt ab. John?«

»Ein Wärter holt Sie in etwa einer halben Stunde ab, Bäckman.«

Elina und Rosén erhoben sich und verließen den Raum, ehe Bäckman noch reagiert hatte.

Fünfundvierzig Minuten später wurde Axel Bäckman gemeinsam mit elf weiteren Personen in einen Raum geführt. Eine dieser Personen war Erik Enquists Kollege aus Hallstahammar. Hinter einer Fensterscheibe standen Elina, Rosén, Mohammed Hussein und Mira.

»Schauen Sie sich die Leute gründlich an«, sagte Rosén. »Erkennen Sie eine dieser zwölf Personen?«

Mira übersetzte die Frage ins Arabische.

»Ja«, antwortete Hussein auf Schwedisch. »Den dritten und den elften.«

»Woher kennen Sie diese zwei?«

Jetzt wurde konsequent gedolmetscht.

»Weil Nummer elf derjenige auf dem Foto war, auf das ich gezeigt habe.«

Nummer elf war Enquists Kollege.

»Und Nummer drei ist der, den ich nachts auf der Treppe gesehen habe.«

»Von welcher Nacht sprechen Sie?«

»Von der Nacht, in der mein Nachbar Jamal ermordet wurde.«

Nummer drei war Axel Bäckman.

Eine halbe Stunde später saßen Bäckman und sein Anwalt wieder im Vernehmungszimmer. Elina und Rosén hatten ihnen am Tisch gegenüber Platz genommen.

»Ich möchte Sie davon in Kenntnis setzen, dass der Zeuge Mohammed Hussein Sie als diejenige Person identifiziert hat, die er auf der Treppe von Jamal Al-Sharif gesehen hat, und zwar in der Nacht, in der dieser ermordet wurde.«

»Er irrt sich. Dort bin ich nie gewesen.«

John Rosén schwieg fast eine ganze Minute.

»Danke, dann sehen wir uns nächste Woche vor dem Haftrichter wieder«, sagte er dann.

Elina und er erhoben sich und packten ihre Unterlagen zusammen.

Axel Bäckman hob die Hand.

»Okay«, sagte er. »Okay.«

»Okay, was?«, erwiderte Elina.

»Setzt euch wieder, dann können wir reden.«

»Was hast du gestern gesagt?«, fragte Rosén. »Red keinen Schwachsinn, hast du gesagt. Du bist Polizist, also red jetzt keinen Unsinn. Leiste deinen letzten Einsatz als Polizist, denn das wird dein letzter sein. Du hast eben zugegeben, dass du dich Kriminalinspektorin Wiik mit Waffengewalt aufzwingen wolltest. Damit bist du bereits erledigt. Also hör jetzt auf, Schwachsinn zu erzählen.«

»Okay. Ich habe okay gesagt.«

Bäckman wandte sich an Elina.

»Führ du das Verhör«, sagte er. »Es ist, wie Rosén sagt. Ich bin Polizist. Es ist nur korrekt, dass du diese Sache zu Ende bringst.«

Elina sah Rosén an. Dieser machte eine Kopfbewegung Richtung Tür. Sie erhoben sich und gingen nach draußen.

Elf Minuten später trat Elina Wiik allein wieder in das Verhörzimmer. Bäckman sagte gerade ein paar Worte zu seinem Anwalt, verstummte dann aber und wandte sich ihr zu, als sie Platz nahm.

»Wenn ich dich richtig verstanden habe, dann willst du jetzt eine vollständige Erläuterung deiner Beteiligung an den Straftaten abgeben, derer wir dich verdächtigen?«, sagte sie.

»Ja.«

»Dann frage ich dich als Allererstes, was du zu dem Mordverdacht zu sagen hast.«

»Ich gestehe, Jamal Al-Sharif und Annika Lilja mit einer Axt getötet und Ahmed Qourir mit den Händen erdrosselt zu haben. Mit dem Tod von Yngve Carlström habe ich hingegen nichts zu tun. Vermutlich beging er Selbstmord, aber das ist nichts, worüber ich Näheres weiß.«

»Mir wäre es recht, wenn du den Tathergang in beiden Fällen detailliert beschreiben könntest. Vorerst möchte ich jedoch, dass du erklärst, warum du die Taten begangen hast.«

Axel Bäckman rieb seine Handflächen gegeneinander. »Wegen Geld. Das ist die einfache Antwort.«

»Du kannst mir die kompliziertere Antwort ebenfalls nennen.«

»Von Anfang an?«

»Du kannst dir aussuchen, wo du beginnen willst.«

»Es fing an, als ich die ersten Vernehmungen mit den Flüchtlingen durchführte, die einen Asylantrag gestellt hatten. Inzwischen macht die Polizei das ja nicht mehr. Das liegt jetzt ganz und gar in der Verantwortung der Migrationsbehörde. Aber damals fiel das noch in unser Ressort. Einer meiner damaligen Mitarbeiter war Yngve Carlström. Wir sorgten beide dafür, dass es immer darauf hinauslief, Fehler und Widersprüche in den Berichten der Flüchtlinge zu finden. Der kleinste Fehler, egal, welcher Art, führte zur Ablehnung. Bei leisestem Verdacht zweifelten wir alle übrigen Angaben auch an. Wir ließen sie unglaubwürdig erscheinen. Das erste Verhör wurde immer kurz nach dem Eintreffen der Asylbewerber in Schweden durchgeführt. Dann waren sie immer nervös und verängstigt. Einige waren so verwirrt, dass sie kaum noch wussten, wie sie hießen. Es war also nicht schwer, sie aus dem Konzept zu bringen. Die meisten hatten keine Chance. Und auch wenn sie Recht hatten, was Folter und Verfolgung anging, fiel es ihnen doch schwer, das alles zu beweisen.«

Er setzte sich zurecht.

»Yngve und ich dachten uns also, dass diese Menschen Hilfe brauchen könnten, was die Beschaffung solider Beweise angeht. So fing es an. Dann … ja, dann haben wir die ganze Sache weiterentwickelt. Es wurde zu einer Geschäftsidee. Wir suchten nützliche Informationen heraus oder hielten Informationen zurück, die wir ihnen dann verkauften.«

»Kannst du mir ein Beispiel nennen?«

»Ja, Jamal. Er hatte behauptet, in Gaza einer Menschenrechtsorganisation angehört zu haben. Ich weiß nicht, ob das stimmte. Aber nachdem er die Ablehnung erhalten und sich versteckt hatte, beschaffte ich ihm einen auf ihn ausgestellten Steckbrief aus Israel.«

»Wie lief das genau ab?«

»Ihr werdet da ohnehin draufkommen, also kann ich es genauso gut gleich erzählen. Ich habe mit einem vom Geheimdienst in Tel Aviv zusammengearbeitet. Ich kannte ihn aus meiner Zeit bei der Sicherheitspolizei. Ich verständigte ihn, und er besorgte mir das, was ich benötigte. Das Dokument ist also echt, nicht die Fahndung, aber das Dokument. Dieser Mann verfügte seinerseits über Kontakte in der Türkei und im Irak. Durch ihn und seine Kontakte konnte ich Zeugenaussagen und Dokumente aus diesen Ländern beschaffen. Der Kontaktmann im Irak besaß wiederum Gewährsleute in weiteren Ländern. Im Prinzip konnten wir alles beschaffen, was wir brauchten.«

»Hast du diese Leute bezahlt?«

»Natürlich. Zahlen muss man überall. So was ist nicht gratis.«

»Und Carlström?«

»Er leistete seinen Beitrag bei der Migrationsbehörden und leitete Informationen an die Medien weiter, wenn er auf die Tränendrüsen drücken wollte oder keine andere Möglichkeit sah, die Informationen in Umlauf zu bringen.«

»Welche Rolle spielte Ahmed Qourir?«

»Er kassierte bei den Flüchtlingen ab. Schließlich konnten Yngve und ich das schlecht selber machen.«

»Das war also eure Geschäftsidee. Wie lange ging das denn?«

»Jahrelang. Seit der zweiten Hälfte der Neunziger in etwa.«

»Dieser Geheimdienstmann in Israel, kannst du mir seinen Namen nennen?«

»Lieber nicht. Aber ... ihr werdet ihn ja doch finden. Ich brauche euch seinen Namen nicht zu sagen.«

»So viel zum Hintergrund also, Bäckman. Warum hast du Jamal, Annika und Qourir ermordet?«

»Carlström und ich kümmerten uns auch um die Transporte der Flüchtlinge. Ja, ich meine Menschenschmuggel. Das war eine natürliche Entwicklung. Statt nur auf eventuelle Fälle zu warten, konnten wir uns vorbereiten, wenn wir wussten, wer kommen würde. An einem der Flüchtlingstransporte waren Jakob und Katarina Diederman sowie Gregors Nikolajew beteiligt. Sie stellten gewissermaßen das letzte Glied der Schmugglerkette dar. Aber dann ging alles schief. Bei jenem Transport damals ist auch Jamals Cousin dabei gewesen.«

»Was ist passiert?«

Zum ersten Mal während des Verhörs hatte Elina den Eindruck, dass Bäckman unbehaglich zumute war. Bäckmans Blick wurde unstet, und er musste sich zusammennehmen.

»Ich weiß nicht genau, was vorgefallen ist. Katarina Diederman rief mich an, als das Boot zurückgekehrt war. Sie war die Einzige, die etwas Englisch sprach. Sie sagte, laut Besatzung habe auf See Chaos geherrscht. Es hatte an Bord Streit gegeben, ich weiß allerdings nicht, weswegen. Ein Mann sei erschossen worden. Dann seien alle Flüchtlinge gezwungen worden, in ein kleines Boot zu steigen. Mehr weiß ich nicht.«

Er verstummte. Elina sah die Bilder in ihrem Kopf. Bilder, die sie vermutlich lange verfolgen würden. Sie erhob sich und ging in dem Verhörzimmer auf und ab.

»Niemand gelangte an Land. Sie müssen also untergegangen sein«, sagte sie.

Axel Bäckman nickte. »Aber daran ... daran konnte ich nichts mehr ändern.«

»Weißt du eigentlich, wie viele Kinder auf diesem Boot waren?«, fragte Elina und nahm wieder gegenüber Bäckman Platz. Er wich ihrem Blick aus.

»Viele, Bäckman. Viele Kinder.«

Er rührte sich nicht.

»Und dann hat Jamal angefangen, Fragen zu stellen«, sagte sie. »War es so?«

»Ja, er setzte alles in Bewegung.« Bäckman wirkte regelrecht dankbar, dass sie das Thema gewechselt hatte. »Er hat überall herumtelefoniert. Schließlich hat er sich an Ahmed Qourir gewandt. Jamal hatte 70 000 für diesen israelischen Haftbefehl gezahlt, der ihm die Aufenthaltsgenehmigung einbrachte. Er wusste also, wer Qourir war. Er fragte Qourir, ob er ihm dabei helfen könnte herauszufinden, was Sayed zugestoßen sei. Gegen Bezahlung. Qourir, der Idiot, dachte, das sei leichtverdientes Geld. Schließlich waren sie beide Palästinenser. Qourir gab ihm den Rat, Carlström anzurufen. Damit hatte er eine Lawine losgetreten. Carlström geriet in Panik. Er rief mich an und erzählte mir, was passiert war. Jamal schien eins und eins zusammenzuzählen, genau wie du später auch. Er war schlau. Meinen Namen kannte er zwar nur vom ersten Verhör, aber das Risiko bestand, dass er zur Zeitung gehen und alles erzählen würde. Damit war Carlström in Gefahr. Und wenn Carlström dran glauben musste, dann konnte ich auch abdanken.«

Elina beugte sich vor und drückte auf Stop.

»Wir machen eine kurze Pause. Ich bringe dir dann einen Kaffee mit.«

Sie erhob sich und verließ den Raum.

45. KAPITEL

Wie geht's?« John Rosén saß an seinem Schreibtisch, als Elina mit zwei Tassen Kaffee eintrat.

»Er packt aus. Ich glaube, dass er alles erzählen wird.«

»Fein. Geht es eigentlich gut, ihn allein zu verhören?«

»Solange er redet, muss ich schließlich nicht viel tun.«

»Wie wirkt er? Ist er immer noch so aggressiv?«

»Überhaupt nicht. Er ist ruhig. Am Anfang hat er so berichtet, als würde er bei einer Einladung eine interessante Anekdote zum Besten geben. Er wirkt nicht recht bei Sinnen. Aber als wir auf die verschwundenen Flüchtlinge zu sprechen kamen, schien es ihm doch nahezugehen.«

»Wusste er, was sich da auf See abgespielt hatte?«

»Man hatte die Leute gezwungen, in ein kleines Boot zu steigen. Mehr wusste er nicht. Das muss grauenvoll gewesen sein.«

Elina hatte zwei Tassen Kaffee dabei, als sie das Verhörzimmer wieder betrat. Sie reichte Bäckman eine, die andere gab sie dem Anwalt. Dann schaltete sie das Tonband wieder ein und schaute auf die Uhr.

»Wir setzen die Vernehmung um 10 Uhr 42 fort. Bäckman, du hast ausgesagt, dass Jamal anfing, Fragen zu stellen, und dass du Angst hattest, alles könne auffliegen. Was hast du dann getan?«

»Ich habe Jamal beschattet. Er fuhr in den Wald hinaus. Das war meine Chance.«

»Was ist dort draußen passiert?«

»Er hat mich wiedererkannt.«

»Sagte er deinen Namen?«

»Ja. Aber ich erinnere mich nicht mehr an den genauen Wortlaut. Aber er erkannte mich. Und deswegen …«

Elina wartete.

»Deswegen habe ich die beiden erschlagen.«

»Und Qourir?«

»Er wurde für Carlström und mich zum Sicherheitsrisiko.«

»Wusste Carlström, dass du sie ermorden wolltest?«

»Nein.«

»Was hast du dann getan?«

»Als die Ermittlungen begannen, sorgte ich dafür, dass ich dabei bin. Um einen Einblick zu haben und den Verdacht von mir abzulenken.«

»Und was hatte das mit dieser Terrorgeschichte auf sich? Dieser sogenannte Aufklärung des Falls von Seiten der Sicherheitspolizei und dir?«

»Ganz einfach. Ich beschaffte eine gefälschte Zeugenaussage und sprach mit meinem Gewährsmann in Israel ab, was er tun sollte. Er arbeitet schließlich bei einer Abteilung, die Kontakt zur Sicherheitspolizei hat. Er beantwortete die Anfrage zwar nicht selbst, war aber an den Beratungen beteiligt, wie auf diese Anfrage reagiert werden sollte.«

»Und die Sicherheitspolizei hat das alles einfach so geschluckt?«

»Das passte in ihr Weltbild.«

»Und das Video im Fernsehen zu zeigen, wessen Idee war das?«

»Die des Chefs der Sicherheitspolizei. Er ging davon aus, dass er damit die Öffentlichkeit überzeugen könne, unsere

Aufklärung des Falls zu akzeptieren. Ihm war klar, dass sie eigentlich etwas dürftig wirkte.«

»Aber, soweit ich mich erinnern kann, warst du dagegen?«

»Klar! Schließlich waren meine Beine zu sehen.«

Der Rest der Vernehmung gestaltete sich eher mühsam. Axel Bäckman hatte, soweit Elina und John Rosén das einschätzen konnten, alles erzählt. Wo Jakob und Katarina Diederman sowie Gregors Nikolajew sich aufhielten, wusste er nicht. Elina und Rosén glaubten ihm.

Elina saß in Roséns Büro. Es war der Tag vor Heiligabend. Der Weihnachtstrubel erschien ihnen unendlich weit weg.

»Sobald die Migrationsbehörde ihre Nachforschungen beendet hat, müssen wir die Verhöre mit Bäckman fortsetzen«, meinte Rosén. »Es gibt noch viele offene Fragen. Sie betreffen die Asylanträge, die er bearbeitet hat. Das wird noch Monate dauern.«

»Was machst du an Weihnachten?«, fragte Elina.

»Ich fahre nach Norrköping. Ich werde mit meiner Ex und den Jungs feiern.«

»Und was sagt ihr neuer Mann dazu?«

»Sie haben sich getrennt. Mal sehen, wie das wird. Was hast du für Pläne?«

»Ich fahre zu meinen Eltern. Ich muss ein paar Kilo zunehmen. Es ist wirklich Zeit, Feierabend zu machen, Zeit fürs Wochenende.«

Sie erhob sich.

»Elina«, sagte Rosén. »Eines fehlt noch in den Verhörprotokollen. Wie konnte Bäckman wissen, dass du an diesem Abend zu der Wohnung seines Sohnes fahren würdest?«

»Ich weiß.« Elina lachte. »Ich habe vergessen, ihn das bei den Verhören zu fragen. Aber heute Morgen bin ich noch einmal ins Untersuchungsgefängnis gegangen. Bäckman sagte, er hätte mich seit geraumer Zeit beobachtet. Er war auch in meiner Wohnung gewesen und hatte in meinem Computer herumgeschnüffelt. Am Abend der Weihnachtsfeier war er dann eine Stunde vorher hier im Präsidium in meinem Büro gewesen. Deswegen hat er auch behauptet, er habe mit mir sprechen wollen, falls ihn jemand gesehen haben sollte.«

»Und?«

»Auf meinen Tischkalender hatte ich geschrieben: ›Malmabergsgatan, keine Spuren eines Brecheisens.‹ Da hat er natürlich gedacht, ich würde ihn verdächtigen und dass es nur noch eine Frage der Zeit sei, bis man ihn festnehmen würde.«

John Rosén lächelte.

»Jönsson hat heute gesagt, dass die Mordgruppe bestehen bleibt, wenn er nach Neujahr die Leitung übernimmt.«

»So wie ich mich jetzt fühle, hoffe ich nur, dass sie eine Weile lang nicht in Aktion treten muss.«

Sie öffnete die Tür, machte einen Schritt auf den Gang und hob dann die Hand.

»Frohe Weihnachten, John.«

»Frohe Weihnachten, Elina.«

Auf dem Heimweg fasste sie einen Entschluss. Sie musste es einfach drauf ankommen lassen. Noch ehe sie ihre Jacke ausgezogen hatte, schaltete sie ihren Computer ein und rief das Dokument auf. Sie verschickte die E-Mail, ohne sie noch einmal durchzulesen.

Fröhliche Weihnachten, Martin, dachte sie.

Wiedervereinigung

46. KAPITEL

Drei Wochen später erhielt Elina innerhalb von anderthalb Stunden zwei Briefe und einen Telefonanruf. Mira war am Apparat.

»Ich wollte Ihnen nur etwas erzählen, was Sie vielleicht interessiert«, sagte sie. »Yousef darf bleiben. Der junge Mann in dem Haus im Wald. Wir haben heute den Bescheid erhalten.«

Im ersten Brief lag die Kopie des vorläufigen Berichts der Ermittlung, die die Migrationsbehörde, Region Stockholm, durchgeführt hatte. Zwei unabhängige Juristen hatten die Ermittlung zusammen mit einem Angestellten der Behörde aus einer anderen Region durchgeführt. Sie waren zu dem Ergebnis gekommen, dass Carlström seit 1997 über vierzig Anträge auf Asyl manipuliert hatte. Axel Bäckman und die Personen, mit denen er im Ausland in Verbindung stand, hatten in mindestens dreißig Anträgen Spuren hinterlassen. Die Ermittlungen, die die mangelnde Kontrolle innerhalb der Behörde betrafen, würden weitergehen. Vierzig Fälle würden noch einmal verhandelt werden. Es handelte sich sowohl um Fälle, in denen Flüchtlinge abgeschoben worden waren, als auch um Fälle, in denen sie hatten bleiben dürfen. Die Ermittler bedauerten die Aufregung, die die neuen Verhandlungen bei den Leuten, die eine Aufenthaltsgenehmigung erhalten hatten, auslösen würden.

Die beiden Juristen hatten darüber hinaus noch einen eigenen Bericht verfasst. In diesem wurde festgestellt, dass die Bearbeitung von Asylanträgen bei der Migrationsbehörde durchweg zu beanstanden sei. Eine Liste von Beispielen war beigefügt.

Anträge waren falsch datiert worden oder verschwunden. Angaben der Antragsteller waren ohne Angabe von Gründen als unglaubwürdig abgetan worden. Zeugen für Folter oder Verfolgung im Heimatland waren gar nicht oder nur unzureichend vernommen worden. In den Vernehmungsprotokollen waren ganz offensichtliche Übersetzungsfehler gefunden worden. Informationen von den Botschaften der Herkunftsländer waren den Anwälten der Flüchtlinge vorenthalten worden. Die Berichte der Flüchtlinge waren stets als unglaubwürdig abgetan worden, weil sich einzelne Fakten als falsch erwiesen hatten.

All das, stellten die Juristen fest, gefährdete die Rechtssicherheit der Flüchtlinge und hatte erst die Voraussetzungen für die strafbaren Handlungen von Yngve Carlström und Axel Bäckman geschaffen.

Der andere Brief war mit der Hand geschrieben und in schlechtem Englisch. Ganz unten war eine arabische Unterschrift. Er enthielt eine dringende Bitte. Elina beschloss, alles zu unternehmen, um dem Wunsch des Briefschreibers nachzukommen.

47. KAPITEL

Der Wind wehte über die Köpfe der Menschen hinweg, die sich auf dem offenen Platz versammelt hatten. Die Männer standen mit leeren Händen da. Den Frauen liefen Tränen über die Wangen. Mit den Blicken folgten sie der Bahre, die langsam in die Erde hinuntergelassen wurde. Ein älterer Mann beugte sich vor und küsste dem Jungen die Stirn, ehe er für immer verschwand.

Jamal war wieder mit der sandigen Erde Gazas vereint.

NACHBEMERKUNGEN

Dieses Buch widme ich jenen siebenunddreißig Menschen, die unter ungeklärten Umständen in der Nacht auf den 22. Januar 1995 zwischen der litauischen und der schwedischen Küste umkamen.

Als Journalist habe ich versucht, Klarheit in den Vorfall zu bringen. Im TV4-Programm »Kalla fakta« berichtete ich am 13. Oktober 1998 von einer dreizehnköpfigen Flüchtlingsfamilie mit Angehörigen in Schweden, die auf der anderen Seite der Ostsee spurlos verschwunden war. Seither sind eine ganze Reihe neuer Informationen aufgetaucht. Die Katastrophe betraf bedeutend mehr Menschen. Einundzwanzig der Umgekommenen stammten aus Afghanistan, sechzehn aus dem Irak. Viele Kinder waren darunter. Die Gruppe befand sich auf dem Weg zu Verwandten nach Deutschland, England, den USA, Kanada und Schweden. Die Personen, die die Flüchtlinge aus dem Baltikum schmuggelten, sind identifiziert, ebenso das Schiff und die Besatzung, die sie für den Transport über die Ostsee gechartert hatten.

Die schwedische Polizei hat in Zusammenarbeit mit der Polizei in den baltischen Ländern die Suche fortgesetzt, jedoch ohne Erfolg. Niemand ist für die eventuellen Straftaten, die im Zusammenhang mit dem Verschwinden begangen worden sind, festgenommen worden.

Das endgültige Schicksal dieser siebenunddreißig Menschen ist unbekannt.